けものみち

花柳 幻舟
編集協力・髙橋 豊

えにし書房

けものみち　目次

序章　闇が溶けるとき

日本の刑法は刑罰主義であり、性犯罪に対して、他の犯罪と同じく、更生よりも処罰することに主眼をおく。被害者や容疑者の深層心理に深く踏み込むこともなく、単に刑罰のみによって解決しようとする。それが、いまの日本の法律の姿なのである。

性犯罪被害者が受けた身体の傷は、いずれ癒《い》えるかもしれない。しかし、心に残る深刻な痛手《ダメージ》は、生涯にわたって癒《いや》されることなく、むしろすさまじい形で増幅していく。

性犯罪は、薬物犯罪とともに、きわめて依存性が強い犯罪である。そのことは法曹界だけでなく、すでに犯罪心理学界でも叫ばれて久しい。

世の中を震撼させた、どんなに深刻な性犯罪であろうと、やがて時《とき》とともに風化し、人々の心から忘れ去られていく。

だが、被害者本人にとっては、命尽きるまで、けっして消え去ることはない。

一九九一年、雲を衝《つ》くようなツインタワーの超巨大な東京都庁の建物の完成移転により、堰を切ったように東京は独自の異化をとげた。

しかし、喧騒に満ちた眠らぬ大都会にも、暗い深海にも似て静まり返った夜のしじまが訪れる。

二〇〇六年、晩秋を迎える夜明けにはまだ早い午前四時少し前。

東京のコンクリートの街にも、木枯らしを感じる。

レモンイエローのフォルクスワーゲンが、裏路地の一角から静かに姿を現した。

ひとり左の運転席に座るのは、職場から解放され、ホッとした表情で運転する水野美映子だ。

建物の外は、まだ夜の昏《くら》さである。美映子は、愛車の左ハンドルの運転席に腰を下ろしてエンジンを掛け、前照灯をつけた。

車体はゆっくり動き出し、本社ビル正面脇の駐車場から右手に曲がり、門の外に出る。愛車は、やがて音もなく細い路地に滑り込み、少し走って左折した。

そこからは片側通行の一本道である。彼女が住むマンションまで、本社ビルから正味八百メートルあまりだ。

家が近いのと、コートを着たままなので車内暖房はつけていない。

いつも通る狭いY字を描く三叉路が、すぐ前方に迫ってくる。秋葉神社の鳥居をチラッと右側に見やってから前を向いたとき、美映子の左目の片隅に、異様な生きものがうごめくのが映った。

だが彼女は車を停めようとはせず、静かにスピードを落とした。山のように積まれた家庭ゴミ集積所の中に、奇妙にうごめく生きものが埋もれていた。それを窓越しに見ながら、すぐ傍らをゆっくりと行き過ぎていく。

美映子の車は、計算するようにゴミ集積所よりいくぶん前方まで進み出る。三叉路のちょうど真ん中あたりで停車した。

エンジンをつけたまま車内灯を消し、前照灯をスモールランプに切り換える。

斜め右上のルームミラーに手を伸ばし、前方を向いたまま首だけひねる。被写体に角度を合わせたミラー越しに〝生きもの〟を覗いた。

横長のルームミラーの中に、若く屈強そうに見える大男の裸体が浮かび上がっている。袋を被った頭を地べたに伏し、下腹部に大きなゴミ袋でもはさまっているのか、枕を股に抱え込むような奇妙な姿態だ。むき出しの汚れた大きな臀部《でんぶ》を高々と持ち上げ、まるでお辞儀のポーズになっている。

それを、どこか舞台のスポットライトにも似て、外灯の明かりがこうこうと照らし出していた。

美映子は、大手出版社、遊香社本社に勤務する、月刊誌『ＹＵＵＫＡ78』の副編集長である。

毎月二十五日発売の同誌は売れ行き好調で、遊香社にとって看板雑誌のひとつになっている。

美映子はこの夜、フリー記者の持ち込み原稿の裏取りに時間を費やし、明け方に近い退社時刻になった。

もっとも、こんなことはめずらしいことではない。

各原稿に重大なミスや事実誤認、とりわけ名誉棄損の可能性の有無等の最終チェックに当たる編集責任者として、最終入稿や校了の作業は集中力を必要とし、また一番緊張する。校了は、最も解放されるときでもある。

彼女は法学部出身で、卒業後二十四歳のとき最難関の司法試験に合格しながら、司法界を選ばず、途中からメディアの世界に入った。

なぜなら、日本の司法界の現状を知れば知るほど絶望的になったからである。

巨悪を、法律の知識を武器に、メディアの力で撃っていきたいという志と夢を持ち続け、メディアの世界を選んだ。

編集者歴は十年にも満たないが、すでにキャリアといってよい仕事ぶりを発揮していた。

三十五歳にして独身でやり手の美人編集者、と社の内外で知られている。

幹部会議の席では、上司たる部長や局長を前にして鋭く切り込み、また独創的な企画やネタを常にテーブルの上に用意し、一目おかれ、売り上げにも貢献している。

安易な甘い企画や、著しく女性の視点を欠いて一方に偏した大型企画を引っくり返したり、ボツにすることもしばしば。のみならず、彼女によるスクープの連発も、この業界ではよく知られていた。

よく見ると、持ち上げた臀部の谷間から、黒ずんだ太い棒状の物が飛び出している。

それを見た美映子の白く美しい頬が緩んだ。次の瞬間、彼女は携帯電話の短縮ボタンを、なれた手つきで操作していた。

相手は、遊香社の契約カメラマンで、美映子が最も信頼するベテランの平泉政彦だ。彼は、この現場から徒歩三十秒足らずの、秋葉神社一筋裏の「北町マンション」に住んでいる。

平泉は、わずか二コールで電話に出た。

「はい、あ……お疲れさまです……え⁉」

手短に現場の状況を説明する彼女の話を聴きながら、平泉は同時にカメラマンに必要な道具をもう一方の手で素早く調《ととの》える。

ニコンＤ１Ｘと、念のためニコンＤ２Ｘも常に持参するのがプロとしての彼のやり方である。

両カメラを首に引っ提げるが速いか、彼は履きなれたスニーカーに素足を突っかけた。ジャンパー姿で外廊下に出ると、自宅のある四階から音もなく一気に階段を駆け下りる。

平泉の敏捷な動作が、携帯電話を通して手にとるように美映子に伝わってくる。

彼女が細々《こまごま》と指示するまでもなく、電話を切った彼は音を忍ばせ、ゴミ集積所に近寄らず、一定の距離を置いて被写体に向けシャッターを次々に切っていた。

ターゲットは、いうまでもなく全裸の大男だ。

彼の肛門に深々と突き立っているシロモノは、赤錆《さび》がへばりついた鉄棒だった。それは、巨大建築物の支柱として用いられるような、太さが優に直径三センチほどもあろうか。

男の太い両手首と、毛むくじゃらなすねに続く両足首に、布製の粘着テープが幾重にもグルグルと厳重なまでに巻かれていた。

事件写真や隠し撮りに習熟している平泉は、痕跡を残さないよう距離を保ったまま、さまざまなアングルから「被写体」を連写する。

そのときだった。ホームレス風の初老の男が突然、どこからかフラフラと現れた。そして、寒さと苦痛ゆえか小刻みにぶるぶる震えている大男に近寄った。

被写体の頭部をすっぽり覆《おお》っていた黒い布状の袋を、彼は突如、なにもいわずに平然と引きむしった。

持ち上げられた弾みで、被写体は額《ひたい》を地べたに叩きつけられ、巨漢の顔がさらけ出されてしまった。

男は顔を歪め、小さく呻いたようだが、声すら上げられないほど衰弱状態に見えた。

無数のすり傷らしいものと、土なのか黒い汚れとが混在した異様な色に変色した大きな尻を高く突き出すような格好で、ただ小刻みに震えている。

しかめっ面した巨漢の顔には、口元だけ粘着テープが貼られ、鼻からせわしなく白い息が吐き出される。

運転席側の窓をわずかに開けると、美映子の耳に男の、うう、という低い唸り声が、地鳴りのような奇妙な音となって、静寂の中、地べたからかすかに伝ってきた。

すると、先のホームレス風の男が、いきなり被写体の口元の粘着テープを好奇心からか剥ぎ取っていた。

大男が何か口にしたようだが、弱々しくて声にならなかった。が、シャッター音に気づき、平泉が向けているカメラのレンズを思わず正面から凝視した。

平泉はニヤリとし、胸の中でVサインした。ホームレスのお陰で、みずからはなんら手を出すこともなく、被写体の顔までモロ出しになったからである。

加えて、このとき、黄赤色の落ち葉がはらはらと、被写体とその周囲に舞い降りた。

映画や舞台のような巧まざる演出に、平泉はエキサイトし、身を乗り出すようにして次々とシャッターを切っていた。彼は思わずクスッと小さく笑ってから、

（いいぞ。被写体も目線をこっちにくれている。お陰でキャプションまで浮かんだぜ）
すでに事件だと察している平泉は、被写体に対し百メートル以内には近寄らない。足跡、その他の彼自身の痕跡や物証を現場に決して残さないこと。それが捜査の常識といわれる「ロカールの法則」である。

この原理は、事件現場での人やモノとの接触により、犯人や事件関係者がなんらかの物証を現場に残すだけでなく、逆に現場の物証を衣服のどこかに付けて持ち帰る――という、捜査官には不可欠な知識のひとつだ。

こうした犯罪行動学を熟知して事件取材を重ねてきたのが、ベテランの平泉カメラマンだった。

ホームレス男は平泉の存在に気づいていても、被写体の肛門に突き入れられた鉄棒らしきものにだけ興味を示し、カメラマンには目もくれない。

撮影を切り上げるや、平泉は四百メートルほど先の本社に向かって全速力で駆けて行った。が、途中ですぐにまた戻ってきて、例のホームレスと何か短い会話を交わし、また猛スピードで風のように現場から去って行った。

美映子は平泉の後ろ姿を見送ってから、再び愛車のエンジンを吹かし、静かに現場をあとにした。整った彼女の横顔が、そのとき薄く笑ったようにも見えた。

美映子の機転も平泉の俊敏な動作も電光石火の早ワザであり、その所要時間は数分と費やされなかった。

第1章　スクープ

近隣住民からの一一〇番通報で一番始めに駆けつけたのは、パトカーではなく、チャリンコに乗った交番勤務の若い警察官ひとりだった。

しかも、美映子たちが風のように消えてから、すでに三十分近く経過していた。

現在、東京二十三区内で一一〇番通報を入れると、現場近くに警察署や交番があっても、千代田区桜田門前にそびえ建つ、警視庁本部内の「通信指令センター」につながる。二十四時間対応システムである。いつでも、受電台（電話交換台）と呼ばれる机がズラリと並んでいる同センター内部につながる。交代で常時、その前の椅子に座っている担当課員たちが、通報者や情報提供者などと話しながら、机に埋め込まれている画面表示部のタッチパネルに、寄せられた情報を書き込んでいく。

受電台前方の正面上部には、スクリーン状の大きなモニター画面が四、五台並ぶ。その画面には、警視庁が管轄する二十三区内の詳細な地図と道路、主だった目印などがこと細かく表示され、事件や事故の場所を、即座に特定する。ゆうに東京二十三区全域をカバーする、巨大なディスプレイといえよう。

警視庁の本部新庁舎新設の折、通報された現場が迅速に、そしてよりきめ細かく読み取れる最新型システムが導入されたのである。

一一〇番通報の際、係官に決まって質問されるのが住所や番地、現場周辺の目印だ。

自宅住所の番地や電話番号は、意外と咄嗟《とっさ》には出てこない。そこで、

「近くの目標物や目印、目立った建物、高速道路や鉄道、駅、病院、スーパー、道路標識、交差点、電柱に書かれた管理番号など、回りに何か見えませんか」

と訊かれる。通報者の情報を聴きながら、係官たちは先のモニター画面と照合する。

事件の内容によっては、受電した係官が、事件の「選別」を行うこともある。

「これは強行犯か?」

などと判断に迷った場合、先輩の係官（警察官）などからアドバイスを受けて対応することもある。判断ミスが重大な結果を招くケースもあるからだ。

逆に、第一報の扱い次第で、事件が解決に向けて急進展するという例もある。

「初動捜査」とは、現場に臨場したところから始まるのではなく、第一報を受けた、その瞬間から開始されるといっても過言ではない。

本件について、地域住民の中年女性が第一報の一一〇番をしたときの内容は、次のようなものだった。

「またヘンな男が性器丸出しの丸裸で、ゴミ集積所にいるの。通学路ですよ。早く来てください！　あん

な恥ずかしい姿、私の口から言えません。とても子どもたちに見せられない変態だわ。とっとと片づけてくださいッ！」

女性は、近くの交番にかけているつもりでまくし立て、加えて、現場周辺の日頃の風紀の乱れもしきりに愚痴った。

この一週間、同じ周辺地域で、似たような性的事件が何度も続出していたからだ。

通信指令センターの受電台係官は、一報を受けると、ただちに現場の状況を最寄りの警察署、つまり所轄署の「無線」指令台に送信する。それを受けて、通報内容が管区内のパトカーの警察官へ送られる。

「管区」とは、皇居を中心にして警視庁が設けている、それぞれの各警察署（所轄署）が管轄する区域のことである。

具体的には、第一方面から第一〇方面まで、大きな管区が設けられている。

この事案でいうと、丸裸の大男が発見された現場は新宿区××町であり、警視庁第四方面の管轄区域に当たる。

第一報を受けた受電台の係官は、しばしば同地域で発生している同種のワイセツ事案だろうと、タカをくくってしまったようだ。

しかし、事件現場近くの交番常駐の若い警察官は、現場に出動したとたん、そのあまりにハレンチな男の姿に冷静な判断力を失った。

そのため彼は、私的感情で自分の制服の上着を「被害者」に被せてしまった。

一番先に駆けつけた警察官の重要な仕事は、なによりも現場保存、つまり証拠保全である。

いかに新米警察官といえども、それに反した行為は大失態といわなければならない。警察学校で叩き込まれた〝現場保存〟のイロハをすっかり忘れてしまった行為であった。

それほど「被害者」の姿が、若い警察官に衝撃を与えたともいえる。

イの一番に現場に急行した警察官のやるべき行動は、「立ち入り禁止区域」を確保することなのである。

証拠保全のために黄色いテープを現場の周囲に張りめぐらせ、厳重に現場立ち入り禁止ゾーンを設置しなければならない。

ところが見たこともない「被害者」の姿を目にし、同情とともに茫然自失、というのがその新米警察官の心理状態だったのだろう。

なすべき職務を忘れて上着を掛けてやったが、到底「被害者」の哀れな姿を全面的には隠しきれない。

そこで、今度は上着を上にずらし男の顔に被せていた。

一方、同現場に所轄の警察官たち四人がパトカーで駆けつけたときには、さらに三十分以上が経過していたのだった。

その頃には、すでに野次馬たちが黒山のようにたかっていたが、かろうじて「被害者」の顔は隠されていた。

現場はもはや民間人の単なる集会の場と化し、〝事件性〟を指摘する住民たちもいない。現場はさんざっぱら踏み荒らされてしまっていたのだった。

新宿は、二十四時間眠らない人びとが蠢《うごめ》く不夜城といわれる。

ビルの片隅や陸橋下、シャッターの閉まった駅前の路上や公園、あるいは地下道で、段ボールを敷き、ホームレスたちが惰眠をむさぼっているかに見える。そのわずかな隙を狙って、醤油で煮しめたようなぼろタオルですら盗まれるという街でもある。

そんな新宿に象徴される東京、いや日本国中で、いまや他者に無関心の人間が圧倒的に増えた。人間くさいヒューマンな感情が薄れ、今日、荒涼たる日本と日本人の現在の姿がそこかしこに現出している。


本件でも、現場の惨憺《さんたん》たるありさまを目の当たりにしながら、集まった者の誰ひとりとして、身をすくめたりパニックに陥ることもない。

苦悶する全裸の大男が手足を縛られ、路上のゴミ置き場に突っ転がされていても、誰も動揺すらしなかった。

「ねえ、お巡りさん、近頃は風俗の人も外でずいぶんハデなことやるのねえ」

「この前なんてよお、二階の階段からカップルが二人とも素っ裸で転げ落ちてきた。たまげた。いや、あきれたなあ」

ゴミの一部と化したような息も絶えだえの男を前に、誰も同情しない。逆に、日頃の治安上の不満を若い警察官に向かって吐露するばかり。

「この辺も、子どもが大勢いるんだよ。ったく、風紀が乱れて仕方ねえなあ」

ひとりの中年男がそう口にすると、別の長老格らしき男が、ようやく、

「こんな変態遊びして、この兄ちゃん、一体何を考えているんだろうねえ。それにしたって、なんでまた肛門に鉄の棒なんか突っ込んでいるんだい……水戸黄門様が怒りますぞ」

「ふふ、ケッ作」

呼応したサラリーマン風の若い男が、ひとり下品に笑った。

今度は、彼の隣りにいた中年男がしたり顔で、

「この前の週刊誌にも載ってたよ。ある有名女性文化人が、真っ裸であられもない姿で縛られちゃって、そこに、運悪く娘が帰ってきて、母親の姿を見たとたんパニックに陥った。慌てて警察に電話を入れて、所轄のお巡りさんたちが駆けつけた。そしたら今度はちょうど奥の部屋から、女性用の赤いレースのパンティーを穿《は》いた、これまた誰が見てもわかる有名男優が、片手に電動のクネクネ棒を持って嬉しそうに現れたんだって」

そう臆面もなくいうと、隣りにいた先ほどの若いダジャレ男が、

「読んだ、読んだ。ふふ、勇んで踏み込んだ所轄のお巡りさんたちは、いいツラの皮ですよね」

「あたしも読んだわよお。あれは恋人同士の特異な趣味、エッチなプレイでしょ……あら、やだ」

好奇心丸出しの中年女性に見つめられて、最初に現場に到着した若い制服警官が、一瞬むっとして口を開いた。

「あのお、本官には民間人のプライバシーを守る責務があります。勝手な憶測はお控えください」

と、野次馬と化した民間人たちにひと言述べた。

半死半生の「鉄棒男」は全身の震えがとまらず、なんらセリフらしい言葉もまともに喋ることができなかった。そこで、五人の中の上司格らしい警察官が、事情聴取は無理と判断し、部下に救急車を呼ばせた。サイレンを鳴らして救急車は、すぐ現場に到着した。到着と同時に車から降りてきた白衣の隊員たちは、巨漢の肛門に刺さった鉄棒を見るや目を丸め、

「こりゃあ、ひでえや」

「危ない、危ない。いま、これは抜かないほうがいい。大出血の可能性がある」

鉄棒を臀部に埋め込んだまま、大男はようやく全身に毛布を掛けられた。

それから男は〝くの字〟状に寝かされたまま、隊員四人がかりでタンカの上に担ぎ上げられた。そのまま野次馬たちの人垣を割って、タンカごと救急車に入れられたのである。

救急車がサイレンを鳴らして走り出すと、スピードを上げて車体が揺れるたび、タンカの上で大男は、

「あ、ぐ、うがが」

と脂汗を浮かべて苦しげに呻いた。

新宿区内の河田町の救急病院に、五分とかからずに救急車は着いた。

救急病棟口に迎えに出ていた医師やナースやアシスタントたちは、巨漢の〝尻尾男〟の奇怪な姿を見るなり、棒立ちで、

「ど、どうなっているのよ」

と、頓狂な声を口々にこぼした。

彼は、タンカから病院のストレッチャー（移動簡易ベッド）に移され、すぐに救急処置室へと運ばれて行く。

途中、メモ用紙とペンを持った紺色のスーツ姿の女性事務員が現れ、彼の耳元で名前や年齢などを質問した。だが、歯をガチガチ鳴らす彼は言葉らしい言葉も発することができず、子犬のようにひたすらブルブル震えている。

それでも彼女はストレッチャーの傍《そば》から離れようとせず、執拗かつ熱心に住所や職業などを彼に質問し続け、そのまま彼と一緒に救急処置室へと消えていった。

鉄棒が、肛門奥の複数の臓器をも貫通しているのはほぼ間違いなかった。

臓器に鉄くずが刺さっていたり、患部があちこち切断されたり裂傷している可能性がきわめて高い。

処置室で待機していた外科医や麻酔医たちは、外傷の具合から内臓の現状をまず確認する必要があると判断し、被害者をレントゲン室に運ばせ、臓器のレントゲンを撮らせた。

鉄棒を、果たして肛門から引き抜けるのか。もちろん強引な処置は大出血を起こし、生死そのものを左右しかねない。

肛門からの摘出が無理なら、開腹手術となる。

その場合は、可能な限り腹部を開いて、鉄棒を短く切断しながら取り除くしかない……。

やがて十人の医師が、レントゲンのフィルムを見ながら、ミーティングを開始した。

感染の危険を防ぐため、別班のナース五人が、医師の命令で、まず男の全身洗浄を始めた。

ドクターたちは、なにより鉄棒除去の方法を繰り返しミーティングし、同時にＣＴスキャンも行った。

ときおりナースたちが大男にそっと、しかし無慈悲に声をかける。

「お尻、痛い……？　大丈夫……ですか？」

苦悶の表情で脂汗を浮かべる彼を見つめる彼女たちの顔に、好奇の色がにじむ。

一方、先のスーツ姿の女性職員は男の氏名、年齢、住所、保険証の有無を執拗に問い続けた。

彼が途切れ途切れに少しずつ話す小声の中から、言葉の断片を拾い集め、やがて彼女は、とうとう本人の名前と現住所を聞き出したのである。

健康体の男なら普通、血圧は平均して上が約百二十～百三十、下は約八十～九十位。体温も三十六～三十七度あるだろう。しかし、彼の血圧は六十にまで下がり、全裸で長時間放置されていたらしく、体温は三十五度を割っていた。

男は、脱水症状によりショック症状も起こしていた。

肛門から表に露出している鉄棒の長さは約十センチと判明した。

しかも、レントゲンとＣＴ検査の末、男の内臓に突き刺さっている鉄棒の長さは、およそ三十センチ弱と判明した。すなわち鉄棒の全長は四十センチにも及んでいた。

直腸・大腸・小腸を見事なまで貫通し、さらに膵管と胃にも大小の裂傷が確認された。なお深いところでは腹大動脈、下大静脈にも裂傷箇所が散見されたのである。

従って、鉄棒を肛門から抜くのはきわめて危険が伴う。いまは鉄の棒で抑えられているが、圧迫しているものがなくなったその瞬間、大出血は火を見るより明らかだ。

時間は刻々と過ぎていく。わずかずつではあるが、肛門部から出血が見られ始めていた。決断のときが迫り、ドクターたちが最初にミーティングした通りの手術と決定した。開腹手術し、止血しながら鉄棒を小さく切断して取り出してゆく。その反復作業で鉄棒をすべて取り除く。なんにせよ、きわめて大掛かりな手術となる。

外傷を診断した結果、肛門部周辺が、赤錆のついた鉄の棒だけでなく、直径十センチ以上の硬い異物、例えばビールびんのような太いものを、何度となく暴力的に出し入れされたらしいと医師たちは推定した。括約筋が明らかに破壊され、傷が直腸にまで達していた。ドクターたちの診立《みた》ては、その点で一致した。

「被害者」は、百八十九センチもの巨漢。彼の身長が幸いして、食道にまでは鉄棒が達していなかった。もし食道に達していたら致命傷となったろう。

体重が百キロもあるこの大男に対し、ここまで致命的な傷害を負わせることができたということは、相当数の人間の共同謀議でなければ難しい。その点も、ドクターたち全員の認識が一致した。しかも、これは明らかに「事件」であるという意見にも反対者はいなかった。

例の事務担当のナースのお手柄で、男の身元が明らかになった。そこで、病院側は傷害事件として所轄に届け出ることにした。

その方針をナースが彼に告げると、突然、彼は烈しく身をよじり、正気に戻ったかと思えるほど大声で、届け出を拒否した。

「やめろお、警察には届けるな！」

「いえ、これは〝事件〟ですから、届けないとこちらが困るんです。それより、あなたの保険証は国民健康保険ですか、それとも社会保険ですか。これも決まりですので、おっしゃってください」

彼女は事務的な口調で、容赦なく問いをぶつけた。彼は、急に歌舞伎役者が〝見得《みえ》〟を切るときに似た顔つきになり、

「ち、ちっくしょうめ……かかはっ、痛てっ、ててて……なんて、女なんだ……おらあ、重傷、なんだ……ぞ、おれは……うぐぐ……は、早く、痛み止め、を、くれ、た、頼む、よお」

医療過誤を防ぐため、どこの病院でも、病室の入口の壁とベッドの頭部などに、それぞれ個人を特定するフルネームを明記したプレートを立てる。

だが、手術は切迫しており、救急処置ルームから彼を動かすことはできなかった。

男が渋々ながら名前を明らかにしたので、彼の実名を赤マジックペンで派手に書いた名札入りのアームベルトが、男の左腕に取りつけられていた。

病院から所轄への通報で、男の身元が判明した。

柳田俊太郎。一九七六年八月三日生まれ。三十歳。

本籍と現住所は同じ、東京都世田谷区××町。

現在の警察機関では、犯歴のある男のデータをコンピュータに入力して人定するのに、数秒もかからない。

柳田は、生半可なワルではなかった。しかも、犯歴はもっぱら性犯罪なのであった。

三人の私服刑事と制服警官二人が病院の受付に入ってきた。病院からの通報を受けてから二十分も要していなかった。

病院職員の案内で、イタリア製の高級スーツをスマートに着こなした、見るからにキャリアの刑事を先頭に、計五人の警察官が足速に緊急処置室に向かった。

彼らが現れると、柳田の素性を知る由もない病院側スタッフを包んでいた空気が一変した。

来院した刑事たちの表情はいずれもこわばっており、その緊張感が病院サイドにも真っすぐ伝わったからである。

処置室前の廊下の片隅で、白髪まじりの初老の紳士と白衣をまとったひとりのドクターが、立ったまましきりに話しているのが刑事たちの目に入った。

ドクターと会話中、警察官らに気づいた初老の紳士は、どこか怯えた目つきでチラチラ刑事たちを見た。

ひとしきり病院サイドの説明を受け終えた初老の紳士が、納得したらしく、ドクターから差し出された書類にサインし、押印した。

終えると、後ろの長椅子によろよろと倒れ込むようにして腰掛け、〝はあっ〟と大きなため息をついた。

ドクターが書類を読みながら歩いて処置室に消えると、先頭の若い刑事は、長椅子に腰掛けている初老の男に近づいて、言った。

「失礼します。私、新宿の所轄を担当している、こういう者です」

警視庁北新宿署
捜査第一課
警視　藤森竜之介
〒……東京都新宿区…………
電話………内線………

初老男の目に、差し出された名刺に印刷された「警視」の文字がくっきり映っていた。

百八十センチあまりの長身でスマートな藤森警視に続いて、見るからに叩き上げ刑事、五十がらみの「岡崎巡査部長」が警察手帳を出して初老男に示した。

もうひとりの私服は、三十代で同じ巡査長の肩書きを持つ「香山」と名乗った。

よくテレビやマンガで「刑事」という用語を使うが、現実にはそういう職名はない。

実際には、署員はそれぞれ進級試験の合格ランクや学歴等の違いによって階級の差ができる。また、勉強して上級試験に合格し、次の新たな上級職の階級名に変わっていく。

上級試験で階段を上がるシステムは、警察組織に特有の、まさに強固な階級社会そのものともいえる。

「あのお……なんでしょうか」

名刺を見た初老の彼は弾けたように立ち上がり、少しひきつれた声を発した。狼狽しつつも、どこか高圧的な態度がチラッとにじんだ。常日頃の癖は、口のきき方ひとつに露呈する。

が、彼はつい威圧的な自分の言葉遣いに気づいたらしく、今度は急に力ない口調に変わった。

「私は、柳田……俊太郎の父親でございます」

「存じ上げておりますよ。ところで、一体なにがあったんでしょうかねえ」

藤森警視が言うと、やや後ろにいた小柄で小太りの岡崎巡査部長が、身を乗り出すようにして野太い声を発した。

「残忍なワルを繰り返してきたせがれが、今度は〝被害者〟ですってねえ。それも、完治不能のお気の毒な状態だそうじゃないですか」

藤森の厳しい視線から目をそらせた柳田の父親は、何か言いかけたが、すぐに言葉を飲み込んで深々と頭を下げたあと、崩れるようにしてソファーに尻から落ちていた。

岡崎をチラッと見てから藤森は、激昂しそうになるのを感じ、そこでひと呼吸置いた。次いで冷静だが手加減しない口ぶりで柳田の父親に質問を投げた。

「お父さん、おたくの息子さんは、これまで多くの女性たちに極悪行為を重ねてきましたね。立派な犯罪、いや最低の犯罪ですよ。だから、今回は逆に報復されたんじゃないんですか。どうでしょう。どう思われますか。何か心当たりはありませんかね」

身を縮めるようにソファーに座っていた父親は、返す言葉もなく、ただ目をぎゅっと閉じてうなだれた。

藤森の追及は、警察官の分限を明らかに越えたものだった。

彼らから少し離れたところに立っている制服巡査の若い原口は、藤森たちの様子を黙って見ていた。ややあって柳田の父親が不意に「わあっ」と叫び、顔を両手で覆って泣き出したとき、もうひとりの同僚に向き直った。

柔道で鍛えた太い首の大剛巡査に向かって、小声で、

「おい、知ってるかい。けつバットの被害者《がいしゃ》は、有名な集団強姦魔のクズ野郎なんだよ」

後輩の大剛は、ぎょっとした様子で原口を見返し、

「へええ。ヤツの逮捕、いつでしたか」

「違うんだよ。強姦が親告罪なのは知ってるだろ。そうさ、ヤツは親告されなかったわけだよ」

原口は、藤森たちをチラッといちべつしてから、少し口元を尖らせてまた大剛に、

「被害者は百人以上と言われていたが、なにぶんにも親告罪ということで被害者たちが名乗り出なかった。結果、クズどもは逃げ切ったってわけさ」

「ええっ、そうだったんですかあ」

「覚えておけよ」

二人は並んで前を向いたまま、ヒソヒソ声で会話する。

「それにしても許せねえっすね」

「あのワルガキはな、告訴つまり親告されて捕まった連中の中には入っていなかったんだ。だからヤリドクっていうか、被害者は泣き寝入りするしかなかったんだよ」

「かわいそうっすね」

「あのおやじ、そのワルガキの父親だよ。いい服着てよお。なんせ、大銀行本店の取締役営業本部長だってよ。いや、だった。正確には、過去形。つまり退職したんだよ。いたたまれなかったんだろうなあ、そりゃ、そうだろうぜ」

「としたら、錆びた鉄棒を一本突っこまれたくらいで、よく勘弁してもらえたもんですね、先輩……」

二人が顔を合わせて頷き合ったとき、

「申し訳ありませんっ。あいつは……あいつは……いっそ、ぶち殺されたほうがよかったんです」

柳田の父親が感きわまったように立ち上がり、嗚咽《おえつ》して言葉にならなくなった。

そこへ、どこか西郷隆盛の銅像を連想させる大柄のベテランナースがやってきた。その場の異様な雰囲気に戸惑い、しばらく棒立ちになっていた。が、柳田の父親が嗚咽して空気が変わった機を捉えて、

「あのお、柳田様、手術が先ほど始まりました……」

よく通る彼女の声に、目を開けた父親ばかりか後ろを振り向いた藤森たちもハッとした。が、彼女はビジネスライクな口調で、

「開腹手術です。肛門から引き抜くのは、あまりに危険でリスクが大きすぎます。ですから、開腹により胸骨《きょうこつ》もはずして、バーナーで少しずつ鉄棒を切りまして……その点のご説明は柳田様、ドクターのほうから詳しい開示がございましたでしょう?」

西郷に似たナースは、刑事たちの前で、なぜだかフェロモンを放出しながら、手術の手順をコト細かく説明した。

柳田は、立件こそされなかったが集団強姦魔であることは事実だ。だが、患者は患者だ。病院としては柳田も他と平等に治療する、というドクターからのメッセージでもある。

ただ、親族でもない不特定多数の人間を前に、今の段階で守秘義務に関わるプライバシーを公言するのは、問題なしとしないだろう。

柳田俊太郎、通称・変態バズーカの大手術は、十時間以上にも及んだ。大掛かりな手術を終えたとき、担当チームは全員がグッタリとなった。

バズーカは一命を取りとめただけにすぎず、内臓の損傷は深刻で、甚大な後遺症は一生、確実に残るだろう。

担当医がバズーカの父親にはっきり告げた通り、わけても肛門の復元は現状では不可能で、人工肛門にならざるをえない。

その所見を父親と一緒に担当医から聞いたとき、藤森は心に思った。

……ヤツは、性懲りもなく悪事を繰り返してきた根っからの悪党だ。刑務所に、二度も入っている。しかし、二度とも量刑は軽かった。この父親がカネの力で示談に持ち込んだからだ。ただし、たまたま立件されたのが二件というだけで、その何倍もの性犯罪をヤツは犯している。

しかも、ヤツは決して単独では女性を襲わない。複数もしくは集団による輪姦か、集団での準強姦と強制ワイセツを繰り返してきているんだ。

何者かにこんな強烈な形でしっぺ返しされるなんて、ヤツは考えてもみなかったに違いあるまい……。

性犯罪の多くが、〝エスカレートしていく犯罪〟といわれている。

「初犯」では、ベランダに干してある女性の下着の窃盗程度だったものが、次は電車内でのワイセツ行為や幼少児への露出行為などへと、徐々に、しかし確実にエスカレートしていく。そして、やがて標的《ひょうてき》に対して〝強行〟行為へと突き進んでいく。

薬物犯罪と並んで、性犯罪者の恐ろしいところは、「再犯率」がきわめて高いという点なのである。

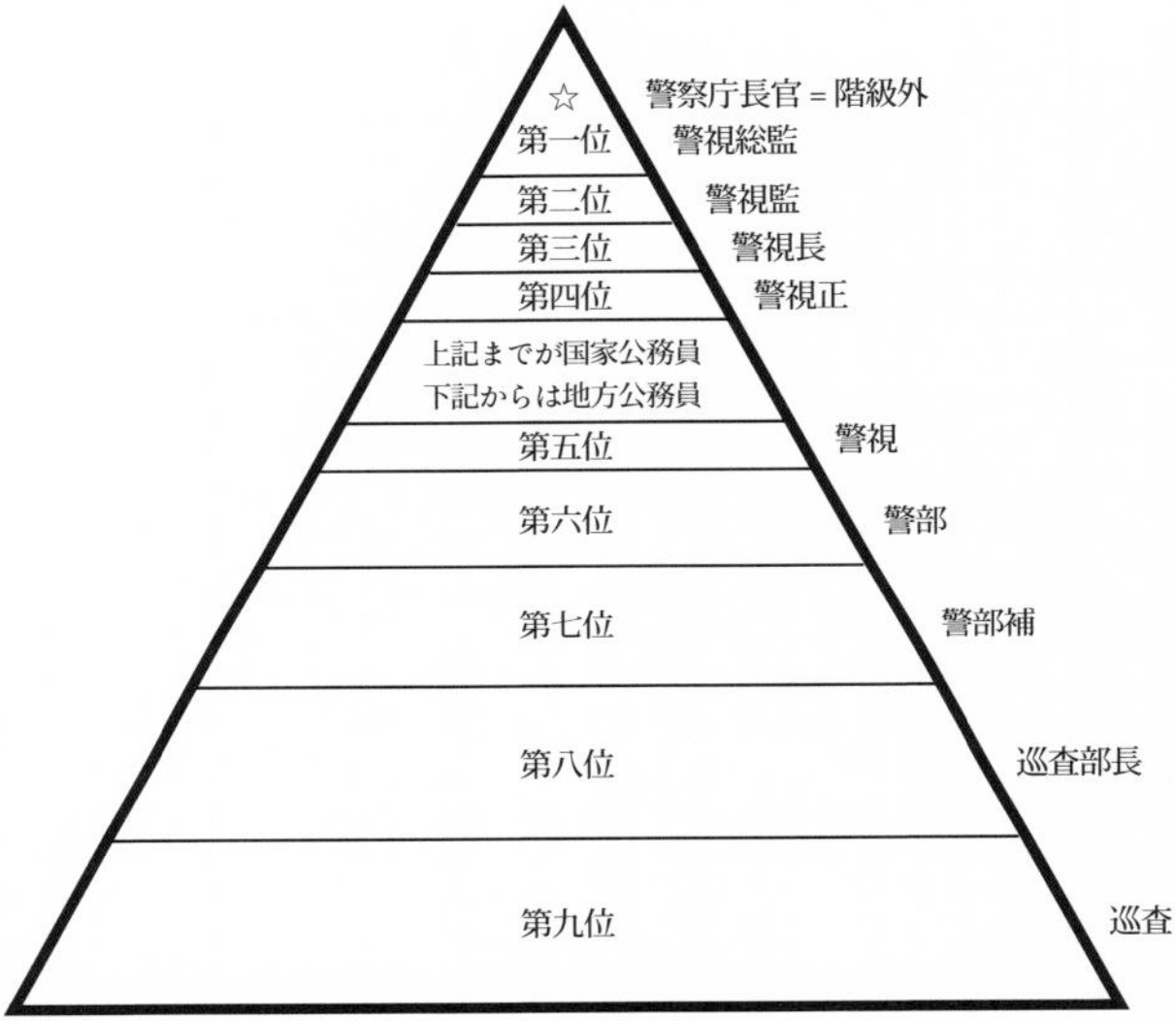

「巡査長」という肩書もあるが、これは長年勤めていて格好よくするためとか、若い巡査が手柄を立てたとかいうときなど、単に肩書を加えるというだけ。階級やそれに伴う賃金などにはなんら影響はない。

（それにしても、こんな鬼畜に一体、誰が牙をむいたのか……）

藤森は視線を父親から天井に向け、心につぶやいた。

（あのワルガキにはとんだ災難でも、痛快ではないか。ただ、本件が犯罪事件なら、捜査しなければならんな。おれの所轄管内で発生した事案である以上は、容疑者を割り出し、確保するのが当然の仕事だ。しかし、いささか気が重い……）

藤森警視は、現在三十一歳である。

柳田俊太郎を初めて知ったのは、すでに七年も前だった。

藤森は、在学中に国家公務員一種の試験に合格し、国立大学を卒業した後、警察庁に採用されたばかりの頃だった。

通常、警察官採用試験の合格者なら、階級は巡査が初任である。だが藤森の場合は、国家公務員採用一種試験合格者の肩書により、いきなり警部補、つまりキャリアとしての初任だった。

キャリア組とノンキャリア組では出世のスピードがはるかに違う。

なお、日本の警察官の階級・序列は前頁上図の通りである。


警視として藤森が関わった最初の大きな事件《ヤマ》が、柳田がらみだったのである。

柳田が所属していた有名私立大学のサークル仲間が、刑法でいう準強制わいせつと準強姦事件を起こし、それが複数の被害者たちから告発された。告発を受けて同サークルの本部となっていたマンションの一室に、藤森も加わってガサ入れで踏み込んだ。裁判所から捜索令状をとった上での家宅捜索である。

もっとも、このときは、対象者の中に柳田俊太郎の名前はなかった。

ただ、犯行現場となったマンション自体は柳田の父親の名義である。そこがガサ入れの対象となり、所有権者である父の代理で、柳田がガサ入れに立ち会っていた。

同マンションの正面玄関をくぐると、壁一面が光沢にみちた大理石で張りめぐらされていた。徹底して磨き上げられ、チリひとつ落ちていないエントランスが広々として美しい。

エレベーターのすぐ脇にはフロントがある。高級ホテルと同様、そこに二十四時間態勢で常駐のフロント係が三～四名、交代で受付に配置されている。警備も万全。いわゆる〝億ション〟だった。

父親名義の柳田宅は、眺望のよい七階にあった。だが彼の家の中へ入ると、景色が一変した。

室内はひどく散らかり、弁当の空きガラや酒ビン、飲み食いした食器やグラス類が台所の流し台に雑然と山積みになり、足の踏み場もないほど荒れている。

しかも、アルコール臭のみならず、何か部屋全体に腐臭ともいうべき異様な悪臭が立ち込めていた。

部屋に入った瞬間、藤森は吐き気が込み上げたのを思い出す。

柳田は雲を突くような巨漢で、河崎警部補が声を出して読み上げた捜索令状を、わざとらしく迷惑そうに見ていた。

当時、柳田は二十三歳。留年して卒業が遅れ、大学に在学中の四年生だった。

すぐに彼の部屋から、数々の性プレイ用の器具が押収された。

当時まだ若かった藤森は、オロオロ困惑し、上司に怒鳴られたこともよく記憶している。

おそらくは強い酒を無理に飲まされ、半死半生状態になったひとりの若い女を、それはまるでハイエナが群がるのにも似て複数の男たちがオモチャにし、弄《もてあそ》んでいる……。そのような、おぞましい写真が何枚も、何十枚も見つかった。

その中で、藤森警部（当時）の脳裏に、とくに強烈に刻印された一枚の写真があった。

全裸の、どこか純真な顔立ちをした若い女性が、洋式トイレの便器を両腕で抱えて跪《ひざまず》き、顔をゆがめながら激しく嘔吐《おうと》している。その姿が、さまざまなアングルから写されたものだった。

彼女のセミロングの髪を鷲づかみにして乱暴に持ち上げ、カメラのほうに無理やり彼女の顔を向けさせておいて、背後からケダモノどもが容赦なく犯している愚劣な写真もあった。

その酷《むご》たらしい情景を、他のケダモノどもは、声が聴こえるかと思えるばかりに大口を開けてゲラゲラ笑いながら取り囲み、全員が勃起したペニスをさらけ出している。

そして、その鬼畜たちの中に、柳田俊太郎の姿もハッキリ写っていたのである。

そのような現場写真がありながら、強姦そのものを実行したという証拠が不十分だったため、柳田とその場にいた六人の男たちは立件を免れたのだった。

その事実を知らされたとき、当時まだ警部だった藤森は、抑えがたい怒りを爆発させた。階級社会の一員であることも忘れ、

「これじゃ、法律なんかないのと同じですよ。日本は無法国家なんですか！」

と、周りの目も構わず、上司に向かって大声で食ってかかっていたのだった。

勇気を出して強姦罪を親告した女性は、最終的に三人現れた。推定百人もの被害女性がいたのにもかかわらず、名乗り出た被害者はなんと三人だけ。

いうまでもなく、親告とは、他者を介することなく被害者である本人自身が、警察や検察に犯罪と被害の事実を告げることだ。

検察官が「親告罪」で容疑者を「告訴」したいとき、被害者（または法定の範囲に入る被害者側の者）や、その代理人弁護士の「告訴」が必要となる。

強姦罪が、親告罪の代表的な法律だ。

一番の問題は、「親告罪」というしばりを取り払わない限り、強姦罪が立件できないこと。

柳田俊太郎は、合コンサークルが結成された最初期からのメンバーのひとりだった。

しかも、酒で女子たちの正体をなくさせるより、薬《ヤク》のほうがもっと勝負が手っ取り早いと主張した。そのため他の連中と意見が対立して仲間割れし、別派を作ったわけである。

この悪党が思いついたのが、まず男女でゲームをし、負けたら「罰ゲーム」と称して、イッキ飲み式の酒を飲ませる方法。だが、その前に、悪酔い防止などと称して、睡眠薬を飲ませていたのだった。

女性が正常に動けなくなった頃合いを見計らって、ケダモノたちが集団で彼女たちに襲いかかる。まさに、準強制わいせつ及び準強姦罪である。しかも、のちのちのために、卑猥で残忍な彼女らの秘態写真を撮りまくり、被害者たちが警察に届け出られないようにクサビを打ち込んでおく……。二重にも三重にも、鬼畜たちは自己を守る悪知恵を働かせていたのだった。

リーダーの柳田は、被害者の人格を、容赦なく破壊するとともに、彼女たちのいっさいを支配下に置こうとしていたのである。

その一番のリーダーだった柳田俊太郎が、重傷を負った。いや、負わされた。

こんな外道であっても、法的には被害者となるわけである。

柳田の手術完了と麻酔がさめるのを漫然と待っていても仕方がない。そう考えた藤森警視は、

「あの姿では逃げも隠れもできんだろう。ま、署にいったん帰るとするか」

と誰に言うわけでもなく小さく声に出して呟くや、長椅子に座って放心状態の柳田の父親をチラッと見てから、手術室に背を向けて歩き出していた。

すぐに岡崎巡査部長と香山巡査長が後に続く。

　制服警察官らの前までくると、小声で藤森が言った。

「この病院へ彼が搬送された時刻、手術の開始と終わりの時間、全治何日、いや何ヵ月ぐらいかかるのか……報告書にまとめておいてくれ。

　それから、病室が決まったら、その前に机と椅子を置いて、ヤツのところに出入りする人間がいたらチェックしてくれ。日時、面会人の住所、名前、特徴、他に何か気づいたことも記入しておくこと。頼むぞ。じゃ、ご苦労さん」

　緊張した面持ちの二人の制服警察官が、背筋を伸ばして同時に、

「了解しました！」

と答える。彼らの大きな声が一瞬、廊下に響いた。

　二人の警察官が整列して敬礼したときには、藤森は振り返りもせず、エレベーターの乗降口の前までやってきていた。

　その藤森の両肩の線が、心なしか怒りで硬直しているように岡崎の目には映って見えた。

　毎週木曜日発売の写真週刊誌『シャープ・アイ』に、錆びた鉄棒を肛門に突き入れられた全裸男の衝撃的な写真が、見開き二ページ扱いで大きく掲載された。

　刺激的な見出しが踊り、前文《リード》も目を引いた。

〈未明の新宿の住宅街に、全裸の緊縛巨漢の男が突如出現の「?《ナゼ》」〉

〈ここに載せた三枚の写真は、いずれも、特撮でもCG加工でもありません。もちろん実写です。十一月中旬の夜と朝が不分明の新宿。住宅街のゴミ集積場に、突如として登場した裸体の巨漢。気絶寸前の面妖な姿態を、本誌カメラマンが望遠で激写したのです。

ところで、ハテ、この男、どこかで見たことがあるような……おおっと、そうです、そうでした。あの有名な集団強姦グループのリーダーでありながら、なぜか、お縄頂戴とならずに逃げ切った、変態バズーカ君その人ではありませんか！

一体なんでまた、お尻に錆びた鉄棒を……？　悪事を重ねて妙な趣味を覚えたか。それとも天の怒りに触れて、鉄拳ならぬ「鉄棒」の制裁を受けたのでしょうか？（続きは本文に）〉

同誌二〇〇六年十一月十六日発売日の前日、センセーショナルな見出しを立てた電車内の中刷り広告が、衆目に晒《さら》されるところとなった。

インパクト充分の実写だったため、他社のライバル誌は霞んでしまった。

ページを開くとすぐ、柳田俊太郎の顔に、ごく細い黒の目線が申し訳程度に引いてある。だが、彼をよく知る者がこの顔写真を見れば、バズーカ本人であることは一目瞭然だった。

ページの構成は、中央見開きにデカデカと衝撃写真を配し、左側のページには状況を伝える小さい写真を二枚添え、合計三点のいずれもショッキングな写真が使われていた。

ゴミの山の中で、臀部《でんぶ》を高々と持ち上げ、鉄棒を肛門部におっ立て、両手両足は荷造り用のテープでグルグル巻きにされている。

もう恐怖が去ったからか、柳田の顔の表情がやや緩んで微笑んでいるようにも、あるいは放心状態にも見える。

周りをウロウロ何かを物色しているような、ホームレス風の中年男も一緒に写っている。

本文に次のような文章が続いていた。

〈ここは新宿。某住宅街の一角です。やたら図体の大きな若者が突如スッポンポンで登場しました。

しかも、お尻には、錆びた鉄の棒をホールイン・ワン！

なんとも奇妙な光景ですが、よく見ると、この肛門マニア？　は、逮捕がカウントダウンだと世間で一時いわれながら、とうとう逃げ切った例のラッキーボーイのバズーカ君ではありませんか！〉

冒頭の文章は、すぐに忘れることが得意な多くの国民の、記憶の闇に沈んでいた錨《いかり》を、一気に海底から引っ張り上げるようによみがえらせていた。

〈今度は、彼は何をして見せてくれているのでしょうか。

もしや、強姦被害女性たちが味わった激痛と屈辱を、いまになって自分のお尻で実感し、ザンゲのポーズ？

最初は、彼は頭から黒い布状の袋をすっぽり被っていました（左側上の写真）。すぐ下の写真は、ホームレス風の中年男性が、その布袋を奪い取ってしまったところです。

それで見たことのある顔が現れ、正体がバレてしまったわけです（中央の写真）。

彼に関心がないホームレスさんは、他にめぼしいモノもないと悟ったのか、とっとと立ち去ろうとしました。カメラマンが彼の後を追ってインタビューすると、

「あの尻の棒、鉄だったんだよ。銅だったら中国でも日本でも高値がつくんだけど。残念」

彼を救助する気などなかったのですね。十一月の冷たい風とともに、人の世のなんと儚《はかな》いことでしょう。

さて。すぐこのあと通報で警察が到着。「被害者」は新宿管内の救急病院に収容されました。

覚えていますか、数多くの彼の悪行を。そう、彼の趣味はあくまで女性ですから、今回は悪フザケではなさそうです。

となると天誅《てんちゅう》か、それとも別の鬼畜の遊びか？　いずれにせよ、これは〝事件〟だったようです。

さてさて、ここで問題です。

仏教に、〝□果応□〟という四文字熟語があります。二つの四角い空枠の中には、なんという文字が入るでしょうか？

もうおわかりですね。

大きな悪事を働いたら、大きな罰が待っている。天災も忘れた頃にやってくる、という意味です……。

「被害者」には、慈悲の心で、お気の毒さまと申し上げておきましょうか〉

同事件が『シャープ・アイ』に大きく掲載されたのは、十一月十六日。続報が、同じ遊香社発行の月刊誌『ＹＵＵＫＡ78』十一月二十五日発売号に載った。

同月刊誌は「被害者」の人物像や事件の背景を詳しく後追い取材、綿密な裏取りも行って、躍動的な記事を六ページにわたって載せていた。

事件の発覚は十一月十四日である。

毎月二十五日発売の『ＹＵＵＫＡ78』には、入稿までにいささかの時間が残されていた。もっとも、このショッキングな事件の発生で急拠、他の企画や記事でボツにされたものもあったろう。

写真週刊誌『シャープ・アイ』のほうは、事件そのものより、もっぱら視覚に訴える作戦に出た。そのため、同事件に強い関心を持った読者の多くは、『シャープ・アイ』が呼び水となり、『ＹＵＵＫＡ78』を店頭で競って買い求めるところとなった。

第2章　十三《じゅうそう》の警視《でか》

十二月に入ると気ぜわしくなる。とくに大阪の下町繁華街・十三《じゅうそう》を管轄する淀川南警察署は落ち着かない。

年季が入った四階建て建物の一室――。

「この写真週刊誌『シャープ・アイ』と月刊誌『ＹＵＵＫＡ78』は、同じ出版社の発行かいなあ……」

つぶやいた中年警察官の頭の上だけ、換気扇がやかましい音を鳴らして回っていた。

その広い二階の暖房がきいた室内は、一課の署員たちでごった返している。

彼はその一角で、かなり使い込まれ脂ぎった中古ソファーの上に、半ば寝そべるようにして煙草を吸い、遊香社の写真週刊誌と月刊誌、両誌の記事を熱心に読み比べていた。彼は年が明けると五十五歳を迎える叩き上げ、ノンキャリアの中澤建夫警視である。

中澤は独りごとをブツブツといいながら、もう二時間近くも同じ記事をためつすがめつ読んでいた。

この春の人事異動で、中澤は、警部から警視に昇進したばかりだった。彼が拝命した警視は、一般的に本庁の課長補佐や警察本部課長、地方の小規模警察署なら署長あるいは副署長に就任する。

ところが彼は、かつて大きな失態を犯したため、警視にこそ昇進したものの、そのような職責は与えられなかった。大阪府警本部（通称本店）への異動もなく、支店すなわち「所轄《しょかつ》」といわれる中規模の警察署に異動となった。

しかも彼はデスクワークにはつかず、みずから申し出て、現場の捜査の仕事を選んだ。つまり、靴の裏を擦り減らす、別名「強行犯」ともいわれる捜査第一課の刑事として第一線に立ったのである。

中澤の口癖は、

「大事なんは、肌で感じること。ワシ自身の勘や」

だった。そんな非科学的なことをいう彼に、キャリア組の若いエリート連中は冷たい視線を浴びせていた。

捜査や「地取《じど》り」、すなわち事件現場周辺の聴き込みに当たるとき、捜査員は必ず二人ないし三人で組んで行う。それが鉄則だ。

想定外の非常事態は、常に発生する。その際、単独の捜査や張り込みでは、警察官の暴力行為の有無等、法的立証の問題が生じた場合、〝相棒〟が証人にもなるからだ。

また、逮捕時の手続き法に抵触するリスクを避けるためにも、「アイキン」（相勤）＝相棒を組むわけである。

捜査の手法も、いずれＩＴ時代になり、携帯電話などの最新のツールの導入で、どんどん様変わりする。でっかいイヤホンを片耳の穴に突っ込んで、軽快なスニーカーで走り回る——。そんな見るからに刑事《デカ》という古典的タイプは、すでに今日およそ見かけなくなっている。

いまや、全署員の携帯電話に、各署員だけの暗証番号が入力されている。事件発生時や緊急時など、キーステーション（捜査本部）から、全署員にいっせいに連絡が伝わる、というシステムもでき上がっているのである。

昔のように警察無線を傍受するヤカラにとっては、面白みがなくなったというわけだ。

ＩＴ化は反面、警察中枢の防衛システムを打ち破る危険も伴う。現代の犯罪社会は、烈しい情報戦に加え、ＩＴ攻撃にさらされているといえるだろう。

かつて所轄の刑事部屋に入ると、出入口内部の、ドアの真上の壁に、遠くからでも視認できる大きな文字のリストが貼られていた。

部屋の中に入って振り返り、入口の上を見上げる。すると、たとえば交通課＝〇〇〇番、警備課＝×××番などと、各課の無線短縮番号が大文字で黒々と記され、一覧表となって貼り出されていた。しかし近年、そんな一覧表はまずお目にかからないという。

もう十年くらい前になるが、こんな実話があった。

無線機の性能について、男はほとんど知識がなかったのだろう。高級車のベンツの中で、あるヤクザ組織幹部の彼がヤク（麻薬）の商談を行った。車内に備え付けの専用移動電話を用いて売買交渉し、約束の日時や取り引き場所を取り決めた。

さて後日、目的の場所に悠然と高級車に乗って親分と数名の組員たちがやってきた。やがて、同様のベンツで金主方《きんしゅかた》と子分衆も現れた。双方が車を降りたとたん、某府警の覆面パトカーが何台も登場し、彼らをドドーッと取り囲んだ。

双方が唖然ボー然となる中、全員が一網打尽。

「誰じゃあ、チクッたヤツは。裏切り野郎は誰じゃあ！」

怒鳴りっぱなしの組幹部は、たちまちワッパをかけられ、確保された。

取調室で担当刑事が幹部に明かした。

「あのなあ、無線ちゅうもんはなあ、電波なんやで。電波はな、ぎょうさん空中を飛び回っているもんなんや」

「移動電話だったか……ぐぐ」

組幹部はガクッとうなだれた。

「ずいぶん昔だが、日本の某国営放送のブラウン管にな、近くのラブホテル街から飛んできたと思われるエロビデオが映った。そのエロ映像が、一般家庭のお茶の間に流れたんや。ええか。電波をなめたらあかんで。もっと科学を学ばんかい！」

もっとも、その反対の例もある。

賭博場のガサ入れを打ち合わせしていた警察無線が、今度は組の若い連中らに傍受されていた。

気合が入る某所轄の警察官らが「忠臣蔵や！」などと気勢をあげながら、防弾チョッキまで着込み、完全武装で現場に踏み込んだ。

ところが、広い会場はもぬけのカラ。ネズミ一匹いなかった。

「内部に絶対通報者がいる！」

大騒ぎになり、内部監査まで入ったが、よくよく調べたら、単に警察無線が傍受されていたにすぎなかったのである。


また、すでに明らかになっている事実だが、一九八四年、某与党本部への放火やグリコ森永事件の折、警察内部同士の通達や連絡等が、みーんな犯人に傍受されていたことが後に判明した。

アナログ無線をデジタル化へと急いで移行した重要な契機と背景に、こうした重大事件の大失態があったというのが通説となっている。


「こら、けったいな事件や。この男、〝前〟があるんやろなあ。こんな大男をここまでいたぶったちゅうのは、復讐やないか……」

中澤警視がブツブツ独り言をいっているところへ、川上利行巡査長が、張りきっているのか、嬉々とした声で中澤に一言いった。

「先輩、その記事はなんですか」

川上は、報告書を書いていたペンを止め、自分のデスクのすぐ横の中澤が広げている雑誌に目を向けた。

彼は二十六歳、それまで交番勤務だったのが、二日前に中澤警視の下に配属されたばかりである。

ヘビースモーカーの中澤は、煙草の煙のかたまりの中で顔を曇らせている。

川上はたまたま職務尋問で、全国指名手配中の強盗殺人犯を逮捕した。そのお手柄で、大阪府警の所轄

（企業でいうなら出張所から昇格した支店）への栄転となった。と同時に、制服組から夢にまでみた私服組、しかも巡査長に昇進した身である。

私服刑事になると、重要な事件の捜査にも関われる。川上にとって、あこがれの私服組、それも強行犯係を拝命した。その二日目が今日なのである。

私立大学卒業のノンキャリアで、まだ三年目の巡査の彼がいきなり、私服に昇進した。しかも中澤警視のような超ベテランの〝相キン〟となれたのは、川上にはきわめてラッキーなことであった。

その大先輩が長時間、何度も同じセリフをブツクサ繰り返している。

「どうも引っかかるんや、この記事が。こんなどぎついことされたのに、犯人の顔も見てへん。容疑者の人数もわからん。と、言うとるねん、記事ではな。おう、利《とし》、おまえも読んでみい」

「はい」

二冊ともページを開けたまま中澤から雑誌を渡された川上は、小さくお辞儀して自分のデスクに戻った。書きかけの報告書の上に二誌を並べて置き、背筋を伸ばしたまま椅子に腰掛け、

「ええっ」

と、誌面に視線を注ぐなり、すっ頓狂な声をこぼした。丸裸で肛門に鉄棒を突っ込まれた巨漢の、異様な姿がすぐ目に飛び込んできたからである。

彼の目は、たちまち『シャープ・アイ』と『ＹＵＵＫＡ78』の記事に吸いこまれていった。

十一月二十五日発売の月刊誌『ＹＵＵＫＡ78』の記事は、追加取材により事件の内容が相当詳しく書かれ

ていた。

バズーカが救急病院に搬送された初期の段階では、興が高じてやり過ぎたという、単なる性遊戯の結果の事故とみられていた。

しかし、完治不能な肛門部周辺の外傷や傷の深さが明らかになり、見方が一変した。

鋭利なカミソリでも使用したのだろう、バズーカの陰毛は、のっぺらぼうになるほどツルツルに剃られていた。また頭髪も、本件発生直前まで長髪だったが、ハサミで荒々しく〝トラ刈り〟にされ、以前の彼の人相など見る影もなかった。

被害者本人、もしくは病院関係者への取材なくしては知りえないことまで踏み込んで書かれ、事故ではなく事件であることを明らかにしていた。

身動きできないほど重傷のバズーカの様子ばかりか、素性も詳しく記され、同誌の記事は〝被害者〟たる彼の実名まで紹介して構成されていた……。


〈某大手銀行の取締役を父親に持つ、現在三十歳の道楽息子。彼は有名私大卒業後、一度も働いたことがない。優雅な独身暮らしだ。親から高級マンションを買い与えられ（名義は父親）、生活費も親からの仕送りである。自由といえば体裁がいいが、見方を変えれば野放し状態。金にものをいわせて傍若無人に生きてきた稀代《きだい》のワルである。


刑事罰の対象とならない少年時代からたどれば、「前歴」は数え切れない。

手始めの一九九一年、彼が十五歳当時、三人の仲間とともに集団強姦を犯した。被害者は、まだ十二歳の少女である。

　このときは、三人の仲間ともども、親が高額の慰謝料を支払って、なんの罰も受けずに解放されている〉

川上の上体が心持ち前のめりになり、険しい顔つきに変わった。


〈現在の少年法は、「改正」に改正を重ねてきた。二〇〇一年には、被疑者が十四歳に満たない少年少女でも、刑罰に触れる行為をした者は「触法少年」、つまり犯罪者（刑事犯）として罰せられることになった。少年法の骨子でもあった保護主義から厳罰主義へ……と大きく急カーブを切ったのが、現在の「改正」少年法といえよう。

　十六歳から十三歳にまで、刑事罰対象の年齢を一気に引き下げた。大きなきっかけは、近年の未成年者たちの凶悪犯罪化への対応だとされる。

だが、一番の大きな理由は、一九九七年神戸で発生した連続傷害殺人並びに死体損壊猟奇事件、すなわち「酒鬼薔薇聖斗事件」といわれている。

　逮捕された犯人は、当時まだ十四歳の中学三年生なのだった。

　二〇〇四年三月に、彼は二十一歳の成人となった。そして「仮退院」の許可を受け、医療少年院から保護観察所へと送られた。

　翌年、彼は晴れてシャバに解き放たれ、現在は一般社会でひとりで生活している。

酒鬼薔薇聖斗事件に関する刑罰の加重等について、さまざまな世論の声が湧き起こった。

「こんな酷《むご》い犯罪を犯す加害者に対して、いまの少年法では甘すぎる」

との厳罰化を求める大きな世論のうねりが、端的に少年法の「改正」へとつながったといえよう。

もし同少年法「改正」以降なら、今回「被害者」とされるバズーカは、当時十五歳でも、家庭裁判所の調査（大人の事件でいう警察での取り調べ）の結果、集団レイプの加害者として刑事罰処分相当となった。そして検察庁への送致（逆送）となり、大人なみに罰せられ、少年刑務所へ送られたことは間違いない。

しかし、彼が犯した事件は、「改正」前の一九九一年だった。金にモノをいわせ、示談に持ち込んでしまったのである。

その甘い「前歴」のゆえに、〝悪魔の落とし子〟は、その後なお野放し状態のまま、一種のグロテスクな化け物に育っていったのではなかったか。

一方、被害者の少女は、生涯癒《い》えることのない深い傷を、心と身体に抱えて、その後の人生を死ぬまで生きていかなければならない。

被害者が、息を殺して、人目に触れぬようひっそり生きてゆかねばならないのに対し、悪行を繰り返す鬼畜たちは、少年法と財力に守られ、堂々と表通りを歩いて生きながらえている。〉

ここまで一気に読み、「ふーっ」と大きな息を吐いて、記事からいったん目を離した川上の顔が、興奮ゆえか紅潮していた。

〈今回の事件は、性犯罪を何度となく繰り返して成人した三十男が「被害者」とされた事案である。
真意は別にして、警察は、バズーカの四日間に及ぶ拉致監禁傷害事件を、捜査している。

「息子は、いっそのこと殺されたほうがよかったんだ！」

と、吐き捨てるように彼の実父は、バズーカが入院中の病院で口にしたという。

その父親が大銀行本店営業本部長だった当時、不肖の息子が集団レイプ事件を起こした現場が、この父親が買い与えた前出の高級マンションの一室である。

そこは、アルコール度数のきわめて強い酒を強引に飲ませ、正体不明になるほどぐでんぐでんに酔わせた女子たちを、鬼畜どもが傍若無人に餌食《えじき》にした「二次会」会場だった。

数多くの残忍な犯行現場に立ち会ってきたベテラン刑事たちでさえ、口々に言った。

「現場はまるでソドムそのものだった」〉

「ソドム……あの旧約聖書に出てくる、神が降らせた火で焼かれた不道徳で退廃的な都市……」

川上が、記事に目を落としたまま口の中でつぶやいた。

〈本件が殺人未遂に匹敵する事案の性質上、一応は捜査班が立ち上げられた。

これほどの傷害事件ともなれば、担当所轄は普通、メディアに向けて記者会見を開く。ところが、その気配すらない。病院も、彼の外傷についてさえ、いまだに正式な発表をしていない。

そこで、始めに発見した地域住民、彼が担ぎこまれた病院関係者、サツ回りの新聞記者、さらに実父らを取材した話を総合すると、事件の全体像は次のようになる――。

「被害者」のバズーカは、新宿区内で全裸姿で発見された。十一月十四日未明のことである。

現場は、歓楽街から徒歩五分の住宅街のゴミ置き場。

某メーカーのロゴ入り布袋は、フランス生まれで日本でも人気の全世界のブランド品だ。それを彼は頭からすっぽり被せられていた。

そして、直径およそ三センチ、全長約四十センチの錆びた古鉄棒が、十センチほど肛門から露出した形で内臓に三十センチも突っ込まれていた。

バズーカのハレンチな姿を目にしても、さほど住民たちは驚かなかった。というのも、そのあたりでは深夜のワイセツ行為がしばしば見かけられる。レイプなのか同意なのか、判別がつかないような出来事も頻繁に発生していたからだ。

警視庁本部へ入った一一〇番通報は、最寄りの交番に回され、それを受けた交番勤務の若い警察官も、

「またかよ。仕方ない。じゃ、ま、注意するか」

と、ほんの軽い気持ちで現場へ向かった。

が、最初にチャリンコで現場に着いた巡査は、「被害者」の異様な姿に思わず仰天して、

「迂《う》闊《かつ》に抜いてやったら、出血死しかねない」

と、あとから来たパトカーの先輩が呼んだ救急車の到着を待つしかなかった。

やがてバズーカは救急病院に収容され、傷の状態や程度など、検査結果が次第に明らかになってき

た。結果、快楽の戯れの延長ではなく、「性犯罪傷害事件」だということが、病院からの通報で判明したのである。

　そこから所轄もやっと動き出したという。

　バズーカは、発見される四日前の十一日、深夜の三時頃、港区白金台の自宅マンションの駐車場で、不意に強烈な高圧電流を浴びた。どうやらボルト数がかなり高い性能のスタンガンを首筋に受け、一瞬そのまま気を失ったという〉

「ざまみい。天誅やで」

中澤警視がジロリと見たので、川上は慌てて口を閉じた。

〈途中、彼は何度か意識が戻った。が、それは、すでに手足を粘着テープでグルグル巻きに縛られたあと。強引に肛門へ異物をぶち込まれる際の激痛のためだったようだが、その点すら本人には定かではない。

　犯人とおぼしき人間（たち）の声を彼は聴いている。しかし、ボイスチェンジャーが使われたらしく、声だけでは犯人も人数も特定しようがなかった。

「おい、どうだ、どんな気分だ、言ってみな！」

　と犯人（たち）は鉄棒を押し込みながら言い、さらに、

「いいのか、そんなにいい気持ちなのか、ほらほら、もっとお、もっとお、と言ってみなよ」

などと、卑猥な言葉をあからさまに口にした。
変質的でサディスティックな行為の特異性から、犯人像は、愉快犯というより、「被害者」に対して相当に屈折した、いや、烈しい恨みを抱く者と考えることもできる〉

ここまで読んで、川上は顔を上げ、

「この事件、まるでレイプですね。男が男をレイプした……いやあ、こんなケッタイな事件も、世の中にはあるっちゅうことですね」

ようやく中澤警視のほうに向いて言った。

川上の顔は、声は静かだが怒りと興奮で紅潮している。中澤は川上の険しい形相に構わず、煙草を吹かして天井を見上げた。

「そやろ。ワシもな、そこに書かれた事件、なんや男が男にした強姦やないか思うた。

強姦するときはな、犯人は決まったように、被害者に向かってえげつない言葉を吐くんや。それもな、下劣なセリフを、そのまま同じように被害者の女性に喋らせるんや。ほんで、下劣なケダモノちゅうのんは、それを言わして楽しむんや」

「腐れ外道どもめ」

中澤が立ち上がり、川上の傍らにきて指で示した。

「それだけやないで。……ここ、な、ここんとこに書いてあるやろ。この被害者はな、頭から顔から、いや全身に放尿されておるんや。これはな、集団強姦の典型的な特徴や。とくに〝常習犯〟の特徴なんや」

と言って、中澤が自席のソファーに戻ると、川上は、椅子ごと中澤のほうに向き直った。目が、好奇心と学習意欲のまざった色に変わっている。

「なんのために放尿しますねん」

「要するに、根こそぎ人間性を奪うんや。人格までも根こそぎ陵辱するゆうことやろ。おまえはワシの奴隷や。人間やないんやど……てなことで屈服させるのやろうな。そやからな、その事件の犯人は、強姦の常習犯の仕業の可能性がある」

そこまで教えられたとき、ふと川上はひらめいた。バズーカが浴びた尿からＤＮＡを分析できる。もし犯人に犯罪歴があれば、すぐに特定できるはずや……と。

しかし、すぐに打ち消していた。記事からすると、なんら証拠保全がなされていないようだ。また、収容された病院で手術をすでに終えているということは、手術前に、感染予防のため、もう消毒液でしっかり全身を洗浄してしまっているだろう。

川上は、気を取り直して中澤の横顔を見つめ、

「それにしても、この犯人、あるいは犯人たちは、尋常な神経ではありませんね」

「ああ。レイプになるんか、それとも別の話になるんか、まだワシにもようわからんなあ……。ただ、肛門内に射精はしていないようや。そやから犯行の動機や目的は別にあるはずや。

被害者の供述では、犯人が複数いたようにも思える、と記者に答えているんや。

ほんでな、ヤツは四日間、なんも食わしてもろうてない。ただ、ションベンぶちまけられるときに、なんやクスリみたいなもんを飲まされた気がする……とも記者に話しとる。睡眠薬かもしれんで」

川上は、まだこれほどの異常な事案には遭遇していない。理解できないことだらけだった。

「トシ、おまえ、まだ独身やったな。そやったら、わからんことだらけでもしゃあない。ワシかて、よおわからん。そやからな……ほれ、ここんとこ、読んでみいや」

中澤が、また身を乗り出して川上の横へやってきた。

捜査一課の大ベテラン中澤警視の席の周りには、すりガラスの不透明なパーティション（仕切り）が三方に立っている。およそ十畳ほどの空間が、中澤専有のスペースとなっている。

そのスペースの隅の一角に、川上が自分専有の小さな机とその上にデスクトップパソコン機器を置いていた。ちょっと頰を紅らめながら、彼は熱心に中澤の話に耳を傾けている。

中澤が指差した記事の中に、

〈鋭利な刃物で陰毛を剃られ〉

との小見出しが立てられ、本文が以下のように続く。川上の目が、また同記事に吸い込まれていった。

〈「ほらほら、きれいにしてやるからな。だめだめ、動くんじゃないよ。動くと、ご自慢の大事なモノが根元からポロッ、だぞ」

と、ボイスチェンジされた不気味な声で言いながら、犯人（たち）は彼の陰毛を時間をかけてバカ丁寧に剃った。

陰茎の周辺に触れるカミソリのヒヤッとした冷たい感触と、密毛がジョリ、ジョリ、ジョリ……と剃られる猥雑な音に、彼は身も心も凍りついたという。

　ヘアをゆっくり剃り終えると、

「おい、まだ終わっちゃいないぞ。動くんじゃねえ。次は髪の毛だ。さあさあ、頭を短く切ってやるから！　ふっふ。ツルツル坊主にするのもいいんだが……」

　と、犯人は片手でバズーカの長髪を、一転して荒々しく鷲掴みにした。と思いきや、よく切れる大きな布切りバサミで、彼の自慢の長髪をバサッバサッと切っていった。そのときのダイナミックな音は、頭部も一緒に切り取られてしまうのではないかと感じられたほどで、ひたすら彼は息を詰めていたという〉

（ざまあみいや、腐れ外道め）

　と、川上は記事を追いながら心の中でつぶやいた。


〈バズーカたちは、かつて大学の「サークル」などと称して若い女性たちを欺いて集め、喉が焼けるような強いアルコールをゲームのたびに飲ませて、意識朦朧とした女子大生たちを次々と集団レイプした……。

　しかも、その残忍な行為をポラロイドカメラで撮影し、あとあと警察に訴えられないよう、脅迫の道具に利用している。悪魔の集団は、無抵抗の被害者を徹底的に、心身ともに追いつめた。

悪知恵だけは長《た》けていたのである。

被害者たちがどれほどの恐怖と屈辱を味わったか……。良識ある読者諸氏なら、想像に難くないと思う〉

「こいつら、根っからの悪党ちゃいまっか。オマワリでなかったら、このワシがいっそブチ殺したろか、と……」

川上が怒気を含んだ声を上げた。中澤は彼の肩をぽんと片手で叩き、苦笑しながら

「終わりまで読みいや」

と先を促し、ソファーに戻ってまた煙草に火をつけた。

〈被害者の女性たちの中には、この集団レイプ事件のあと、入退院を繰り返した果て、最後は自殺の道を選んだ者もいる……。

事件の約一年後、みずから命を絶《た》ったひとりの被害女性は、そのとき二十歳になったばかりだった。

彼女が集団レイプの最中に、彼らから浴びせられた愚劣なセリフは、今回「被害者」とされたバズーカがボイスチェンジで聴いた犯人（ら）のセリフとそっくりだったという。

記者は、今回の事件を取材してみて、例の集団レイプ犯たちが行った手口と同じ犯行態様だという印象を受けた。

記者は、どうやら犯人（たち）が、かつての集団レイプ魔たちに向けて、死ぬまで忘れることができない痛烈な形の、炎のメッセージを残した気がしてならない。

バズーカこと柳田俊太郎は四、五度の手術を重ねたが、もはや人工肛門は必至だ。

彼は、生涯にわたって日々、自身の肉体に〝刻印〟された現実を感じ続けざるをえない。もはや、地の果てまで、衆人の好奇な視線を浴び続けて生きてゆく運命を背負ったのである。

取材を終えたとき、本件が例の集団強姦場面の再現のように記者には感じられてならなかった〉

読み終えて顔を上げた川上は、ふうっと大きな息を吐き出すと同時に、ぐっと虚空を睨《にら》みつけていた。

一方、中澤警視は心の中で、

（もしかしたら、最愛の恋人を虫ケラのようにオモチャにされ集団で犯された被害女性の彼氏……あるいは複数の友人知人の男たちが、復讐の鬼と化して起こした事件の可能性はないだろうか。俺がその当事者だったら、果たして泣き寝入りなんてできるか……）

吸殻を灰皿に揉み消しながら、

「俺が刑事でなかったら」

今度はつぶやくように小さく声に出していってから、再び、

（いずれにせよ犯人、あるいは犯人たちは、被害女性たちが味わった痛みと屈辱と恐怖を、外道《げどう》どもに身をもって思い知らせたということや）

と心の中で思ってみた。

第3章　日本の警察機構の限界

「中澤先輩、これ、復讐でっしゃろか。強姦被害者の身内とか恋人が報復し……ちゃいまっか」

その川上の声に引きずられて、いつの間にやら他の若い刑事たちも集まってきて、例の雑誌を二冊ごと持っていく者さえいた。

吸い殻で山のようになった灰皿を前にして、チェーンスモーカーの中澤警視はまた新しい煙草に火をつけ、平然と煙をくゆらせながら川上に顔を向けた。

「トシ、まあ、落ち着けよ。

事件いうんはなあ、結果から急いで考えるもんやないでえ。ひとつひとつの積み重ねや。階段も一歩一歩や。そのうちにな、おのずと正しい姿が見えてくるもんや。ええか、慌てるカニは、よう穴へは入らん！」

「はあ？　なんですか、そのカニが……穴に入らん……ちゅうのんは」

中澤は、ヤニで少し黒ずんだ前歯を見せて、ニッと笑った。

「あのなあ、潮が引いたら、カニは急いで穴へ入って身を守るんや。けどな、慌てふためいてたら、穴にうまいこと入られへんのや。おるやろ、そんな間抜けなカニさんが」

「ぎょうさん、おりますね。ほな、潮どきって言葉は、そこからきたんですか」

「おおっと。おまえもいうのお」

　二人は顔を見合わせて笑った。

「ほんでな、穴に入れずにウロウロしてたら、人間サマに捕まえられる。カニもアウトや。そやからな、落ち着いて、じっくり穴を見定めておいて、イザっちゅうときに、狙い通りに飛びこめるようなカニになれ！　とまあ、いうなればことわざやがな、ワシのオリジナルのな」

　ひとりニヤニヤする中澤に、若い刑事たちが真剣な視線を注いだ。


　全国組織の警察庁は、意外と一般には知られていないが、総勢約二十九万人の超マンモス組織の中枢官庁である。

　その中で、キャリア組は現在、わずか五百六十名ほどといわれている。

　国家試験の一種合格採用者は、警察庁の政策の企画・立案、警察署においては現場を指揮するなど、各自みずからの才覚を発揮して犯罪や刑事事件に対応する。

　一種採用者のうちの約三百名は、警察庁に勤務。その他のキャリアは、それぞれ幹部として各都道府県に約百五十名。内閣官房など他の官庁には約九十名前後、さらに在外公館などに二十名ほど配置されている。

　その中には、ひとつの事件が片づいたあと、わずかな時間の合い間を縫って、上級試験を受けるために猛勉強をする警察官も多い。

一種採用者は全員、東京都府中市にある警察大学に入校する。ここで、警察庁の上級行政官としての知識のほか、捜査の手順や手続き、刑法による手続き法等の専門知識、拳銃の訓練、逮捕術などを学ぶ。

全員がその間、全寮生活を過ごす。

これらは、あくまでキャリア警察官の〝出発点〟の話である。

各府県警察本部の監督を行うのが、管区警察局だ。

東北管区警察局、関東管区警察局、中部管区警察局、近畿管区警察局、中国管区警察局、四国管区警察局、九州管区警察局——と七管区に分かれ、その監督下に各警察本部、いわゆる〝本店〟が置かれている。

近畿管区警察局に属する本部＝〝本店〟のひとつが大阪府警察本部だ。その所轄、いわゆる〝支店〟のひとつに淀川南警察署があった。

中澤警視のモットーは、現場主義だ。

彼は高卒後、警察官試験に合格した。高校を卒業すると即、正義感のみで警察官になるための試験を受けた。ノンキャリア組の〝正当な警察官の道〟ともいえる巡査からスタートした。

下級職とはいえ、交番の巡査の仕事は地域密着、住民の生活安全や警備・警護のための治安パトロール、防犯、犯人捜査、逮捕……などなど、きわめて深く〝現場〟に関わる職務である。しかし、近年交番が少なくなり〝巡回中〟などとパネルを表示したり、誰もいない交番が明らかに増えた。

中澤はノンキャリアであることを、むしろいまも自慢にしていた。

しかし、若い後輩たちの中には、そんな彼を「古だぬき」とか「カビの生えたコロンボ刑事！」などと陰口を叩く者もいる。

キャリア組からなんといわれても、彼は馬耳東風である、一方で、食らいついたら離れないという意味で、「スッポンの中《なか》さん」などともいわれ続けてきた。

一種敬愛を示すニックネームであることは、中澤本人よりも周りの刑事たちが百も承知だった。

大卒や大学院卒業後に、警察大学校を卒業したキャリア組なら、順当に昇進すればわずか一年で警部、早ければ二〜三年ぐらいで警視に上がる。

月刊誌『YUUKA78』に掲載されたバズーカの事件は、そもそも警視庁（東京）管内で起きた事件である。

だから、大阪の警察署との連携はなんらない。しかし、喉に刺さった魚の小骨のように、中澤の頭の中では、同事件とそれを報じた記事そのものが引っかかって仕方がなかった。

警視庁発表もない本件を、なぜに、この記者がここまで詳しく掘り下げ、これほど執拗に追ったのか。そこが中澤の刑事魂《だましい》を揺さぶった。

それは、長年の叩き上げデカが持っている、特有の嗅覚によるというべきかもしれない。

後輩の川上が冷静さを取り戻して口にした、

「本件は、一応は被害者であるバズーカという性犯罪症候群的な男が、過去にやらかした数々の悪行の中の、被害者もしくは被害者の家族、または恋人など関係者からの仕返しという線も否定できまへんと……」

という指摘にも、中澤は引っかかった。

「トシ、ひょっとすると、これは途轍もなくでかいヤマかもしれんでえ。

この月刊誌のほうの副編集長ちゅう女性は、単にジャーナリストの枠を超えてしもうてる。なんや夜叉の執念のようなもんを、ワシは行間から強く感じてならんのや」

ぷかぷか煙を吐きながら、途切れ途切れに話す中澤の目が鋭い光を放った。

「いっぺん調べてみとうなったけども、これは管轄外やからなあ……ワシら、手え出されへん。けど、まあ、そのうち同じような事件が起きるかもしれんな。いや、もう、すでにどこかで起きてるかもしれんが」

「はい。全国誌に載ったショッキングな事件でっしゃろ」

「そうや。自分とこの周りで起きたときには、あの事件との関連性を調べる価値は充分にあるでえ……。よっしゃ、トシ、この事件、よう覚えときや。お前、いつもいじってるパソコンたらいうの、カチャカチャ叩いたら、なんぞ出てけえへんのかい」

「へいっ、先輩！　やってみます」

川上は立ったまま腹の底から太い声を出し、背筋をピンと伸ばしてみせた。

課や係が細かく分かれている本庁と違い、所轄警察ともなると、一般的には四課までである。

捜査一課は強行犯、すなわち殺人、強盗、強姦等、いわゆる凶悪犯罪を担当する。

捜査二課は知能犯だ。汚職、公選法違反、詐欺、横領など、権力犯罪や知能犯関係を主に扱う。

捜査三課となると、窃盗、右翼・左翼対策、公安関係（この中に爆取り＝爆発物取締りも入っている）。

そして捜査四課が通称「マルボウ」と呼ばれる暴力犯、つまり暴力団による犯罪を取り締まる部署だ。また「ヤクトリ」、これは薬物等取締りのことだが、これも四課が受け持っている。本庁では当然、もっと細分化されていることはいうまでもない。

本庁では、各専門部門の刑事たちがそれぞれ専属で配置されている。従って、ひと口に同じ課といっても、各担当が細かく分割されている。だから、同じ課でも、すぐ隣りの席の刑事がどんな捜査を担当しているのかさえ、互いにわからないことが多い。

本店には〝何でも屋〟のような刑事は、まずいない。

ところが、所轄となると、何でもやらされる。そこが所轄の悲しいところでもあり、面白みでもある。

捜査一課すなわち強行犯担当の若い刑事が、その日、息を切らしパーティションを開いて顔を覗かせ、中澤の指定席のソファーに近寄ってきた。

いつも通り中澤は灰皿を山にし、まるで牢名主よろしくソファーに胡坐《あぐら》をかき、深々と座っていた。何を考えているのか、考えていないのか、髪が少し薄くなった頭をなでながら、いつものポーズで目を閉じ、天井に顔を向けていた。

若い刑事は彼の前までくると、

「警視、同じような事件が起きましたで」

と、いきなり声をかけた。亀岡巡査部長、二十九歳である。

「同じような事件って、なんのこっちゃ」

中澤が目をあけて彼を見た。

「何日か前に、新人の川上に言うてはりましたがな。なんや、ほら、雑誌に出とったけったいな事件。あれ、あれですがな。そや、オニに金棒……ちゃう、ケツに鉄棒！」

「ボケかまして、こらあ！　ほんまか。どこで起きたんや」

「私がいま担当している事件で、チンピラが、いま豊中の病院に入院してまんねん。ほんで、捜査に行ったんですわ。

その病院には、なんぞ面白いヤマないかと、前から私が声をかけてるナースがおりまんねん。いや、あの、別に事件を捜してるゆうわけやないんです。私はトップ屋とはちゃいますからね。でへへ、ただ単にそのナースに声かけたかった、それだけのことですわ」

「なんや、なんや。早よ、本題に入らんかい」

中澤ににらまれ、半ば照れつつ亀岡は自己弁護した。

亀岡がいうには、三〜四週間ほど前の話である。救急車ではなく友人らしき男の車で担ぎ込まれてきた男が、バズーカと同じで、肛門に深刻な裂傷を負った患者だったという。

担ぎ込まれたときには、すでに異物は取り去ってはいた。けれども、外科医たちの診立《みた》てでは、単なる遊びでやったしろものではなく、暴行に等しい無惨な傷だったという。

事件性を考え、病院側は警察に届けた。それで警察が来て、その患者に質問したところ、

「これは、おれ自身がセックスの遊びの延長でやってもうたんですねん……」

と、最後までかたくななほど事件性を否定し通したという。

しかも処置後、抜糸もまだ終えていない状態で、彼は病院から忽然と姿を消してしまった。ただ、彼がちゃんと入院費などを清算しているので、所轄は事件として扱うこともなく、いまだ捜査をしている様子はないらしい。

――このように亀岡は、その病院で聞いた話の概要を中澤に明らかにした。

「うむう……妙な話やなあ。慌てふためいて、その男、なんでそそくさと逃げるように消えたんやろ」

「わかりまへん」

「そや。おまえがコナかけとる、そのナースちゃんに、いっぺん訊いてみてや。なんぞ証拠を残してないかどうか。ワシはそれ、もしかして東京のヤマに繋がっているかもしれん思うんや」

「ええ、ちょっと自分もそんな気がしてますねん」

「よっしゃ。な、もういっぺん、べっぴんナースに逢いたいやろ。そやそや、亀、デートを兼ねて逢いに行ってこいや」

と、中澤は冗談口調を装ったが、亀岡刑事を見る目線は真剣だった。

「ほんなら、でへ、デートに行かせてもらいます」

と、照れ笑いを浮かべて亀岡が、一課からさっさと出て行こうとしたとき、

「亀、ちょっと待ちいや。なんや亀のくせに足がえらい速いのお」

彼を手招きで呼び戻し、小さい声で耳打ちしながら、中澤はさりげなく彼の上着の外ポケットに、くしゃくしゃの一万円札を突っ込んでいた。

「これで彼女とメシでも食え。管轄外やから、気いつけてやりいや。淀川南署イケメンくん、頼むでえ」

「先輩、すんまへん。ワシ、ちゃんと仕事してきます！」

ポケットの万札をぎゅっと握り締め、深々とお辞儀してから顔を上げると、亀岡は引き締まった表情に変わっていた。


日本の警察機構は、縦のつながりも、横のつながりも、まったくないに等しい。

他の所轄担当の事件に踏み入ろうものなら大問題となる。いわば〝縄張り〟争いである。

当然、自分らの縄張りにも、他の所轄の者を入れたがらない。

もしも他県をまたいで発生した大きな事件《ヤマ》となったら、「合同捜査」という特別な広域捜査の形をとるのである。

〝仁義〟を通さなければ、互いに協力などしないのが日本の警察機構なのである。

その点、やくざ組織も顔負けの、暗黙の強力な掟があるといえよう。


近年、東北で起きた事件がある。

「王子様」などといわれていた性犯罪常習青年が、性犯罪を繰り返した挙句《あげく》、保護観察処分となった。この「王子様」が、地元東北からいつしか東京に移転していて女性監禁事件を起こした。

保護観察は、処分者本人が住む居住地ごとの保護観察官が担当する。東北は東北、東京に移れば東京の保護観察官の仕事になる。

犯罪者に一定の自由を与える代わりに、遵守事項も命じられる。これは、犯罪予備更生法と、執行猶予者保護観察法という、れっきとした法律に基づいた処分なのである。

　対象者は「王子様」のような保護観察処分中の少年少女、少年院からの仮退院者、刑の執行猶予中の者などである。

　先の遵守事項には、住所の確定、長期の旅行や住所移転の届け出義務などがある。保護観察中の身であるから、当然、在住していた住所担当の保護司に移転先住所を届けなければならない。

「王子様」が新住所を届け出て、それを受け取っていた旧住所の保護観察所が、東京へ行った「王子様」の足取りを、今度は移転先の保護観察所に伝えなければならないことはいうまでもない。

ところが、大都会の東京に出たとたん、富裕階層の「王子様」は、親からの仕送りで遊び呆け、強姦、長期間の女性監禁、暴行等々の性犯罪を次々と繰り返した。

　この大事件がマスコミ報道で表ざたになって、ようやく東北の保護観察所が、

「ファックスは送っていたんですが……」

と、実に無責任なコメントを出した。

　しかし、そのファックスを送ったことも、受け取ったことも、両者はまったく確認し合ってはいなかった。その怠慢ぶりといい加減さが致命傷を招いたのである。

　両者ともに、無責任きわまりないお粗末さという他はない。重大事犯を扱っているという重責感など微塵もなく、こうとなると犯罪的とさえいえる。

　これなども縄張り主義のひとつにすぎず、他府県で起きた事件とは連携しないという無責任体質の現れだ。

保護監察官ですらこのテイタラクだ。超巨大権力機構の警察組織ともなれば、なおスケールが想像を超えるものがある。

中澤は心の中で想った。

（東京を管轄する警視庁でも、二十三区外の事案の場合は、地域内の警察署が担当する。手が出せない。まったくアホな縄張り主義や。もう、古いんだよなあ）

日本の警察機構には、全国の犯罪をひとつに統括して対処するというシステムがまったくない。だから、県をまたぐストーカー事案や、幼児虐待などの残酷な事案でも、被害者や加害者が引っ越したり、ヨソへ移転してしまえば、横の連携がないから、場所を変えて再び大事件が発生することになる。そのことは、繰り返される多くの不幸な事実がよく物語っていよう。

中澤は新しい煙草の箱の封を破り、中から一本出してくわえた。そして、またソファーの上で腕を組み、牢名主ポーズになるや、ライターの火を口元へ持っていった。

合衆国の連邦捜査局（ＦＢＩ本部）は、ワシントンＤＣにある。

司法省傘下の組織で、州を越えての捜査権を持ち、世界各国の有力大使館にもＦＢＩ職員が駐在官として常駐している。

むろん、日本にあるアメリカ大使館にも駐在官が常に待機している。

連邦捜査局は、連邦刑法に抵触する犯罪の捜査を通じ、国家の治安を維持するというところに重きが置かれている。

ＦＢＩの基本的理念、また任務と仕事は、連邦、州、地方の各機関、さらに国際的機関に指揮力を発揮し、アメリカ合衆国憲法を順守しつつ、公的要請に対してさまざまな事案の援護をすることにある。

それに比べると日本の警察機構は、いまだ江戸時代から進歩していないとさえいわれる。

警察庁を「サッチョウ」と呼ぶ。これは、反目し合っていた薩摩藩と長州藩との間に戦《いくさ》があり、一八六六年、両藩が討幕運動で一致して結んだ薩長《さっちょう》同盟と、けいさつちょうの、両方の語を掛けた内輪の隠語である。

縄張り争いとメンツにしがみつき、真実解明と悪を打ち倒すという警察本来の使命を忘れ、二十一世紀になっても、被害事案に真っ正面から向かう姿勢は希薄になっている。

他方、情熱も志も高い心ある警察官や、仕事熱心で正義感に燃える者ほど、所轄の中で浮き上がる。

組織も生きものである。

巨大化すればするほど、風通しも血の巡りも悪くなる。意欲も才能もある者やシステムを活性化させ、人的資源やシステムを効率化させて有効活用するには、内部からの本格的変革がいま強く求められているのである。

遅刻せず、前例を作らず、余計な仕事をせず——の官僚お得意「三無《な》いスローガン」と精神は、この世界で現在も脈々と生きているようだ。

刑法や刑事訴訟法、刑事手続法などは、部分的には変更されている。だが、それらの骨子は、明治、大正時代に作られた法律なのである。

当時の日本の人口は、外国からの在留者なども含めて、今日のおよそ三分の一足らずだった。

人口が増え、多種多様な外国人が在留し、言語も文化も職業も多種多様化し、それにつれて犯罪も複雑化している。

その現実を前にしながら、日本の警察機構は、いまだに犯罪捜査や犯罪記録を全国レベルで統合し共有するという組織システムは皆無。

原因のひとつが、現在の刑法や刑事訴訟法では、それらに対処しきれないという実情にある。

オーバーステイの外国人犯罪も多発している。彼らは、日本で罪を犯すや、さっさと飛行機に飛び乗り国外へ逃亡する。しかも、日本と犯罪者引き渡し条約を結んでいる国は、いまもってわずか二ヵ国にすぎない。

現代社会のダイナミックな流れを読むとき、日本の警察機構も、もはやアメリカ並みに連邦警察捜査権、すなわち「全国捜査権法」を確立すべき時代を迎えているのは明らかである。

わけてもコンピュータによる世界的ネット犯罪の進化と拡大は、目が回るほどのスピードで突き進んでいる。

予算も人員も集中的にＩＴ分野、とりわけセキュリティ部門に投入すべきなのに、日本の警察機構は非常に遅れていて、充分な対応ができていないのが実際のところだ。

ところで、知る人は少ないかもしれないが、警察官には労働基準法は適用されていない。

ひとつの事件が終わって、やっと代休という形で上司から命令されて休む。とはいっても、休暇中に管轄内で事件が起きれば、緊急呼び出しとなる。

ポケベル、または携帯電話、その両方が官給品として支給されるが、私物の携帯電話と併せて持つ刑事もいる。一週間の休暇予定が一日でパーになってしまうということはザラだ。

中澤警視もようやくひとつの事件が片づき、四日間の休暇が取れた。しかし、ひとり暮らしの自宅にいても、ゴロゴロしているだけである。

中澤は、例の事件が気になって仕方がない。結局、休暇中なのに署内をウロウロし、コンピュータが得意の新人で相キンの川上に、

「なんぞ、よう似た事案はないかね」

と、情報収集を命じ、ひがな一日、署に詰めていた。


人並みに、中澤警視も一度は結婚した。彼が三十歳のときだった。

妻も同い年で、もの静かで働き者の、小柄な美人だった。

警察官という職業柄、家庭的な結婚生活を送ったとはいいがたい。

妻は口数は少なかったが、中澤が仕事でどんなに遅くなっても、いつも寝ずに待っていた。

正義感が強く、仕事に情熱を注ぐ中澤の生き方に、妻もよく理解を示してくれていた。熱血漢の夫を内心では非常に案じつつ、一方で寂しい想いも噛みしめていたことを、のちのち知った。

妻は結婚前、中澤の勤務する交番の近くのうどん屋に住み込みで勤めていた。

彼女に逢いたくて、同僚にからかわれても、二日とあけずうどんを食べに通った。中澤の気持ちが通じ

たのか、うどん屋の店主夫婦の仲立ちで結婚に漕ぎつけた。

そのとき、うどん屋のおやじ夫婦にコンコンと言われたことがある。

「洋ちゃん、洋ちゃんはな、両親わからへん。乳児院で育った子や。当時の乳児院の院長さんが、洋子と名前をつけてくれはったんやて。

太平洋のように広々とした心を持ち、たったひとりで荒波を泳いでいける強い人間になりやあ……ってね」

うどん屋のおかみさんが涙を流しながら、こうも言った。

「あの子は孤独すぎる、けど、いつも明るい顔みせて、大声で笑ろうて、それがなおいじらしい。私ら、あの子の親やと思うてんねデ。

どうぞ、ほんまに幸せにしたってや。子どもの頃の不幸と孤独を、取り返してやってや。うちらをあの子の実家や思うて、なんでも相談してや、な、な、頼むデ」

夫婦生活は五年続いたが、子どもはできなかった。

交番勤務中のある日のことであった。

高卒で警察学校を卒業後、研修を終えて間もない巡査が中澤の部下だった。その部下のほんのわずかな油断によって、交番がヤク中男に襲われ、不覚にもピストルを奪われてしまったのである。

しかも、その被疑者に逃走されるという、お粗末な結果を招いた。

もちろん、犯人はすぐ全国に指名手配となり、事件発生の三ヵ月後、ひとりの市民からの通報で、犯人のヤク中男の潜伏場所が判明した。

そんなときである。中澤の妻、洋子が倒れた。救急搬送されたとの知らせを、彼は捜査本部が置かれた署で聞いた。

たまたま隣家の奥さんが回覧板を持ってきたとき、自宅の玄関先で倒れて失神している洋子を発見し、救急車を呼んだという。

病院に駆けつけた中澤は、緊急入院した妻の担当医師の口から直接、悪夢のような衝撃的な事実を知らされた。

妻は、末期のガンだった。

すでに手術は手遅れ。余命は、たったの十日前後、と担当医が沈痛な面持ちで語った。

担当医は、夫には絶対知らせないでほしい、と妻から口止めされているとも静かに述べた。

(な、なんでや。なんでなんや。洋子、おまえは、おまえは、ワシひとりをおいてゆく気なんか)

人けのない廊下の隅で、中澤は必死で声を噛み殺したが、涙が滝のようにあふれた。

五年間の彼女との結婚生活を振り返ったとき、夫として、何ひとつ妻に楽しい想いをさせてやっていない。うどん屋の夫婦に言われた「子どもの頃からの不幸と孤独を取り返してやってや」との約束も果たしたとはいえない。楽しい思い出が何も浮かんでこないのが悔やしくてならず、腹だたしかった。

新婚旅行さえ、事件のために行けなかった。ひたすら慚愧《ざんき》に堪《た》えない暮らしを恥じ、おまけに、余命尽きるその瞬間《とき》まで、妻の傍《そば》にいてやれないかもしれない……その予感と烈しい不安がなによりも彼の胸に突き刺さった。

あれは中澤が誘って、食べ放題の人気焼き肉店に出かけたときのことである。

目を輝かせて旨そうに食べながら、洋子が、

「えらい贅沢やなあ。バチ当たらんやろうか」

いままで見せたことのない満面の笑みを浮かべた。店を出た帰り道、和菓子屋の前で急に足を止め、まるで童女のように中澤の手を握りしめ、

「あのね……大福、買《こ》うて……くれへん？」

と、結婚以来初めて、羞ずかしそうに下を向いて彼にねだった。

「えっ……お、おお、買《こ》うたる。いくつ買う？」

「二個。一個はあんたの分」

それ以来、中澤は給料日には大福二個を買って帰った。二個以上買うと怒られた。少女のような笑顔を見せて嬉しそうに受け取り、二人で食べた。

あの羞恥を含んだいとおしい笑顔が、もう二度と、永遠に見られないというのか……。

妻は、乳児院で育ち、親の顔も知らん、辛い生い立ちや。それらを背負って女が懸命に生き抜くということのしんどさが、中澤にもおぼろげながらわかる。

極貧暮らしの幼い頃の話はほとんど口にしなかったが、ときおりふっと見せる孤独の陰は隠しようもなかった。

口数は少ないけど、なんでか明るい。明るく振るまうしか、生きる糧《かて》がなかったんか。

洋子が頼る人間は、この世でワシひとりだけや。そのワシに病気の話をちっともせんかった。いま思え

ばこの一年、二人で大福を食べているとき、彼女が急に涙ぐむことが何度かあった。

洋子は、警察官であるワシの仕事を妨げまいと、自分の口からは病名さえ教えてくれなかった。そしてワシは、自分の仕事のことばかりで、妻の病気を疑うことさえしなかったんや……。

部下の不祥事によって実弾が入ったピストルを奪われたことは、上司たる中澤にとって致命的な失点だった。

国民の命と財産を守るべき警察官として、また中澤の性格からしても、目前の被疑者に背を向けて妻の病室に詰めることなど、できようはずがなかった。

やがて、踏み込む日時が決まった。

ガンはすでに妻の全身を食い荒らし、彼女の命の灯《ひ》の消えるのが今日か明日かというぎりぎりに切迫したその日が、皮肉にも容疑者が籠城するアパートに踏み込む日と重なった。

中澤は、二者選択を秒単位で迫られ、心が張り裂けんばかりに千々《ちぢ》に乱れた。

子どもの頃から警察官を夢みて、それが現実になった。

だが、警察官という職業は、自由を束縛され、奪われて、最愛の者の生き死にに関わる重大な局面でさえ、自由行動が許されなかった。このときほど中澤は心の中で、この職業を恨み、警察官になったことを悔いたことはなかった。

ようやく、信頼するひとりの上司に妻の話を打ち明け、踏み込む前日の昼、彼に妻との面会許可を願い出た。事情を聞いた上司は一瞬、言葉を失ったが、踏み込み前日という状況判断で快諾してくれた。

病室のドアを静かに開け、足音を消して妻が横たわるベッドに近づき、妻の顔をそっと見つめた。奪われた拳銃の捜査で、思い起こせば一ヵ月近く、自宅には帰っておらず、この日まで妻とも顔を合わせていなかった。

自分のことばかりで、電話でも妻の異変に少しも気づかなかった。

久しぶりに見る妻は、病魔のせいで、見違えるばかりに痩せ衰えてしまっていた。

（すまん、洋子……かんにんや……）

思わず中澤は頭を垂れていた。

担当医から細かく聞かされた病巣の発展は、子宮ガンから始まったという。他の内臓、リンパ腺、筋肉……などへと病巣が移転するごとに、本人には自覚があったと考えられます、と医師から告げられた。

あるいは、もう自分は完治することもない身なのだからと、妻は不治の病《やまい》のことより夫の仕事と将来を思いやり、こうして最後までひと言も事実を明かさなかったに違いない。

どんなに苦しく、辛かったことか。意志が固い妻の思いやりといじらしさが、なおさら中澤を苦しめた。

酸素マスクで、白くなった顔を覆い、痛み止めのモルヒネのせいか、妻は朦朧とした様子だった。

「……洋子、ワシやで。な、洋子、もういっぺん、ワシを見てくれ。ワシや、ワシやで。な、な、大福、また買うてきたる。そやから、そやから……お願いやから、ワシを置いて行かんといてくれ、頼むから、洋子……」

そのとき、声で夫と確認したのか、静かに目をあけた妻が彼の顔を見つめて、弱々しく微笑んだ。

「洋子っ！　ワシより先に逝ったらいかん。許さん。約束違反や。た、逮捕するぞっ！」

そう思わず口走ると、大粒の水滴が両目からポタポタと落ち、妻の胸元を覆った上掛け布団の白いカバーを、地図を描くように黒く濡らした。

けれども同時に、事件現場の様子が彼の脳裏から離れない。

ピストルを持った男が潜伏するアパートの周りは、すでに警察官や狙撃隊たちに包囲されている。

後ろ髪を引かれる思いで現場に引き返さなければ、と中澤が考えたとき、妻が自分の細い手でゆっくりと酸素マスクを横にずらした。

荒い息を吐きながら、その手を夫の手に伸ばし、精一杯の力で握り締め、

「おおきに。洋子ね、本当にしあわせやった……ええから、お仕事に行って。ね、心配せんと……大丈夫、ちゃんと待ってるから……」

その短い言葉のあと、くぼんだ目を静かに閉じた妻のまぶたの両端から糸のように細い涙がこぼれ、両耳を伝って黒髪の中に消えた。

「きっとやで、約束やで、洋子、必ず待っててや」

病室で妻と最後に二人きりで過ごした時間は、わずか十分にもみたなかった……。


突入予定は、その日の深夜と一日早まった。

容疑者は、中古木造アパートの室内の入口横、ダイニングの床にクッションを置き、その上にどっかと座って、ピストルを構えている。

玄関を入ってすぐのところがキッチン、奥の部屋が八畳間という間取りの一Ｋアパートである。捜査本部は、ファイバースコープで室内の状況をすでに細かく把握済みだった。

だが中澤は狙撃隊には秘密で、先行して動いたのである。

居住者共有のブレーカーを落として、アパートの建物内部を真っ暗にする。そのことを合図に、中澤を先頭にした所轄だけで突入を決めたのである。

中澤は管理人から合鍵を借り、予定通り共有のブレーカーが落ちたのを合図に、容疑者がいる部屋の入口ドアに足音を消して忍び寄った。中澤を先頭に、やや後ろから所轄の刑事十人も続く。

暗くなった部屋の中で男が立ち上がる気配があった。中澤がペンライトをつけると同時に鍵穴にカギを差し込む。静かにひねるとカチッと音がして、

「誰やッ」

異変を悟った容疑者が振り向くより早く中澤がドアを開けて中に飛び込み、男に飛びつくと、中澤は彼からピストルを奪おうとして、闇の中での揉み合いとなった。

揉み合って床に倒れ込んだとき、不意に一発の発射音が闇を裂いた。幸い、後続部隊に死傷者はいないようだった。

暗がりで中澤は拳銃を持った男の腕を両手で掴んでねじり、倒れ込んだまま夢中で男の顔面に頭突きを食らわせた。

「このガキぃッ」

ひるんだ容疑者から拳銃を引きちぎるように奪い返した。と同時、立ち上がって掴みかかってきた容疑

者の腹に向けて発射した。二発目の発射音のあと、男が床にもんどり打って倒れ込む音と、地を這うような彼の太い呻き声が小さな室内に響きわたり、他の署員がドドッと中へ飛び込んできた。

部屋が明るくなり、所轄刑事の「確保お～」「救急車あ！」というかん高い声が飛び交った。

確保された容疑者は重傷を負い、搬送先の病院でまもなく死んだ。

狙撃隊を押しのけ、勝手に単独行動で突入した中澤は、容疑者を生きたまま確保できず、過失とはいえ結果的に殺してしまった。

警察官は容疑者を確保し、生きたまま検察に送り、事件として立件されてなんぼのものだ。どんな理由があろうと、殺してしまえば０点、いやマイナス百点だ、と中澤自身が常にそのことを信念としてきた。みずからの大失態だった……。

事件報告のとき、中澤は直属の上司に頭を下げた。

「申し訳ありません。本官は、混乱していました。いえ、一分一秒でも早く、事件を解決して……妻が待つ病院に、と……冷静さを失っていました。焦っていました。警察官として、決してあるまじき行動をやってしまいました。

ですが……その頃には、もう、妻は……すでに息を引き取っていたと……あとで担当医に聞かされ……私は、私は、一体なんのためにあんな行動したのか、と……」

それ以上は、言葉が出なかった。中澤は突如、弾けたように崩れ落ちると、正座したまま大声を上げて慟哭し、自分を忘れて両手を床に着いて泣き伏していた。

「警察官って、中さんよお、極道な商売やなあ……」

　と、上司も両目を真っ赤にして彼の肩にそっと両手をおいた。

　中澤の起こした事件は、内部調査にもかけられず、極秘裡に警察内部で処理された。

　詳しい内容は上層部のわずかな人間にしか知らされず、闇に伏されたのである。

　だが、中澤の心中を察しての揉み消しではない。

　警察組織の大きな失態となるということを恐れ、警察権力を守るために不問に付したといえるだろう。

　メディアに重大な失態として煽られるのを、組織が避けたのだ。

　当時の警察発表は、

「籠城している被疑者を、いつまでもあのままにしておいては、周りの住民の方に深刻な危害を加えかねないと判断し、急迫の選択で狙撃隊を要請して、被疑者が油断した瞬間に現場指揮官が突撃命令を出しました。

　小さなアパートの狭い空間の中で被疑者が撃ったピストルは、以前発表しておりました、××町交番で奪われたものです。

　警察官が危険と察知して被疑者に飛びつき、揉み合いの中で、もう一発発射され、その弾丸が被疑者の腹部に命中してしまったということとなり、収容先の病院で、午後十一時一分、被疑者の死亡を確認しました。

　なお、今回、交番からピストルを奪取され、国民の皆様に多大な恐怖と不安感を与えましたことにつきましては、謹んで深くお詫び申し上げます。
　これから先、より一層、警察組織内部の規律を引き締めて参ります。以上っ」

中澤の当時の直属の上司である、警視と警視監の二人が、机の前に横並びで立ち、メディアを前に深々と頭を下げた。

　だが、メディアの側からの質問にはいっさい答えることなく、ごく短時間のうちに会見を終えた。

中澤は現在、五十四歳だ。彼の退官もそう遠くはない。だが、いまだに警視というポストにとどまっているのは、この事件が大きな理由といえるだろう。

いま、後輩となる新人の警察官が異動で一課に入ってきたら、中澤は必ず警察組織の仕組み一覧表とともに、警察官の心構えのメモ用紙も渡している。

「これをよう読んで、これからの自分の歩む道、昇る階段をしっかり選択せいよ。そもそも、ワシら、なんのために存在しているんか、なんでこんな職業があるんや、ということをやな、頭の中に叩き込め。頼むで」

ホチキスでとめた二枚のプリントの一枚目には、中澤の力強い手書きの文字が並んでいた。

一　警察官たる者、常に国民市民に愛され、なんでも声をかけてもらえるような人間味を標榜すること。

二　さて、クイズや。誰から給料をもらっているか？
　抽象的に、国からなんてゆめゆめ思うなよ。あくまでも納税者の皆さんからいただいている、という感謝の心と誇りを持って仕事をせい。

三　法の番人や！　なんて偉そうにしたら、あかん。ワシらは、国民の皆様の安心安全と生活を守るために存在価値がある、ということを決して忘れるな！

亀岡刑事に指示しておいた、豊中の病院の情報を早く聞きたい中澤は、休暇どころではなかった。

ちょうどその頃、夫八十七歳、妻八十歳という老夫婦の家に侵入した事後強盗犯の犯人が逮捕された。

中澤がその事件の取り調べにかかったが、容疑者も七十九歳の高齢でこの世に身寄りは誰ひとりいない。

中澤には言葉も出ない、侘しいヤマだった。

自白によると、事件そのものは単純で、ただ生活に困窮しての犯行だった。

無防備で大きなその家なら金がありそうだと考えたのと、表札が昔風な名前だったから。住人が年寄り夫婦なら、苦もなくカネをわが手中にできると思いたち、夜中を待って裏庭から侵入したという。

窓ガラスを割って入る手口も、いまどき古い。

しかも、七十九歳の犯人は何か失敬したときに入れる袋や鞄、もしくは風呂敷すら所持しておらず、それすら気づかずに手ぶらで侵入している。

現金発見まではなんとかこなしたが、欲が出て、床の間にあった花入れの壷に目をつけた。

ところが、それを包む物がない。風呂敷かバッグを部屋の中でうろうろ探しているとき、家人である八十歳の夫人に気づかれた。

犯人と目が合った瞬間、きゃっと大声を上げた妻の声に、横で寝ていた八十七歳の夫も目が覚めた。

その瞬間、犯人は現金五十万円を手掴みしたまま、押し入ってきた裏口から逃走したのだった。

単なる空き巣や窃盗を狙って軽い気分で入っても、事件は思いもよらぬ事態へとエスカレートする場合が多い。

家人と鉢合わせして、そこで恐怖のあまり互いのパニックが重なり、アクシデントが起こって、事後強盗殺人にまで発展してしまったという事案も、よくある例だ。

本件は、幸いなことに被害者にはまったく怪我はなく、強盗殺人にまでは至らなかった。

顔もはっきりと見られており、さらに土足で室内に侵入しているので足跡、靴の種類、サイズ、おまけに指紋等、証拠となる〝遺留品〟はごまんと残されていた。

現場検証した鑑識等は、笑いながら、

「こりゃ、ホシは初体験だなあ」

といわれる程度の事案だった。

住居に侵入し、窃盗のつもりで入っても、住人に見つかり、「静かにしろ！」のひと言の威嚇で、事後強盗罪となる。

ジドリは一ヵ月少々にも及んでしまったが、犯人はあっけなく逮捕され、淀川南警察署に連行された。

取り調べの役が、ちょうど手のあいている中澤に回ってきたのである。

取調室で犯人と向かい合った中澤は、

「おっちゃん、七十九歳にもなって、ようやるのお。奥さんや子どもさん、お孫さんはおらへんのか」

「おりまへんねん、この世でひとりっきりでんねん」

本人のいうところによると、生活保護を受けようと思って、役所にも行ってみた。若い職員の対応を遠目に見ていて、やがて自分の番がきても、職員の前に座ることができなかったという。

「なんや、惨めでな。この世から弾き出されて、もう用なしやといわれてる気がしたんや。孫より若い役人の兄ちゃんにキツい態度をとられても、ワシの前のおっさん、ペコペコ、ペコペコ頭下げてはった。なんや、自分を見てるようで、たまらんかったんや」

と、涙声でいった。犯人は、しょぼくれた善良そうな老人である。

中澤は五歳のときに父を亡くし、母親が彼と当時三歳の妹を抱えて育てた。貧しいながらも母親の愛情に包まれて、心だけは豊かに育った。

苦労に苦労を重ねた母は、実年齢よりはるかに年老いて見えた。そのせいで中澤には、老いた被疑者の取り調べは気が重い。

初日の取り調べが終わって廊下に出てくると、ちょうど亀岡刑事と鉢合わせた。

「おう、亀岡君。どや、デートはうまくいったか……例の件は、どないやった」

と、中澤は急に小声で亀岡刑事に訊いた。

亀岡はニヤリとして、中澤のよれよれの背広の袖をつかみ、廊下の隅のほうまでそそくさと引っぱって行って低い声で話し始めた。

上機嫌の亀岡がいうには、

「男は、事件性を否定して、ボクはこういうセックスが趣味なんだ、と妙に力を入れて言い張りました。しかも、普通なら隠しておきたい怪我なのに、なんと保険証を使っていたそうです」

「なんや、けったいなやっちゃなあ」

上着のポケットから煙草を出そうとして、廊下が禁煙ゾーンと気づき、中澤はひとりで苦笑した。

ナースの彼女から得た情報によれば、その〝怪我人〟の住所は兵庫県川西市になっていたという。

「川西市かいなあ。またまた管轄外やな」

中澤は、気を取り直して、

「そのナース君、そいつの顔は覚えてるかねえ」

「そら、もちろん」

「よしよし。それなら、どや、亀さん、デートさせたる。どや、デートしたいやろ」

「はい……だはは」

と、亀岡が鼻の下を伸ばした。

「そや、今度デートをしたときな、おまえさんは絵が上手やから、彼女に訊いて、その男の似顔絵を描いてこい。それでおおかたの雰囲気がわかる。それから、そのトンズラ男が使った遺留品やら何かが病院に残っとらんか、それもナースちゃんに訊いてみてくれ。もしもあれば、指紋が採《と》れるかもしれん。マエ（前科前歴）があったら人定できるからな」

「はいっ。了解っす、おやっさん」

「よっ、イケメン！　おまえの若さと男前の出番やでえ」

「いやいや、そんな」

「もちろん内緒でな。くれぐれもよその所轄にバレんように頼むで。うちの所轄の連中にもな、バレたらあかんで。うまいこといったら、おまえかて出世コースに乗れるかもしれんぞ」

「え。ほんまでっか」

「そやで。ワシの長年の勘で、これはとてつもない大きなヤマに繋がっているかもしれん。ワシの強い直感ってやつや。とにかく、第一課の男前の亀サン、頑張っておくれやす。頼りにしてまっせえ」

中澤は思い切り亀岡に空気を入れると、小さく畳んだ万札を彼の手に握らした。

「そんな、いけませんよ、おやっさん……」

と一度押し返したが、いったん言い出したら後ろに引かない中澤の性格を知っている亀岡、中澤の目を見つめてから頭を下げ、刑事の顔つきに変わると、階段を駆け下りていった。

亀岡の後ろ姿を見送ってから、無意識のうちに中澤は煙草をくわえ、火までつけていた。


三日もしないうちに、亀岡刑事が期待通りの面白い話を持ってきた。

朝一番で駆け込んでくるなり、ソファーの前のテーブルに新聞を広げていた中澤に、

「警視、わかりました」

と、ポケットから出した手帳を得意そうに見ながら、顔を上げた中澤に、

「例の入院した十月三十日から一週間目の十一月六日に、勝手に退院してしもうたんです。それも保険証でお金を払うて。あほでっせ。保険証を経理の窓口に出し、清算しているあいだに、金だけ払うて消えてしもうた。

薬の処方箋も出てるのに、その処方箋の紙も受け取らんと、治療費、手術費、入院費、そんなん全部払

うたんです。ですから病院としては何も被害はない。それで、警察には届け出なかったそうです。なんやわけのわからんうちに、ヤツは煙のように消えていなくなってしまったそうです」

中澤は、ニヤリとして、

「ということは、豊中の病院に保険証が残ってるんやな」

「はい！　その保険証を、僕のガールフレンド……のナースが、えへへ」

「ようやった、イケメン君！」

と、中澤は朝刊をたたみ、両足を持ち上げてソファーに乗せた。いつもの牢名主スタイルになり、煙草に火をつける。

亀岡は、立ったまま手帳のページをめくって、

「彼女、よう気のつくコで、かいつまんで要点だけ話したら、すぐにヤツの保険証をこっそりビニール袋に入れて、経理課から持ち出してくれたんです。これですねん」

といって、上着の内ポケットから袋ごと出して中澤に保険証を渡した。

「もちろん、早いとこヤツの指紋とコピーを取って彼女に返し、病院の会計課のほうにコッソリ戻しておかないかんのですけど」

いささか興奮ぎみである。

「お手柄やで。ええナースやなあ。よし、ほんなら、いまからこれを鑑識に回してくれ、内緒でな。ええな、これはあくまでも内緒やで」

警察の中で「サンズイ捜査」とは、秘密厳守で口が固い捜査のことをいう。それは、汚職贈賄などを捜査する捜査二課の係を指す。

サンズイとは、「汚い」という文字の「さんずい偏」から取って、「サンズイ」と称している。

サンズイ捜査は、常に隠密裏に進めなければならない。そのために、捜査を担当する刑事はとくに口が固くなければ務まらない。

部外者、中でも新聞記者《ブンヤ》に悟られると、捜査対象に証拠隠滅されてしまう場合が多いので、ブンヤには格別に口が固い。さらに、相手が大物政財界人の事犯ともなれば、「雲の上」から圧力もあったりするので、ボツになる可能性が大となる。

冗談で、上司から言い渡されるのは、

「本件の話は、ネコにもしゃべるな！」

というものである。

それに比べたら捜査一課、いわゆる強行犯はそれほど気を遣わず、わりに軽く口外してしまう。日頃の捜査対象者が乱暴者ゆえか、現在捜査中のヤマに関わっている事案でも、新聞記者などに気軽にしゃべってしまう刑事も少なくない。

荒っぽい仕事をしていたら、どうしてもハートもセンスも荒削りになるのかもしれない、と中澤は思うこともある。

ところが、亀岡は口が固い。そこが、中澤が一番信頼しているところだ。

「待て、亀。やっぱりワシが鑑識に持って行くわ。ワシと仲のええ、実力のある人が鑑識課におるねん。

そいつにやってもらう。彼は他の仕事が溜まってても、ワシのブツを先にやってくれる人やから」

と、再度ビニール袋に入った保険証を受け取り、改めて見てみると、

「ケーッ！　こいつの名前、確かどっかで聞いたことがあるなあ……。そや、トシを呼んでくれ。この名前でちょっと検索させよう」

中澤の相勤《あいきん》の川上利行である。

天と地ほどのキャリアや階級の違いだけでなく、修羅場を踏んできた中澤警視に対して、川上は常に礼儀正しく向かい合う。

亀岡に呼び出されて一課から廊下に出てきた川上は、中澤を前にすると、まるで生徒のように気をつけの姿勢になった。

「先輩、何か……」

「トシ、この男の名前な、いっぺんコンピュータで調べてみい。ワシ、記憶にあるんや。ほな、おまえが人定やっとけ。他の連中には悟られるなよ。ええな。

こいつ、きっと前がある。ワシは、そのあいだにちょっと鑑識に回ってくる」

「あのお、いま、強盗犯のじいさんの取り調べ中じゃなかったんでしょうか」

と、川上が心配そうに訊く。

「ん？　ああ、あれはな、誰がやったっておんなじや。ワシは、いやなんや、あんな年寄りの取り調べ。いじめてるようで、後味悪うてかなわん。こんな気の弱いことでは、あかんのやけどな。

ま、初犯やし、心配するな。誰ぞ選んで、ワシからデカ長に言うとく、立件せんように」

手際よくその手配を済ませ、中澤は鑑識課に下りて行った。三階建ての淀川南警察署鑑識は、地下一階にある。

エレベーターがない同建物内では、

「足腰にええなあ」

そう、署員たちが皮肉を込めて口々にいいながら階段を上り下りしている。

鑑識に下り、職員たちのあいだに割り込むようにして部屋に入った中澤は、ひとりの鑑識官に近寄った。

「竹中さん、忙しいところ悪いけど、ちょっとこれ、内緒で指紋の採取お願いできまへんか。おそらく複数の指紋が付いてしもうてるとは思うけど。この保険証の持ち主とされている人物を、いま、うちの相棒の若いのに人定させているんで、追っつけここにきます。その中で、合う指紋があれば大変助かるんですが」

言い終えると、ビニール袋に入った保険証を彼の前に差し出した。

「急ぐん？」

と、低い声を短く発した竹中鑑識官は、年の頃なら四十八、九。にもかかわらず髪は真っ白。どこやら仙人のような風貌である。

竹中の問いにニヤッと頷く中澤。応じてニコリと笑った竹中は、またひと言だけ、

「よろしおまっせ」

彼は無口で、他の者とはほとんど口をきかないことで知られていた。

警察庁・内部部局（刑事局）の中に、犯罪鑑識課が置かれている。

鑑識課といっても、さまざまな班に分かれている。事件発生の折、一番最初に現場に入る者を機動鑑識係という。

鑑識官は、特別な専門職ではなく、警察官なのである。

竹中は警察に入ってから、事件現場の機動鑑識ではなく、証拠物や血液、ＤＮＡなど、もの言わぬ「モノ相手」の鑑識一筋でやってきた人間で、彼にはおしゃべりは無用だった。

竹中が中澤にいわれた指紋の採取にかかろうかとしたそのとき、川上が中に駆け込んできた。

「先輩、名前がわかりましたよ。こいつ、とんでもねえ野郎です」

「こらこら、おまえ、酉《とり》年かい。バタバタするな。声も大きすぎる。まず、大先輩の竹中さんに挨拶せんかい」

いわれて、あわてて川上は、竹中に深々と頭を下げた。

それを見たあと、中澤は川上から受け取ったデータを読み始めた。

「えーと、名前は高見修。二十九歳。兵庫県川西市×××町に在住か。三歳の女児と一歳の男児の子持ち。ナニナニ、現在はＭアパレル会社に勤めるサラリーマン……かい。

ふーん、少年院送りが二度。犯歴は傷害、強姦、そして窃盗。それも高齢者ばかりを狙った姑息な窃盗ときたでえ。ほおお、こいつが亀の彼女のところに来た患者かい！」

と、中澤が資料を読んでいるあいだに、保険証に付着していた指紋の中から、高見修の指紋と一致するものを、竹中鑑識官が引き出した。

「本人やなあ……」

と竹中が、落ち着いた低い声で中澤に告げた。

「よおっしゃ。おおきに、おおきに、竹中さん。いつもすんまへんな。今度、必ず埋め合わせしまっせ」

と礼を述べるや、竹中鑑識官が挙げたデータを押しいただいた中澤は、川上が持ってきたデータと二つを併せ持ち、鑑識の部屋を出て階段を上がり始めた。

川上も竹中に一礼するや、すぐに中澤に続いた。

「この高見の野郎の写真を探し出してくれ。ほんで、亀岡刑事にゆうて、亀の彼女のナースちゃんにな、例の男がこいつやったかどうか、写真で面通ししてもらうんや。この保険証そのものが友人知人の物とか、盗んだとかなら、別件で引っぱれるやろ」

「別件って、どんな事犯になりますか」

と川上が背後からいうと、中澤は立ち止まって振り返り、階段下の川上を見下ろして、

「国民健康保険証の不正使用、つまり日本国家相手のリッパな詐欺や。けどな、本当に病院に来たのが高見なのか、その確認が先決や。わかったやろ」

「はっ。了解しました。ネットでもっと調べてみます」

川上が燃える目をして答えた。

「早ようしいや。これはな、やっぱりワシ、どうも大きなヤマにつながってる気がするんや。あるいは、すでに、同じようなヤマが、新たにどこかで起きてるかもしれん。ワシの勘やで……」

と、中澤のいつもの口癖が出た。

日本には、犯罪を統合する広域の捜査システムがない。だから他府県で発生した事案は、よくよくの大事件でもない限り、それを目や耳にしても口出しできない。

日本の捜査システムは、アメリカあたりからみれば一世紀は遅れているといわれる。

そうした中、中澤がひるむことなく前を向いて歩き出していることを、川上はひしひしと感じた。

川上の目には、階段を上がってゆく中澤の背中が、急に凛として大きく見えた。

第4章　セカンド・レイプ

水野美映子は、三十歳で入社して五年経つ。

普段は感情を表に出さないクールな彼女が、人が変わったのかと思えるほど、今回の企画に熱情を注いでいた。企画会議でも、日頃の彼女にはない熱弁をふるい、主張した。

その成果が、『ＹＵＵＫＡ78』第二弾掲載へと繋がったといえよう。

内容的にも単なる面白おかしい、ワイセツでスキャンダラスなものとは違う。

事件そのものが持つ問題の根深さ、謎、性犯罪被害者に対する人権の扱いの低さ、日本の罪刑法定主義の欠陥等々、社会的テーマにも切り込んでいた。

『ＹＵＵＫＡ78』は、第一弾の十一月二十五日発売号に続き、第二弾が〝新春特大号〟として、十二月二十五日に書店の店頭を飾った。

その頃には、もう他社のスポーツ紙や週刊誌等の雑誌でも、さかんにこの事件が取り上げられてきていた。

しかし、それらのメディアの大半が柳田俊太郎を被害者として扱い、名前も「被害者Aさん」という風に実名は使わず、また彼の極悪非道な性犯罪歴についてはほとんど触れていなかった。

刑事事件であるにもかかわらず、明らかに「被害者」バズーカの人権問題を気遣って、犯罪の要件でもある容疑者の犯行の原因や動機、さらに事件の背景である核心部分に触れていない。そのため、事件の本質的解明には程遠い報道ばかりとなっていた。

『YUUKA78』新春特大号（十二月二十五日発売）では、記事が六ページの大きな扱いで、メインタイトルを、

〈鬼畜たちの現在《いま》〉

と立て、インパクトも充分だった。

バズーカこと柳田俊太郎がこれまでに犯してきた猟奇的な事件を詳しく紹介した、第一弾の記事の反響は大きかった。

売り切れ店続出で、編集部や営業部に直接、読者や書店から注文や追加購入の申し込みが殺到した。急きょ増刷するも追いつかず、編集部も営業部も嬉しい悲鳴をあげた。

「被害者」でありながら、バズーカの実名が紹介されていたことも異例で、大いに話題も呼んだ。

これまで彼が重ねてきた数々の悪行や犯罪歴が、年表のごとく詳細に列挙されている記事の構成に、度《ど》

肝《ぎも》を抜かれた読者も多かった。

親の威光と財力を背にして次々と立件を免れ、実刑も〝罪と罰〟もすり抜けてきた事実をついに満天下に晒した。

しかも、しっかり裏取りしたことは明らかで、説得力もある。誌面全体から記者の執念と熱情が立ち昇っていた。

連載第二弾の十二月二十五日発売、〝新春特大号〟は、さらなる爆発的反響を呼んだ。近年の月刊誌としては、例のない売り上げをみせた。

そこで、いつもより五万部も多く刷り増しされて店頭に並んだ。さらに増刷を重ねて結局三十万部の大台をゆうに超え、出版界でも大きな話題となった。

スキャンダルを得意とする夕刊紙や週刊誌など、他社も後追い取材して記事を載せたが、内容に乏しく、なにより写真がどこも太刀打ちできない。

かえって写真週刊誌『シャープ・アイ』や月刊誌『ＹＵＵＫＡ78』の独創性や存在感を際立たせるところとなった。

〈復讐か、それとも警告か〉

こんな直球のサブタイトルを立てた同記事のリード（前文）には、烈しい指弾の姿勢が公然と示されていた。

〈一般的には、重症を負わされた「被害者」に大きな同情が集まるものだ。しかし、今回の事案に限っては、同情よりも、俗にいう〝天罰〟だという読者の声や反響が圧倒的だった〉

第一弾から異例の署名記事。本文の記事の内容も容赦なく、怒りの炎はとどまるところをしらない。読む者にさえ、傍観者でいることを許さない迫力ある筆致である。

〈世にいう文化人や人権派からの反発や抗議が殺到するかもしれないことは百も承知の上で、この記事の文責が取材や担当した筆者（水野・本誌副編集長）にあることを予めお断りしておきます。

さて、今回「被害者」とされた男は、集団レイプの常習者です。

入院中の被害者の承諾を得て、数度にわたってインタビューしました。

その要旨を以下に紹介します。

事件当時も現在も、彼はベッドでうつ伏せ。わずかな時間なら横向きで寝られるという状態です。仰向けで寝ると、臀部《でんぶ》に体重の負担がかかり、痛み止めの薬は投与されるものの、激痛が押し寄せて眠れないそうです。

痛み止めすら、日々効かなくなっている、と本人はぼやくことしきりです。

事件発生前後の話を聞きました。

「……あの日、白金台にある自宅マンションに、六本木から自分で車を運転してひとりで帰ってきたんだ。マンションの地下駐車場に停めたとき、携帯が鳴った。何を喋ったのかは覚えていないけれど、友だちと少し話した。

そのあと、一度車から降りた。もう夜中の三時頃だったかなあ……。それから、上着のポケットに入れたはずの車の（キーレスエントリーの）リモコンを探したんだけれど出てこない……まあ、だいぶ酔っぱらっていたのは確かだけどさあ」

都心の六本木から白金台まで、およそ五キロの距離を泥酔状態で車を走らせた。と、重大な違法行為をケロリと言ってのける神経をお持ちの方です。

彼には、法律も、社会人としてのモラルも通用しない、とまずは述べておきましょう（死傷事故がなかったことだけは、不幸中の幸いです）。

「ポケットの奥をまさぐっていたら、何か音がした。あっ、キーを落とした、と思ってしゃがんだときだった。突然、首筋に後ろから何かが当たった。と感じた次の瞬間、強烈な電気ショックがおれの全身に走ったんだよ。脊髄にまでさ。ほら、首の後ろのここ、な、傷が二ヵ所あるだろ。……ちっくしょう。

医者の言うところじゃ、似たような火傷《やけど》が背中に無数にあるってよ。足の裏にまであるんだぞ、ちきしょうめ。

くそっ、スタンガンだぜ。それもよお、かなりボルト数が高いスタンガンだっていうじゃねえか。そいつを、何回も何回もおれに押しつけやがったんだ。こちとら、電気ショックのせいで、全身の関節がシビれたのか、力が抜けたのか、わけわかんなくなっちまってさあ。

その後のことは、だから、よくは覚えてなんかいねえよ。おれだから生きてるけど、たぶん並の人間なら、とっくに心臓麻痺でオダブツだぜ。変態野郎めが」

自分の蛮行は棚に上げ、苦悶のあまり何度もしかめっ面をする目の前の男に、記者は一片《いっぺん》の同情も憐れみも湧かず、むしろ滑稽味すら覚えました。

「ひでえことをしやがってよぉ」

と、同じセリフを繰り返す柳田に、意識が戻るまで、どれくらいの時間が経過したかと訊いたら、

「わかんねえなあ。酔いのせいだか、電気ショックのせいだか、とにかく頭がはっきりしねえ状態さ。少し意識が戻ったけどよぉ、どれくらい時間が経ったかなんてわかりっこねえや」

ただ、目隠しされ、両手は後ろ手に背中のところで縛られていたと答えました。

――両脚は？

「左右別々に両膝を折り曲げられて……縛られてさ、うつ伏せの大股びらき……だって、刑事のヤツ、笑いながらそう言いやがった。おらあ、被害者なのによぉ」

犯行現場も特定されていないのに、なぜうつ伏せとわかったのか。

おそらく、柳田の背中、臀部、大腿部の各後部、足の裏等のあちこちに火傷や裂傷等の傷がある反面、身体の前面部にほとんど傷がない点から、所轄はそのように判断したのでしょう。

犯人の声と人数は？　との問いには、

「わかるわけねえじゃんか。だって、あいつらボイスチェンジャー使ってたしよぉ。人数は多かった

と思うぜ。でなけりゃ、おれみたいな大男を縛り上げてよ、こんなひでえことできるわけねえ。そうだろうが」

記者は、このとき、ある疑問がふっと湧きました。それは、柳田が最初から、犯人は一人や二人ではない、と決めつけていることです。そうでしょうか。

揺るぎない信念や強烈な集中力を持つ人間なら、瞬発的に凄いパワーを出すことができます。臨床医学者ですら、それは計り知れないと述べているほどです。

過去にこんな事例がありました。

小柄で一見弱々しい妻が、相撲取りのような大男の夫を殺し、遺棄した事件です。

このとき警察は、妻を容疑者リストから外《はず》していました。初期段階から、一般常識に基づく推論で捜査していたのです。

さらに、

「私が単独で殺《や》りました」

と自首してきた妻の自供も、最初は信用しませんでした。

単独犯だという妻の自白には耳も貸さず、「共犯者」を必死で彼女に吐かせようとしました。が、とうとう共犯者は出ず、科学的検証の末、ようやく妻の単独犯行と判明したのです。

例えば火事など非常事態のときに、か弱き細腕の女性が、猛火の中から、大きな仏壇を背負って出てきた、というケースがしばしば指摘されています。

人間は、身の毛もよだつような恐怖や巨大な怒りに包まれると、猛烈なアドレナリンがあふれ出し、本人の想像さえ超える、とてつもないパワーを発揮する存在でもあります。

ですから本件の犯人が、レイプ被害女性たちの中の関係者（祖母、伯叔母、姉妹、従姉妹、女友だち等）か、もしくはこの卑劣な連続強姦事件に怒りの炎を燃やして立ち上がった勇気あるひとりの女性による単独犯による犯行であることも、あながち否定できません。

柳田に訊きました。

——犯人は、あなたに何を言ったのですか。

「ああ、いまでも耳にこびりついているよ。……〝なあ、気持ちいいだろう〟とか、〝もっと入れてほしいと言え〟とかよお。……ちくしょう。忘れようたって忘れられるもんか。あいつら、変態集団に間違いねえ」

興奮するたび、彼は激痛に身悶えました。

ここでは書けないような、卑猥な言葉を相手は繰り返し吐き、それと同じセリフを口にするよう彼に執拗に強要したというのです。

そうした愚劣で淫猥なセリフを、レイプ被害者は決まって浴びせられ、また被害者自身も口にさせられる。それは、この種の犯罪に共通のパターンです。

逆らうと、すぐ電気ショックが待っていた。時折、ライターの音がして、強烈な炎で身体のあっちこっちを焼かれたという。

彼は命令に従わざるをえなかった。どこかで聴いたような屈辱的なセリフを何度も口にさせられ、そのたびに耐えがたい嘲笑を浴びたそうです。

――でも、それらの下劣なセリフや同様の行為は、あなた自身やあなたのお仲間がみんな過去にしてきたことではありませんか？

記者の問いに、彼は一瞬ギリッと奥歯を噛み、たるんだ頬肉をぴくぴくケイレンさせてから、

「……でもよ、男にはやってねえよお、男にはな。男の尻になんかにはさあ……。あいつら、変態性欲者に決まってらあな」

吐き捨てるように答えましたが、ひるむことなく記者が彼の目を凝視すると、彼は目をそむけていました。

――では、男には許されないけれど、女にならば何をしてもいいというんですか？

記者の投げた直球の問いに対し、「被害者」からボールは返ってきませんでした。

ところで、死ぬまで彼が人工肛門の世話にならねばならないとの情報を、記者は独自取材で入手しました〉

これ以降、です・ます調が一変し、強い口調の記者の主張が前面に押し出される。しかも副編という編集幹部の立場を明らかにしている筆者は、読者の圧倒的支持があるとはいえ、まるで辞表を片手にペンを走らせていたかのようだ。

〈角度を変えて、ここからは記者個人の考えや心情を吐露していきたい。ひとりのジャーナリストとして、いかようなる批判に遭おうとも、記者の本音を前面に出すことで、真実を伝えたいと考えるからである。

鬼畜たちに玩具《おもちゃ》のように扱われ、人間の誇りも尊厳も根こそぎ奪われた。それでも前を向いて生きていこうと、何年も、何年もかかって、自分と闘った人たちがいる。

あるいは、被害者の家族や恋人や友人たちも、必死で被害者をサポートし、彼女の受けた重い傷の修復と再生を、彼らは祈りにも似て願った。

けれど、悪夢は消し去ることはできない。

何度もよみがえってくる。夢ではない。夢なら、いつかは覚める、消えてくれる。しかし、夢じゃない。現実だ。一生、恐ろしい夢をみる。日々、フラッシュバックにおののきながら……。

苦しみと恐怖の記憶を消し去る究極の選択として、自分自身の存在そのものを消し去る道を選んだ人たちが、どれだけいるだろうか。

そして、被害者の自殺を、それ以前に、鬼畜たちの毒牙から彼女を守ってやることができなかった……との遺された者たちの無念。

守ってやれなかったばかりか、いま、ここに自分のみが生きて在《あ》ることの後ろめたさ、辛さ。

——そのような人たちが現に夥《おびただ》しく実在していることを、わが身におき換えて一《いち》グラムでも想像してみたことが、読者の皆さんにはおありだろうか。

私は記者である前に、魂《たましい》を持ったひとりの人間でありたいと願う者である。

この拙文を、感情的情緒的な方向に傾ける気はない。末語まで客観的でありたいと思っている。

さて記事の後段は、セカンド・レイプ（第二の強姦）という、もうひとつの厳しい現実の問題について、被害女性の立場に寄り添う形で掘り下げてみたい。

　錆と泥まみれの鉄棒を、排泄器官に幾度も突っ込まれ、頭から卑しいセリフとともに放尿まで浴びせられたとき、男は何を感じただろうか。

恐怖だけではない。人間の誇りも尊厳も次々と破壊され、奪われていく。その耐えがたい時間は、一分が一時間、一時間が二十四時間にも感じられたのではなかったか。

そのとき、「被害者」バズーカは、自己が味わっている屈辱や痛みを、おのれ自身が卑しめてきた被害女性たちのそれにおき換えて、よく体感しただろうか、想像しえただろうか……。

　女性への性犯罪事案は、それが犯罪として捜査、立件されるためには、その後さらに辛い苦しみが、被害者に待ち受けている。

　要約するなら、犯されたときと同様、あるいは、それ以上に、二度も三度も、ときには四度も後続的に「レイプ」される——という厳しい現実があることを、まず率直に指摘しておきたい。

鬼畜を逃さず法廷に引きずり出すためには、どうしても「証拠保全」の手続きが必要とされる。

そのため、まず被害者の〝全裸写真〟が撮られる。と同時に、犯罪証拠品として、局部からの容疑者の精液の採取がなされる。

強姦は、必ず性器に傷を負わせる。

事件の立証のため、必ず裂傷等を負わされた性器の写真を撮られる。これは避けられないことである。

悪党どもに〝逃げ得《どく》〟させず、犯人を挙《あ》げる（検挙する）ために、被害女性たちが、この第一関門において、まず大きな苦痛と葛藤を強いられる。ときには、大ダメージを負わされてしまうだろう。

また警察官や検察官たちによっては、著しくデリカシーに欠ける、容赦のない取り調べや調書の作成が立ちはだかる。

その取り調べのハードな中身も詳《つまび》らかにしておく必要があるだろう。曰く、

——被害者であるあなたのほうが誘惑したのではないか？

——扇情的に振る舞って、男をその気にさせたのではないか？

——実は同意したのではないか？

——犯される側にも問題があったのではないか？

……等々、立件するという大義のもと、繰り返し繰り返し、被害者である女性が〝詰問《きつもん》〟される。

不届きな警察官の中には、まるでポルノまがいのストーリーでも聴取しているかのごとき、捜査になんら必要のないワイセツな話題にまで、不当ともいえるほど踏み込んでくる輩《やから》もいる。

調書を取るのは、圧倒的に男性の警察官、男性の検察官だ。

彼らは、裁判で犯罪を立証するという大義を持つ。

いまにも崩れてしまいそうな被害者の精神状態などにはお構いなしに、調書作成時、被害者の壊れそうな心の中に、土足でズカズカと踏み込んでくる者も少なくない。

被害女性が、言い尽くせないほどの大ダメージを受けているにもかかわらず、何度もみずからの口で悪夢を再現させられなければならないのである。

さて、ようやく立件され、裁判に持ち込んだとしよう。すると今度は、再び法廷で同様の狂おしい質問が待ち受ける。

一刻も早く忘れてしまいたいと願う一方、いや、なんとしても極悪人を有罪にしたい。

――その思いだけが、身も心もボロボロにされた被害者の、最後に残された人間としての矜持《きょうじ》である。

しかし、被告人側弁護人は、反対尋問によって被告人の「防御権」を行使することに全力を挙げる。

当然とはいえ、中には被害者への心配りなぞ皆無、彼女をこれでもかと辱《はずかし》め、卑しめて、被告人の利益のみを重視して弁論する弁護人が大半といえよう。

ましてや被告人かその親に財力があれば、代理人弁護士の意気込みや反撃の声のトーンもかなり異なり、力も籠もるというわけである。

被害女性が、すでに身も心も血まみれになっている傷口に、なおも、これでもかこれでもかと塩を擦り込まれるような耐えがたい苦痛を覚悟しなければならなくなるのである。

「いやだ、と強く言いましたか？」

「そのとき、どんな気持ちでしたか？」

「処女じゃなかったですよね？」

「あなた、どうして、もっと拒否しなかったのですか？」

「助けて！　と大声で叫びましたか？」

「もともと、レイプ願望がありませんでしたか？」

「恋人いますか？」

「初体験は、何歳のときですか？」

「一度も浮気したことがありませんか？」

「セックスは嫌いですか？　好きなほうだと思いますか？」

「ポルノ映画を観たことはありますか？」

――等々、ほとんどセクハラそのものといってよい人権無視の愚劣な質問のオンパレードであり、そこには、仮に万一被害者がおのれの妻や娘だったら……という人間としての想像力の欠片《かけら》も存在しない。

相手はなんとしても同意の上でのセックスにしたいからだ。要は、犯罪性はなかったと立証するための被告側弁論なのである。

被害女性を、まるで淫蕩な人間であるかのように話をすり替えることに全力を挙げる。そのために、男友だちなど関係者も証人として法廷に立たせる。〝法廷戦術〟として、およそ考えうる限りの言葉による暴力的な反論をぶつけて攻撃してくる。

こうして被害者は、法廷の場においてさえ、再び深い傷《ダメージ》を負うことになるのである。

この段階で、被告側の期待通り、忍耐の限界に至って告訴を取り下げる被害者も、実は、少なくないのが知らざれる実態である。

筆者は、レイプ事件が起きるたびに思うことがある。

極端な例だが、もしもひとりの女性が全裸で大通りを歩いていようと、素っ裸で公衆の場に現れようとも、それは公序良俗に反する行為として、単にわいせつ罪を適用して罰すれば済むことだ。それらの行為自体によって、男たちに陵辱されるいわれなぞ、断じてない。

二〇〇三年に、衆議院議員（自民党）の太田誠一が、

「集団レイプする人は元気があるからいい。まだ正常に近いんじゃないか」

と愚劣きわまりない発言をしたことが、国内だけでなくＢＢＣやＣＢＳなど海外でも大きく報道され、国際的なスキャンダルに発展し、この直後の第四十三回総選挙で落選した。

この太田発言について、福田康夫元首相は、

「女性にも、いかにも〝してくれ〟っていうの、いるじゃない。そこらへん歩けば、挑発的な格好しているのがいっぱいいるでしょ。……そういう格好しているほうが悪いんだ。……男は黒豹なんだから」

などと集団レイプを擁護する発言をした。首相官邸内での番記者たちとの懇談の席での発言だが、これが一国を代表する者の発言か？　と物議をかもした。

いずれも日本の男たち、わけても権力者たちの性暴力や性被害に対する意識のあり方をよく物語るエピソードとして記憶されてよい。

人前でどれほど扇情的な姿をしたとしても、そのことによって卑劣な犯罪行為を容認できる道理など、微塵《みじん》も存在しない。

断罪されるべきは凌辱した鬼畜たちそのものであり、その被害者がさげすまれ卑しめられる正当な理由など、これっぽっちもありはしないのである。

悪の毒牙にかかって人生を踏みつぶされた被害女性たちは、事件後、果たしてどうやって辛い人生を生きていくことができるのか。

愛するひとが、家族が、そのような激烈な被害に遭ったとき、周りの人たちは一体どうしたらよいというのだろうか……。

インタビューを終えて病室を退室しかかった記者に、バズーカが背後で言いました。

「なあ、記者さんよお、おれがやったことはさあ、もう、ずーっと昔のことじゃんか。だからさあ、ぶっちゃけて言うけどさあ、みーんな時効なんだぜ。な、わかるだろうが」

病室出口のドアノブを握ったまま振り返ると、視野の真ん中にニヤけた〝被害者〟がいました。

「わかっていないようですね。いくら法律的には時効というものがあろうとも、ひとが受けた深い怨みや悲しみや怒りや事実に、時効なんて永遠にありえないのです。その大きな頭に、この真理を叩き込んでおきなさい」

病室を出るまで冷静でいたいと思っていましたが、最後は記者としてより、一個の人間として彼を見据えていました。

正直な心情を吐露するなら、最後まで私は、彼に対し一片の同情心すら湧かず、むしろインタビューが進むにつれ、次第に憤怒がふくらみました。同室にいて、この男と同じ空気を吸っていることに吐き気さえ覚えたのです。

記者として未熟といわれればそれまでです。が、筆者の取材後の感想をひと言で述べれば、こんなクズがのうのうとのさばって生きていられる現在《いま》の社会に、果たして本当の正義もまっとうな道理も存在するのかという、ひたすら絶望的ともいってよい思いが湧くばかりでした。

（了）

第5章　刑事《でか》の勘

二〇〇七年、年明けの一月五日。

大阪府警淀川南署の中澤警視と川上利行巡査長の二人の刑事は、新大阪駅二十六番線ホームの上でコートの襟《えり》を立てていた。

同駅発朝六時三十二分、東京駅着九時六分の「のぞみ八十号」に乗るためだった。

中澤は、厳冬の深夜の張り込みでも充分な、後にも先にも一着しか持っていない黒革のハーフコートを着込んでいる。

「トシ、おまえ、寒うないか」

と、白い息を吐きながら声をかけると、川上はニヤリとして、

「これですねん」

前身頃を開いて見せた。リバーシブルになっているコートの内側は暖かそうだ。どこか父親と旅行にでも行く少年のような、浮き立った顔である。

本来なら、中澤は年末に上京したかった。だが、淀川南署は大阪の下町繁華街の代表格、十三《じゅうそう》を管轄する。同署の捜査一課ベテラン刑事である中澤が、暮れと正月三が日に休むことはかなわなかった。

東京に行きたかったのは、バズーカの事件の真相に迫りたかったからである。それで再三、デカ長に申し入れたが、

「とんでもない。大晦日と正月におやっさんがいない十三、どないなりまんねん。一課がえらい困りますがな。あきまへんで！」

とキャリアの、四十歳デカ長、金森幸夫警視に、あっけなく断られてしまった。

大阪で十三といえば、確かに人種も民族も多種多様で、事件も数多い。

交通整理の警察官が目の前にいようと、右折や左折禁止の道路標示やプラカードが出ていても、無視。住民たちは堂々と曲がってしまうし、スピード違反も日常茶飯事。

ウカウカしていたら、後ろからクラクションで煽られ、大声で怒鳴られる。

東京から出かけてきた人間など、返す言葉に窮し、ずいぶん困惑するらしい。

「オラオラ、なんでもええから、早よ曲がれ！」

なんでもええ、というお決まりのセリフを、地元住民の多くが当たり前のように使う。

一方、他人事に首を突っ込んで、妙にやさしくて庶民感情あふれる、そんな気質の住民でごったがえす街だ。

歳末や正月三が日に事件が多発するのは必至である。

ということで、年末年始の中澤の上京は実現しなかったわけである。

月刊誌『ＹＵＫＡ78』の副編集長、水野美映子に、中澤は一度どうしても会ってみたいと思った。彼女が、記事の事件の全貌を知っているのかどうかの是非にかかわらず、強い興味を抱いたからだった。

彼女と電話で何度かコンタクトをとった結果、

「では、お会いしましょう」

と、彼女の快諾を得た。

むろん、彼女はジャーナリストだ。警察とは一線を画しているのは明らかである。

ただ、電話での口ぶりからすると、大阪の刑事が何を掴んでいるのか、どんなことを考えているのか……といった興味も抱いたようだ。

「ご都合がよろしければ、年明けの五日にお会いしませんか」

と約束を取りつけ、今日という日を迎えたのである。

中澤は、彼女がどんな人間なのか、どのような経歴の持ち主なのかということは、おおよそ川上刑事に調べさせてはいたが、調べ尽くせない部分も残った。

今回の出張は、非公然である。休暇扱いの形をデカ長が認めてくれ、二人の上京を承諾してくれた。休暇だから、捜査ではない。

デカ長は、中澤に念押しした。

「縄張り荒らしたら、まずい。な、おやっさん、くれぐれも江戸に知られんように、頼むで」

所轄も違う。向こうは警視庁の管内、こちらは警察庁だ。しかも、警察庁といったって、こっちは単なる所轄の一刑事にすぎない。

　もしものときは、あらゆる意味でデカ長にも責任が覆いかぶさってくるだろう。

「先輩、ひとりは危険ですよ。私も一緒に連れて行ってください。いえ、電車賃や宿泊代は、自分で出します。だから勉強させてください！」

　熱心に川上の申し出を受けたとき、中澤はめずらしく胸に熱いものが込み上げてきた。

　近頃は、警察官のなんたるかをすっかり忘れてしまったかのような者がやたら増殖している。

　メディアで流されるのはよくよくの事件であって、報道に乗らないものを加えれば、大小含めておそらく毎日なんらかの不祥事を、全国の警察官の誰かが起こしていると考えてよいだろう。

　売られたケンカは買ってやるなどと、警察官が暴力を振るい、ちんぴらヤクザ顔負けの事案も多い。

　盗撮や痴漢行為で捕まる警察官も、新聞の三面記事にしばしば登場する。

　ガラの悪い、ふざけたことをいう刑事も多くなった。

　最初に教わった警察官の心得など、すっかり脳ミソから吹っ飛んでしまい、ひどい場合は、「刑事手続法」すらわかっていない者もいる。

　たとえば任意の取り調べは、調べられる側の協力が必要であり、強制捜査は、裁判所から警察側が許可状をもらって初めて可能になる。

　単なる不審者を調べるにしても、ちゃんと手続き法に則って、手順通りに行わなければ、のちのち裁判にも響いてくる。

手続きにミスがあると、違法行為と認定され、むざむざ犯人を逃すケースも出てくるのである。

そのために中澤は、自分の下につく新人警官には、彼が自分で作った「警察官の心得」を常に配っている。

「おまえ、ヤーさんかい。警察官がキレて、どないするんや！　ワシら、法律やっててんねんゾ。もっと冷静沈着さを大切にせんかい、ド・チンピラが！」

と、中澤が怒鳴ることも多くなった。

警察署副所長が飲酒運転で「部下」に捕まった、なんて報道に接したりすると、これじゃ若い連中に示しもつかん、怒鳴る力も抜けるわ、と中澤が感じたりすることも最近はしきりである。

そうした中での川上の熱心な申し出に、中澤は嬉しくなった。

（世の中、まんざら、捨てたもんやないなあ）

と思い、川上の目をまぶしげに見つめ、思わず彼の肩をポンと叩いて言った。

「よっしゃ、連れてったる。ホテルいうても、ロクなとこ泊まられへんかもしれんが、泊まり賃も電車賃も、メシも、みんなワシが出したる。気い使わんでもええ！」

できたら一晩泊まりで大阪に戻ってきたい。そうでないと、一課の他の連中に怪しまれる。

一時間でも無駄にしないために、こんな早朝の新幹線に乗ることとなった。

ホームにすべり込んできた新幹線の車内に入り、先に席に着いてまもなく、川上が、

「先輩、弁当買いましてん。とりあえず、腹が減っては戦《いくさ》にならんといいますからね。どうぞ」

と、照れ笑いしながらペットボトルに入った熱い日本茶と一緒に弁当を差し出し、中澤の隣りの席に腰掛けた。

「こりゃあ、えらいすまんのお」

「いえ、どうぞ。先輩のお好きな弁当です」

「そうか……けど、転んでもタダでは起きん。これも大阪の刑事のワザや。カネかけて、手ぶらで東京から帰って来れるかい。デカ長に、なんて言われると思うんや」

中澤の頭は、食い気《け》より事件に向いていた。

「ワシゃなあ、あれに類似した事件が、もうどこかで起きてるような気がするんや。いや、それとも、これから起きるんやないのか思うてるんや。ワシの勘ちゅうやつやな……」

中澤は、川上から受け取った駅弁とお茶を、目の前の小さなテーブルを手前に倒してその上に乗せた。

動き出した車窓に顔を向けてつぶやく。

「あの豊中の話もそうや。あれ、おまえがコンピュータで調べてくれた結果、あの高見修な、ヤツの前科かてドぎつかったやろ。ヤツの事件かて、残された被害者のご家族にとったら、何年経《た》っても忘れることができひん、えらい事件やでえ」

「自分が遺族なら、おとなしく黙っちゃおられんような酷い事件です」

と応じながら、川上は弁当のフタを開けて食べ始めた。

中澤はフタをあけたペットボトルの熱いお茶を一口飲んでから、また続けて、

「女の子を四十数日間も監禁して、推定何十人ものエロガキどもが集団で次々と陵辱したんや。その結果、

女の子は身体が弱り果て、おまけに、気晴らしに女の子の全身をサンドバッグのように殴り続けたという、無惨な解剖結果も出てる。裁判記録を見たら明らかやな。

そやから、あの被害者は集団暴行で死んだ。殺されたんや。しかもやで、ガキどものいた家の階下には、両親が住んでいたんや。あの惨事は、すぐ真上の自宅二階での出来事や。おまけに、死体遺棄やで。まるでゴミを捨てるように彼女の遺体を捨てたんや……」

「ヤツらガキども、ゴミ以下ですね」

「あの中に、この高見がおったんや。

もう、いまは二十九歳にもなって、アパレル関係の会社に勤める、真面目なサラリーマンだと。まあ、ワシの言葉でいうたら、見事に化けやがったというところやなあ。

ヤツは、いまや、女の子と男の子の二児の父親になっとんやで。そいつがやな、今度はてめえが尻に棒を突っ込まれて、裂傷を負ったってわけや」

「ざまあみやが……あ、失礼しました」

「医者がいうのには、全治三週間はかかる相当な傷だそうや。ワシは、高見修も明らかにどっかに拉致されて痛めつけられた、そうにらんでおるんや……。

ヤツは、何年か前にテレビに出とった。おまえも観たの、覚えてるやろ」

「ああ、あのときのガキでしたか。そうか、あの外道が……」

「そや。あのドキュメンタリー番組の中で、わずかな時間やったけどな。顔も映ってへんし、声も変えとった。が、一瞬だけ、画面横に子どものオモチャがチラッと映った。いや、カメラマンが映して、ディレクターが編集でわざと残したのかもしれんけどな。ただ、ワシはあのカットを観てわかった。ヤツはすでに普通の生活しとる、――つまり、逃げきったんや、とな……。

それ以上に、こいつが喋ったひと言に、ワシは脳天にカーッと血が昇ったくらい腹が立ったんや」

「『いつになったら逃がしてくれるの？』と、監禁されている被害者の女の子が口にしたという……あの女の子の痛ましいセリフですね……」

「そう、それや。その子の肉親には、とてもじゃないが聴かせとうない痛切なセリフやった。

段々とヤツも恐くなり、警察に言おうかなとも思ったが、結局は仲間の仕返しが怖くて言えなかった、とな。見張り番も何回かやったし、仲間にいわれてセックスもしました……とも、まあ、よくもヌケヌケと言いやがったよなあ。

娘さんを逃がすどころか、ヤツは自分だけトンズラやで。なんて薄汚ない、卑劣な野郎や。その直後や、無残な遺体となった娘さんが発見されたわけや……」

「あの場面で警察に一報くれたら、彼女は……」

「ヤツがニュースを見てそのことを知ったときに、このガキは、（ああ、あのときの女の子や）と思ったと、このドキュメンタリー番組の中でぬけぬけと告白しとるわけや」

「はい、そうでしたねえ……」

と、川上は噛むのを中断し、神妙な顔つきになった。

「わずかな時間で済んだんや。ワルガキたちの目を盗み、家の外に出て、携帯がイヤなら、公衆電話でもええやんか。警察に、たった一本電話くれてみい……。あの子は確かに、身体にも、心にも、えらい深刻な傷を負うたやろう。けどな、死なんで済んだはずや。あ、いや、生きておったら、もっと地獄が待ってたかもしれへんけどなあ……」

「そうですね。生きてくほうが、もっとしんどいかもしれへんですよねえ……けど」

「けど、せめてあんな無惨きわまりない死に姿を、ご家族の前に晒《さら》さんで済んだはずや。ワシはな、それが口惜しゅうて仕方ないんや。

人間て、恐ろしい生きものやで。何年か経ったあと、ヤツはナーンもなかったかのように、なんの代償も払わず、普通の社会人として平和に生活しとるんやからなあ」

「本当に、その通りや思います……」

また弁当を食べながら、川上がしきりに頷く。

「あの番組を見ていたから、東京で起きた今度の事件と、どこかで、何かが一致したような気がワシはしたんや。手口がどうも似すぎとる。ひょっとすると、これは広域捜査になるかもしれん、と。これは長年の刑事の勘やなあ……。まあ、トシ、食えや」

「え。あ、はい、いただいてます」

中澤がまたお茶を口にしようとすると、川上はモグモグしながら、

「先輩、弁当が冷めてまいまっせ」

「おお、そやった。おまえの金で買うたんやさかいな。いただきますはワシが言わないかん。ほんならトシ、いただきます……」

駅弁のフタを開けると、なかなか豪華な幕の内だ。中澤の好きな筍《たけのこ》とコンニャクの含め煮が目にとま

り、急に食欲が込み上げた。

　川上が奮発してくれたようだ。

「オ～ウ、旨そうやなあ。高かったんちゃうか」

「いえいえ、大したことないです。前祝いです。なんか掴んで帰ろうという、熱い希望に燃えて、というとこです」

「おまえねえ、そういう言葉は使わへんねん。そういうときはな、熱い期待を込めて、というねんで」

「えへ……失礼しました」

　ぺろりと中澤は弁当をたいらげ、ビニール袋に空の弁当箱を入れて片づけた。

「うーん、旨かったでえ。トシ、おおきに」


　十三を出る前、川上に命じてネットなどで水野美映子の略歴を調べさせておいた。

　彼女は名門大の法学部を出たあと、司法試験も受かりながら、大手出版社の遊香社に入社してジャーナリストになった。

　現在、入社して五年目だが、遊香社の看板雑誌のひとつ、月刊誌『ＹＵＵＫＡ78』の編集幹部になっている。

「ワシ、インテリぶった女は嫌いや。嫌いというより苦手なんやなあ」

　ポツリといって、ふと隣りを見ると、川上が可愛い寝息を立ててコックリ、コックリしていた。

　中澤は眠気が襲うどころか、例の事件が頭から離れず、目もさえている。

無意識にポケットを探り、

（そや。ワシは、一服したいんや）

と、キョロキョロ回りを見渡してから、

「えらいこっちゃ。まさか、東京駅まで禁煙やないやろな。堪忍やでぇ」

ぶつぶつ小声をこぼしながら立ち上がり、川上の脚をまたいでからデッキに出た。もう、火はつけなくても煙草を一本くわえていた。それだけでも心が落ち着く気がする。

煙草をくわえたまま、次々と車窓に流れ去る外の景色を中澤はドア越しに見るともなしに見ながら、事件のキーワードとなるものを、頭の中でひとつひとつ紐解《ひもと》いていった。


東京駅に着くと、まだ朝の九時少し過ぎである。

新幹線ホームに降り、人波が去ったところで、前もって番号を聞いていた美映子の携帯に電話を入れた。

約束通り、彼女はすぐに電話に出てくれた。

「こんな朝早くから申し訳ありません。大阪淀川南署の……」

と、そこまで言ったところで、美映子が、

「お疲れさまです。お待ちしておりました。大阪出発が早かったから、お眠いでしょう」

と、旧知の友を迎える口調で応じてくれたので、中澤も緊張がややほどけた。

「いやいや」

「じゃあ、東京駅からひとつ戻る格好になり、申し訳ないんですが、ＪＲ品川という駅があります。その駅前に品川ポワレ・グランドホテルがありまして、そこの新館一階のロビーでいかがでしょうか。いまからでしたら……私は三、四十分ぐらいで行けます。いかがですか、中澤さん」

「わかりました、了解です」

「中澤さんってお呼びしますね。警視と呼ぶと、誰が聴いているかもしれませんから」

「そうですな、そういうことでお願いしますわ」

「私のことも、副編と呼ばないでいただいて、水野さんと、名前で呼んでいただければ幸いです」

「はい、併せて了解いたしました」

中澤が応え終わると、彼女から先に電話を切っていた。

「さっぱりした、ええ感じの女やで。事務能力も、頭の回転も速そうや。あれが東京弁なんやなあ」

中澤はそう口の中でつぶやいてから、携帯電話を切り、ポケットに収めた。

ふと気がつくと、ホッとしたせいか、彼はホームの階段を降りながら煙草をくわえていた。百円ライターで火をつけ、吸っていたのである。

「あっ、せ、先輩、ノー、ノーです！」

振り向くと、川上が両手で×印《バツ》を作っている。

「そうか。いまや煙草を吸うのもヒト苦労なんやな」

ムッとして中澤は、一服吸っただけの煙草を、悔やしそうに携帯灰皿にぎゅっと揉み消していた。

第6章　微笑

化粧台の前で、セミロングの黒髪を梳《と》かしたあと、車で行くか、タクシーにするか、淡いオレンジ色の口紅を引きながら、水野美映子は鏡の中の自分に問いかけるが、すぐに心の中で

（私の車は目立つもの、やっぱりタクシーにしよう）

念のためデジカメ、ボイスレコーダー、手帳、筆記用具など、商売の七つ道具を真紅のショルダーバッグに入れた。いつもながら、どっしり重たい。そのショルダーバッグを、コートの上から肩に掛け、部屋を出た。

マンションから出て少し歩くと、すぐにタクシーがやって来た。それに乗ってほぼ三十分で、約束のホテルの前に着いていた。

新館一階ロビーに入って行くと、刑事とすぐにわかる目つきの鋭い男が二人、壁際に立っていた。

なぜか関西人と関東人のかもし出す雰囲気の違いが、言葉によらなくても不思議に伝わってくる。

美映子はさまざまな職種や地位の人間を取材し、多くの事件に接してきた。それゆえ、いつしか人をシ

ビアに見る目も観察眼も肥えてくる。それは、刑事と同様である。

相手のほうも彼女とわかったらしく、頭を下げながら近寄ってきた。

「どうも、初めまして、水野です」

美映子が二人の目を見て頭を下げると、中澤警視と川上刑事は名刺を出し、警察手帳まで見せた。

すぐに、美映子も会社の名刺を出して渡すと、中澤は、彼女の名刺をしばらく見てから、

「いま名刺をお渡ししましたが、私は休暇中でして。今日お会いしていることも、私がこれからお訊きすることも、職務を離れた一個人としてひとつお願いします。
あなたがお書きになった記事に、大変興味を持ったひとりの人間ということでご了解をお願いしたいのです」

中澤は、念には念を、と彼女の警戒心を解くように続けた。

「ここはわれわれの管轄ではないんですが、大阪でも、水野さんが取材してお書きになった例の事件に、よう似たのが起きました。それで参考までにちょっと水野さんのご意見もうかがいたい。大阪人やなあと言われてしまうかもしれませんけど、電車賃も、自費で来ました。なにぶんにも内緒でお願いしたいわけです」

と、中澤が頭を下げる。

美映子が改めて彼の名刺を見つめた。川上は中澤の耳元に口を寄せ、

「警視、えらいべっぴんさんですねえ」

と囁いてから、彼女に深く頭を下げた。

「ええ、その点は私も心得ております。警察の内部事情については、私、比較的存じ上げているつもりですので」

そう言い終えると、美映子は勝手知ったるホテルといった風で、先導して中へと進んだ。歩きながら、

「県をまたいで合同捜査をすれば、同じような不幸な事件が再び起きなかった、というような記事を書いたこともございます。そのときに、警察内部のこともよく調べました。ですから、中澤さんがおっしゃったお気持ち、充分に理解できます」

話し込むのにちょうどいい席が空いており、ガラス張りの広い窓に面したホテルラウンジの、他の席から少し離れた一番右端の席に三人は座った。

美映子は二人の刑事に飲み物を訊き、近づいてきた顔見知りのウエートレスに注文した。

丸テーブルを囲むようにして腰を落ち着けると、かなり年季の入った黒いバッグから中澤が早速三冊の雑誌を取り出し、コートを脱いだ彼女の前に置いた。

一誌は写真週刊誌『シャープ・アイ』の十一月十六日（木）発売号。二冊目は、十一月二十五日発売の月刊誌『ＹＵＵＫＡ78』。三冊目が、第二弾の十二月二十五日発売『ＹＵＵＫＡ78』新春特大号だ。

いずれも、前年に発行されたものである。

中澤は、その三誌にそれぞれ付せんを付した各ページを広げて示し、

「早速ですが、それらの記事なんですけどねえ……」

「ええ、いずれも私が取材して書きました。最初のこの写真週刊誌の記事に関しては、あるいは私が第一発見者といっていいかもしれません。あのとき、たまたま仕事帰りで現場を通りかかったんですよ。

あまりに奇妙なものに遭遇したので最初はちょっと驚きました。けれども、私たちの世界では、そういう偶然って、はなはだラッキーというものなのです。

しかも、当然ですが、これはいっさい脚色もヤラセもない偶然でした」

川上はすでに手帳を出して広げ、ペンを片手に美映子の話を聴き洩らすまいとする。が、どこか彼女の美しい瞳《ひとみ》に見入っていた。

「私の友人のフリーカメラマンが現場近くに住んでいるので、すぐ電話すると、彼もタイミングよく家におりました。それで急ぎ写真を撮ってもらい、社も近くですから、ただちに現像に回しました。すでに他の予定稿が入っていたんですけど、編集部の判断で、ぎりぎり記事を差し替えました。スクープといえる写真や記事には、こうした偶然の重なりが起こっているものもあるんです。いまの話はオフですよ、守ってくださいネ」

中澤が頷くと、美映子はククッと声を殺して笑った。

「写真としては大傑作です。写真週刊誌の編集デスクも予定稿差し替えには大賛成で、急拠あの写真を入れたわけです。

私が担当している月刊誌のほうは、毎月二十五日発売ですので時間もいささかあり、なんとか取材や資料集めもできました。それで、写真週刊誌よりも少し事件を掘り下げることができたわけです」

「なるほど。記事を拝見し、相当取材なさった感じがしました。でも、ネタがネタだけに、かなり苦労もされたのでは……」

観察する目で中澤は美映子を見たが、彼女は動じる様子もなく、乾いた口調で、

「いいえ、調べるのは簡単でしたよ。だって取材対象者の被害者は、身動きできずに入院していましたもの」

「それは、そうですが……」

「彼のプライバシーに最低限度の気遣いはしました。が、内々の話は、ネットや捜査筋からでも少々は調べることができます。

翌月十二月二十五日発売の第二弾、新春特大号の月刊誌のほうでは、取材期間がかなりありましたから、第三弾ではもっと掘り下げることができました。しっかりウラも取っております」

言葉を選びながら考え考え話す美映子の様子を、中澤が見つめている。

「この第二弾の記事なんですが……」

運ばれてきたコーヒーを飲みかけた手を止め、美映子は中澤の顔を真っすぐ見た。中澤は、

「一般的にいうと、こんな人間でも、一応は被害者ですが、ヤツを実名で報道しました。しかも、前科前歴まで添えて……」

「はい」

「その点について、被害者側からの、たとえば代理人弁護士とか、あるいは人権団体とか、そういうところからクレームなどなかったんでっか」

耳を貸しながら美映子は静かにコーヒーカップを持ち上げ、薄く開いた口許へ運んだ。ひと口飲んでから、音も立てずにカップをソーサーの上に下ろし、

「一般的には、そうなる可能性は充分に考えられると思いますよ。本件では一応、被害者なのですからね。しかし、世の中には、被害者が加害者で、加害者が被害者でもある事件《やま》なんて、ザラでしょう」

美映子の澄んだ黒い瞳で凝視され、中澤は一瞬ひるんでから、

「え、ええ。ぎょうさんありますな。本当に許せんような大バカヤローの〝被害者〟どもが、わんさかおります」

「でしょう。職業柄、長年おやりになっていたら、当然おありでしょうねえ」

中澤と川上が一緒に頷いた。

「私は、それほど感情的になるようなタイプではありません。それに、冷静でなければ、記事もちゃんと書けませんから」

「そうでっしゃろうねえ」

中澤が、途中から急に関西弁になっていた。

「常日頃、私はものごとの全体を、映像のように俯瞰《ふかん》して、客観的に見ることが大切だと考えているんです。雑誌の編集者にとっては、それは当たり前のことですけれど」

「なるほど」

「ただ、正直いいまして、私は過去にこれほど怒りを込めて書いた記事はございません。

罪を憎んで人を憎まずといいますが、取材してみて、今回は、そのことわざが彼には当てはまらないと強く思いました」

川上が小さく二度頷く。

「それに、そもそもレイプ事件というものがどういうものか、男性の皆さんにはおわかりにならないでしょう。傷は一生、癒《い》えないんですよ」

「はは」

川上が居ずまいを正した。

美映子は厳しい目で彼をいちべつしてから、コーヒーを口にした。遠くを見るように天井を斜めに見上げて、

「……どうすればその痛みを、男たちにわからせるのか、と考えたとき、強姦された女性の中に、結局それは犯人自身が同じ屈辱的体験を受けなければわからないのではないか、と思う人間が出てきたとしても不思議ではない気がします」

「はあ。いえることでんなあ」

「あるレイプ被害者の女性が、私の取材に応じて、辛い経験を語ってくれたことがありました。

雨の屋外で自分を犯した男の肛門に、いつか泥だらけの薄汚れた棒を突き刺してやりたい、とね。そのとき、彼女は思い出して半狂乱なほど泣いていました。

あのような強烈な形でしか、ヤツらに対する被害女性の怒りの証明の仕方はなかったのかもしれません……」

美映子の貌《かお》に一瞬、怒りに加えて哀しみの表情が激しく交錯したように見えたが、再び川上に視線が下りてきたとき、クールな表情に戻っていた。

「あれくらいでは、被害女性たちが受けた痛み、苦しみ、屈辱、絶望は、まだまだ本当のところはわからないと私は思います。

レイプ被害者たちに、私は何人もお会いしていますが、彼女たちは犯人の肌の匂い、もっと具体的にい

うと、精液の匂いが鼻について、消えることがない……と、ほとんど全員が言います」

美映子の話に中澤は聴き入っている。

「もちろん、月日が経てば次第に薄れてもいくのでしょうが、でも心理学でも指摘されているように、忘れていたはずの風景さえ、ある匂いを嗅ぐと、瞬時に光景がよみがえる、ということがあるといいます」

川上も、コーヒーを残したまま美映子の話に熱心に耳を傾けていた。

まだ昼までに少しあるせいか、店内はそれほど混んではいない。

「パートナーが嫌だと感じるような行為は、言葉に出さなくたってお互いに感じ合える。愛し合っていれば、お互いに避けますよね。しかし、見ず知らずの、それも何人ものケダモノたちに暴力でネジ伏せられ、犯され、精神まで陵辱《レイプ》されて、その被害女性が、それまでと同じように生きていけるとお思いになります？」

交互に見つめられた中澤と川上は、彼女の言葉の烈しさと、まるで美映子自身がおぞましい体験者なのではないかと印象させる迫力に、言葉をはさめなかった。

美映子は続けて、

「本件の被害者とされるバズーカ某はですね、記事の中でも書いておきましたが、

『おれは、男にこんなひでえことはしたことがねえ』

と、やたら私に激怒してみせました。そう、彼は根っからの男尊女卑。実に愚劣な考えの持ち主で、女は男のオモチャ、女には何をしたってよいのだと、みずから自白しているのです。彼は、

『犯人は変態野郎に決まってる』

と言い切りました。インタビューのテープにも録《と》ってあります」

中澤の心の中に、ある疑念がふと湧き上がった。

（彼女自身に、レイプされた経験があるのだろうか。それとも、身近な友人知人や母親、あるいは彼女にとって大切な関係者たちの中に、あのクズから傷を負わされた被害者がいるのだろうか……）

彼女のどこか抑えきれないものを内に抱える様子に、中澤は腑に落ちるものを何か掴んだような気がした。そのとき、

「コーヒーが冷めますわよ」

美映子が端整な微笑みを浮かべていった。

「ところで、十三《じゅうそう》というのは、大阪のどういうところなのですか」

と、テーブルに並べた二人の名刺を見ながら、表情を柔らげて美映子が質問した。

川上が答えようとする前に、中澤が、

「そもそも十三という地名の由来ですが、川の多い商人の町、大阪では、昔は船で荷物を運んでまして、その船着き場が十三番目ということで、この名前が残っているということらしいです」

「なるほど……」

と、今度は逆に聴き入る美映子。

「下町の、ええとこでっせ。大阪そのもの、といってもええかなあ。なんでもありでしてね。活気があって、猥雑で、人情に厚い庶民たちでえらい賑わう、ホンマ、いきいきしたええ町ですよ」

「東京でいえば、どのあたりになるのかしら……」

美映子は少し考えてから、

「そうね……上野、浅草、錦糸町、赤羽、北千住とか、そんな感じかしら。新宿のような感じじゃなさそうですねえ」

中澤が上体を少し前に傾け、

「阪急電車の十三駅は、東口と西口に分かれていまして、西口のほうは繁華街。東口は住宅街って感じの土地柄です。

駅前はこの頃、西も東もえらい繁華街になりましたがね。ま、大体、西口のほうがコテコテの大阪という感じです」

「コテコテって、たとえば朝からカツ丼みたいな脂っこいものを食べる感じかしら」

「それはちょっと違うかなあ」

言い淀みながらも、中澤は続けて、

「どういう事件や事故が多いかといいますと、駐車違反や駐輪違反がえらい多いんです。自転車を駅前や銀行の前、それも商店街の細い路地の真ん中に、おばちゃん連中が堂々と置きっぱなし。そして、そのまままどこかへ行ってしまいますねん」

そう言って中澤が苦笑すると、川上がそれを受けて身を乗り出し、美映子が彼のほうへ目線を向けると、
川上は椅子ごと前に少し出て、

「自分も、交通巡査をしていたとき、彼女たちにここは自転車あかんで、なんていうたら、

〝向こうも停めてるやんか、なんで私にだけいうのん、すぐ戻るやんか！〟

その、すぐやから、というセリフがすごいでしょう。駐輪違反には、すぐ、もチョットもないんです。が、堂々たるもんでしてね。けど、その言動が、なんや可愛らしいちゅうか、どうにも憎めんのです。……おっと、警察官がこんなことというたらいかんのですが」

「ふふ」

「まず三時間ぐらいは戻ってきません。どうやらスーパーで買いもんでもして、さらにどこかをウロウロしてから戻ってきます。すぐ、が三時間。法律違反ですし、迷惑です」

「うふふ。でも、大阪人らしい、庶民のたくましさがよく伝わってくるお話ですね」

今度は中澤が、

「ま、そういうことはザラでして。だから、他府県などから人事異動で来た警察官は、いわゆる巡回に出るとイライラするといいますね。だけど、十三だけではなくて、大阪では、どこでも、いちいちイライラしてたんでは務まりまへん」

すると、また川上がかぶせるように、

「下町の中の下町ですからね、十三は。庶民が主役なんです。われわれのほうも、なんや途中から漫才でもやってるような気分になってしまい、もうしゃあないなあ、となります。

〝ちょっと、おまわりさん、自転車、見張っといてえなあ〟

ゆうて、平気でタコ焼き買《こ》うてるようなおばちゃんもいます。ま、そういう親しみやすい土地柄なんです。もっとも、通天閣下あたりだと、またちょっと違うという感じですが」

「あら、どんな風に」

美映子が好奇心のまじった悪戯っぽい目をすると、川上は目を輝かせて、

「もし取材で来られるときは、ぜひ、自分がご案内を……あ、先輩、いけませんか」

「ええやんか。水野さん、この川上は新人ですが、なかなか優秀なヤツなんです。私大卒業と同時に警察官の試験に合格して、交番勤務やってるときにですね、全国指名手配されてた犯人を、単に職務尋問だけでとっ捕まえたえらい男なんですわ」

肩書きを呼ばない約束をしていたが、他の席と少し離れているのと、いつしか互いに打ち解けた口調になって、美映子は警戒心を持ちながらも、その場の空気に溶け込んでみた。

「まあ、それは大したお手柄ね」

「しかも、写真を一回見ただけで、ワシらの業界用語で〝見当たり〟と言いまんねんですけど、その人間の声も一回聴いただけで誰なのか覚えられるという、どこか超人的集中力を持っていて、それは特技でっせ。

いまはまだ私の下で見習い中の身ですけど、今回、お供をして勉強したい、と本人がいうてくれて、私に随《つ》いてきました。けど実は、副編集長……おっと失礼、水野さんにお会いしたかったからではないかって気が、いまはしてますねんけど」

「あらら」

美映子は二人の顔を見て困ったように苦笑してみせたが、中澤は声を低めて真剣な顔になり、

「警察の社会は、いまでも男社会そのものです。もちろん女性の警官もいますが、いざというとき泣きわ

めいたりして、婦人警官の中には仕事にならへんヤツもいたりします。

死体見て恐がっていては、警察官は務まらんのです。けど、多いんです。ま、男にもそんなヤツはいますが」

「よほど場数を踏まないと、そうなるでしょうねえ」

「あなたの記事を拝見し、洞察力、観察力、そして客観性、そういうものを随所に感じました。しかも記者名が女性で新鮮でしたね。川上は、まだまだ経験不足というか、修業足らずですから、この事件記事を書かれた水野さんに（実際に）会えてよかったな、トシ」

上司と美映子に左右から見つめられ、川上は視線の置きどころを失ったようにうつむいて、

「はい、いえ、まあ、そうです……」

と、しどろもどろになりながら、川上は両の耳たぶをポッと朱《あか》く染めた。

美映子は二人の刑事の顔を交互に見つめて、クスッと小さな笑い声をこぼしたあと、平静な口調になり、

「編集部内では私、とても嫌われ者なんですよ。仕事ばっかりして冗談も言わないし、副編でいながら部下との雑談も下手。

もうお調べ済みでしょうが、私は大学を出て、その後に司法試験に合格しました。父親は弁護士です。当時二十七歳の私は、トントン拍子の感じで、検事になりたいと思っていました。父は反対しましたが。

その後、いろんなことが次々起こり、仲の良かった妹、そして母と続けて病死して、父と私の二人だけ取り残されてしまいました。ちょっとたまらない時期が長く続いたのですが……」

川上は神妙な顔つきになったが、中澤の目の奥には注意深い色がにじんでいた。

「それで、進路について迷い始めていたとき、ある事件によって、司法の世界だけではどうにもならないことってあるんだと知り、やがてジャーナリスト志望へと傾いていったのです。文才などありませんが」

「いやいや、とんでもない」

「いいえ。いまの会社には、とても遅い就職で、三十歳になっていました。入社後しばらくして……副編になったわけです。私、仕事中毒の女ですから」

中澤は片手を背広のポケットに入れ、煙草の箱をまさぐっていたが、あきらめるより先にまた彼女の話に吸いこまれていた。

「いまは、検察官より、こっちのほうが自分に向いている気がしています。

いまの日本のジャーナリズムには、問題もたくさんあると思っています。多くが、ジャーナリズムを語る資格もない軟弱な体質に変質、あるいは後退しています。

世の中の悪や不正を撃つ気迫も気力も、いまや乏しすぎます。

もうひとつは、まだまだ社会における女性の立場が弱いという現実も、編集者になったお陰で目の当《ま》たりにするようになりました。男女の格差ランキングが、先進国では最低……どころか世界的に見ても最低クラスです」

「ほお、どのような……」

中澤がポケットから手を出し、また前傾姿勢になった。

「私が担当している月刊誌は、ときには他誌が尻ごみするネタも取り上げます。ですので、クレームがついたりもするわけです。

このとき名誉毀損とか損害賠償の問題も生じる。出版社の多くは、なるべくそういうゴタゴタを背負《しょ》い込みたくない。いまは、損害賠償額も格段に高くなっていますからね」

「そうですよねえ」

「もっとも、賠償金の高額化そのものが、ジャーナリズム全体への大きな抑止効果にもなっており、ペン先を鈍らせる、萎縮させる。そのことで利益を得る者たちの存在を守ることに、結果的につながっている。早い話が、メディアの自粛、過剰な自主規制ですね。よくよく考えねばならない重要なテーマです」

　美映子は、皮肉な色を口許に浮かべて言った。

「なるほど。確かに高額な賠償金を前にしたら、トラブルになりそうなことは避けるとか、争いも引っこめてしまいまんなあ」

「疑惑の銃弾といわれたあのロス事件の人は、拘置所や刑務所での拘禁生活中、各メディアを次々と名誉毀損で訴え、結果は連戦連勝。確か七～八割の勝訴率です。それも大半が本人訴訟で。

　ご存知でしょうが、民事の場合は弁護士を雇わなくても、本人で裁判できますからね」

「いま、本人訴訟はかなり増えているそうですな」

「その通りです。ですから、こういう時代に、なんらウラを取らずに迂闊《うかつ》な記事を書こうものなら、自分ばかりか会社に大きな負担をかけることにもなってしまいます。それに、日本人の思想や意識の底流には、コトなかれ主義が脈々といまだに生きています」

　いい終えて美映子が端正な口許をきりりと引き締めると、中澤は、満を持したように切り出した。

「あなたは、それにには与したくない……と。ほな、お書きになった記事にクレームがつく可能性を、充分に考えられたんでしょうね。今回、なんせ、実名です。しかも、もう刑の終えた前刑まで洗いざらい暴露してはる。それで、どこからもクレームとか、なんもいってきませんか」

と、美映子の話題の方向とは無関係に、元の話に戻し、切り込んできた。さすがにベテラン刑事である。彼女はカップの下に残った冷めたコーヒーを飲み干すと、背筋を伸ばし、凛とした顔で中澤を正面から見つめた。

「覚悟はしています。私個人としては、むしろ訴えていただきたい。会社が謝ろうが、なんといおうが、私は闘う気でいます。望むところなんですよ。でも、結局、彼らは訴えてこないでしょうね」

優秀な成績で司法試験に受かった美映子が、すでに法律的な問題は織り込み済み、という口ぶりで中澤の目を正視した。

彼はこのとき、美映子が本件に対して並々ならぬ覚悟と情熱を持っていると確信した。

「なるほど。ところで水野さん、ご兄弟姉妹は……？」

「ええ、妹がたったひとり……」

そう、噛みしめるように口にした。

「……妹は、大学を卒業できませんでした。ちょうど二十歳《はたち》。大学卒業前に亡くなりました」

「そうでしたか……いや、そんなお辛い話を思い出させてしまって、えらいすんません」

と、川上が頭を下げた。

静かに首を左右に振り、美映子は弱い笑いを浮かべた。

「いいえ。それよりも、お腹《なか》すきませんか。そろそろお昼ですもの。ここのサンドウィッチ、とても美味しいんですよ。よかったら注文しましょう」

妹の話題を逸《そ》らすかのように、彼女は手を挙げて、顔見知りの若いボーイを呼んだ。

目が合った彼がニコッとしてすぐ席にやってくると、テーブルの上のメニューの中からいろいろなサンドウィッチを指で示して注文し、

「お紅茶もいかがですか」

「ほな、おまかせいたします」

注文を受けたボーイが去ると、美映子は、

「今日は、お互い、一個人としてお話してるわけですよね。私の書いた記事に興味を持ってくださっただけでも、私は嬉しいんです。

ところで、中澤さん、東京に以前おいでになった、と電話で話しておられましたが、東京は変わりましたか」

間髪を入れずに中澤は、

「変わりましたなあ。もう十五年近く前です、東京に来たんは。ま、あっちこっち歩いてはいませんが、この品川駅周辺は、とくに変貌しましたねえ」

川上は照れ笑いを浮かべて、

「二人で品川駅に降りたとたん、思わず知らずヘタな東京弁を気どって使うてたりして……二人して笑ってしまいました。

犯罪の様相も変わりましたねえ。西も東も、同情の余地もない情けない事件が増えました。時代の流れ

でしょうかねえ。この程度のことで、なんで、そんな残酷な犯罪を起こすんや、と被疑者をガツンと一発、思いきり張り倒したろうかいな、と感じるような事件が多くなりました」

中澤が、少し愚痴めいた口調で薄くなった髪を掻《か》きながら言った。

「たかが一万や二万円ぐらいのために、ケガ負わすだけやのうて、人殺しまでしてしまう。それだけやなく、バレへんと思うてるところが実に短絡的で、思慮もない……」

美映子も頷いてから、

「もう少し一般の方が法律に親しんでくれれば、と強く思いますね。たとえば、無期懲役というものに関して、多くの人がよくわかっていません。

無期懲役は、ご存じのように、終身刑とは異なります。日本の場合、アメリカの終身刑とはぜんぜん違います。もっとも、アメリカでも、終身刑は、さまざまな条件が整えば仮出獄できるんです」

川上が感心したように美映子を見た。

「日本の無期懲役刑でも、永久に刑務所の外には出られないと思っている人が、意外と多いんですよね」

「むしろ、出られないとカン違いしている人のほうが多いでしょう」

中澤がまたポケットに片手を入れて頷いた。

「最初は、一生出さないつもりでその法律が作られたのでしょう。いうなれば終身刑ですが、実際の日本の無期懲役刑は、十五年から、まあ、長くても、いまでしたら、せいぜい二十年以内ぐらいで出所してきます。

だから、多くの国民が〝無期〟という言葉に惑わされて、永久に出られないと思い込んでいるのでしょう。刑期五十年や百年、あるいは本当に一生塀の外には出られない終身刑があるアメリカとはまったく異なります」

中澤と川上が頷いた。

「強姦などの性犯罪について、日本と海外の違いはどのようなものだろうか、と私などはつくづく考えさせられます。

日本の法律（刑法）では遠く及ばないような、ケタ違いの懲役刑の事例が世界にはいくらでも転がっているんです。

そこから、レイプや集団レイプ、その他の性犯罪に対するその国の意識のありようや、女性に対する国民の眼差しの違いが浮かび上がるのが性犯罪だといえると思います。

気の遠くなるような事例をいくつか紹介してみますね……」

と美映子は取材ノートをバッグから出して、ページを繰《く》った。

「えーと……フィリピンのマニラで実の父親が自分の実の娘をレイプした事例。一件の話ですよ。その回数三百六十回の罪にそれぞれ各四十年の刑期が科せられ、懲役一万四千四百年。どう思われます？

あるいは、一九九四年。アメリカ・オクラホマの容疑者は、レイプと誘拐と強盗等の罪に対し、懲役二千二百年。

こんなのが、海外の裁判所が下した実刑判決の一端なんです。

検察の求刑となると、例えば、実の娘に六百回以上の性的暴力を行ったマレーシアの父親に懲役一万二千年を求刑、十二人の教え子に一千十三回のわいせつ行為を行った塾講師には懲役四千六百十三年十ヵ月の求刑、アメリカのペンシルベニア州で二百件以上の少年少女への性的暴行等の罪で懲役一千年以上求刑された例などもあります」

中澤と川上がどこか神妙な顔つきになっている。

「すなわち、強姦や性犯罪に対して、日本よりもはるかに厳しい目を向けているのが、多くの海外の姿といえるでしょう。

つまり、多くの国では、性犯罪という暴力が、人殺しに匹敵する酷い犯罪ととらえているんです。懲役とは、裁判で刑が確定した受刑者を、刑務所や拘置所に一定期間拘置する刑罰のことをいいますよね。

死刑制度を廃止した（終身刑＝無期刑採用の）先進国でも、強姦その他の性犯罪に対する罪がいかに日本と比べて格段に重いかは、法定刑を見れば明らかです。日本は、なにしろ軽すぎる……。

アメリカでは、強姦を死刑とする州が約半数、本当の無期（終身）刑を定める州は、ほぼ半数あります」

美映子はなおもよどみなく続けた。

「刑法二八条に、仮釈放というのがありますよね。この二八条の対象になる無期懲役囚の場合は、改悛の情、つまり悔い改めるとか、刑務所での日々の態度が条件です。社会的状況を鑑《かんが》み、頃合いを見計らって社会復帰させる。仮釈放です。つまり、日本には、終身刑という刑罰は、実際上はないわけです。

それと、犯罪がこれだけ日常生活に及んでいるのに、まだまだ日本国民の多くは、とりわけ凶悪事件などは自分とは無関係の、どこか遠くの世界の話に感じておりますねえ」

そこで中澤が美映子の言葉を引き取って、

「おっしゃる通りですわ。日本の刑法の無期懲役刑と死刑、その二つの刑の大きな落差にも、重大な問題が潜んでいるのとちゃいますか」

「それから、私の知る範囲ですと、東京や大阪などの大都市の場合、合同捜査本部を意味する専門用語の〝帳場〟を立てている期間がきわめて短いと思いますけれどね」

「ええ、まあ、確かに短すぎますなあ……」

と、中澤が頷きながら応じた。

美映子は再び、

「捜査本部は、大体半年ぐらい。長くてもせいぜい七、八ヵ月ですよね。なんら進展がなかった場合は、本部を解散する。あるいは縮小して、継続捜査はしていても、予算も組織もわずかになります。

犯人が自首してきたり、新たな手がかりや目撃証人が出てくるなど、大きな動きがない限り、捜査はほぼ再開されないというのが一般的ではありませんか。とするなら、どんな極悪人でも、ほぼ一年間どこかで息をひそめて隠れていれば、逃げきれる可能性が大きい。捜査上の問題にも課題はあると思います……」

問い糺《ただ》すというより、同意を求めるように美映子が中澤を見ると、彼は感心したような目を返しながら、深く頷いた。

「ところで、このあいだ電話で話しておられた、大阪の事件のことですけれど……」

と美映子が本題に水を向けると、中澤は待ってましたとばかりに解説を始めた。

「はい。その件ですが、私《うち》とこの所轄ではないんで、困ってまんねん。けど、水野さんがお書きになったあの事件に、ウリふたつなんですわ。凶器となった鉄棒は、バズーカのときのものより短くて、被害者《ガイシャ》の内臓まで貫通はしていない。そやけど……こんなとこで話すのはナンですが、鉄棒はやはり肛門から十センチ近く中へ入れられていました」

「手口が似ていますわね……」

「ええ。傷は裂傷。それもですね、相当に長い時間、繰り返しやられたようです。この事案は、私とこの所轄やないんで、うちの若い者にそれとはなく調べさせました。だから伝聞です。私が現実に被害者《ガイシャ》を見てるわけやない伝聞なんですが、被害者《ガイシャ》の肛門の奥に異物が残っていたそうです」

「どんな？」

美映子が表情を変えずに訊くと、言いづらそうな中澤に代わって川上が、

「壜《びん》の破片です」

「え。壜の……破片？」

「はい。ぶ厚い栄養ドリンクの壜の破片です。何かの拍子で欠けたのか、わざと欠けさせて、それを突っ込んだのか……傷つけられた患部がたくさんあった。医者が、その破片を取り除くのに苦慮した、と……。これも伝聞ですが」

伝聞つまり人を介して伝えられた話だと断っておかなければ、所轄が違うだけに、のちのち問題になるだけでなく、刑事事件の重大な手続きにも関わることだ。

それは、中澤に常日頃から言い聞かされてきた川上ら警察官の〝心得〟のひとつなのである。

「痛かったでしょうねえ……ご愁傷さま」

美映子が皮肉な口ぶりでつぶやいたとき、注文していたサンドウィッチを別のボーイが運んできた。金属で編み上げた、駕籠《かご》風の三段の器に盛り合わせた豪華なもので、中澤も川上もめずらしいものを見るような無防備な目をして、

「やっぱり東京でんなあ。えっらいおしゃれやあ」

「先輩、それって、つまり、私らがこういうゴージャスな店に来たことがないゆうこととちゃいまっか」

「な、なにを言うてんねん。ワシかて、大阪のロイヤルホテルやプリンスホテルには行ってるんやで。食事やのうて、聴き込みやけど……うはは」

一般の人が聞いたら、ショックで食事がしばらく喉を通らないような話題を交わしたあとでも、三人は平然としていた。

「まあまあ。さ、召し上がってください」

熱い眼差《まなざ》しをサンドウィッチに注ぐ川上とは別に、中澤は、さっきから落ち着かなくなっていた。ヘビースモーカーの彼は、すでに限界を感じていたからである。

車中、車掌に訊いたら、新幹線の車内に一ヵ所だけ、喫煙コーナーがあるというので行ってみた。そこは、まるで売れ残りのお雛様か見世物か、それとも昔の言葉でいうなら晒し首。そんな狭っ苦しい〝ショーウィンドー〟の内部は、定員三〜四名のえらく狭苦しい〝立ち見席〟ときた。

「ワシら愛煙家は、高額納税者とちゃうんかい……あ〜あ、時代かのお」

ムッとしながらも中澤は誘惑に負け、中に入るや、咳《せき》込むほど続けざまに何本も吸った。

――そのとき以来である。

「このホテルに、喫煙場所は？」

ちょうど回ってきたボーイに中澤が尋ねると、

「申し訳ありません。館内にはございませんが、あの玄関の入口ドアを出てすぐ脇に喫煙コーナーがございます」

「出て外に、ね……はいはい、おおきに」

クスクス笑う美映子のほうに向き直り、

「私、ヘビースモーカーというよりチェーンスモーカーでしてね。ははは、ちょっと失礼します。トシ、おまえ、先によばれや。ワシに遠慮せんとな」

中澤は腰を浮かして早口で川上にいい、美映子にちょこんと頭を下げて立ち上がった。彼の背中に美映子がからかい口調で、

「どうぞ、ごゆっくりね」

といって、川上と目を見合わせると、二人は含み笑いをこぼした。

第7章　細い糸

さまざまないでたちの客がホテルの内外を行き交う。その光景を横目に、中澤警視は急いで館外に出るなり煙草に火をつけ、深く吸った。鼻と口から速射砲のように煙を吐き出す。

「あかんわ。やっぱり煙草吸わんとな。煙草は身体に悪いとか、えらい敵視され、いまや愛煙家は極悪非道の非国民みたいにいわれるけど、放っぽっといてちょうだい。ワシは煙草だけはやめられんし、やめんぞ」

中澤はブツブツいいながら、喫煙所の前に立って、たちまち二本目に火をつけながら思った。

（こういう感じなんやろな、ヤク中も。身体に悪いんや、わかるか、ボケ。死んだとき、骨が軽石のようになってスカスカなんや……とかなんとか、ワシかて、麻薬現行犯でパクッた連中に取調室でよういうとる人間なんやけど……ああ、クソ、旨えなあ）

一緒に吸っている他のヘビースモーカーを圧倒するように、わずか十分ばかりのあいだに、三本も続けざまに吸った。

四本目をくわえようとして箱を出したとき、ハッとして、

（あかん。もうちょっと踏み込んで水野美映子の心の奥を覗かせてもらわんことには、わざわざ東京に来た甲斐がない）

ライターと一緒に煙草をポケットに戻し、そそくさとラウンジに戻った。

「お帰りなさい。早かったすね、先輩。お先に少しよばれました、すいまへん」

川上刑事が立ち上がって小さく頭を下げた。

「ええがな、よばれたら。けど、ワシが好きなん、残しといて……くれとるね。トシ、優しいな、おおきに」

中澤が元の席に座り、目を輝かせた。

「何がお好きなんですか」

美映子が訊くと、一服したせいか、人なつっこい関西弁になり、

「ワシは、このハムサンドがごっつう好きですねん。ハムさえ食べてたら、もう、なんもいらんのですわ、うあっはっは」

オシボリで手を拭き、テーブルの前で両手を合わせてから、中澤はハムサンドに手を伸ばした。

三本も立て続けに吸ってきた中澤の身体から、煙草のヤニの臭いが周囲に漂うが、平然として彼は、もぐもぐ口を動かしながら、

「う〜ん、旨い。これこそ東京の味やねえ」

とぼけたことを言った。

サンドウィッチを頬ばりつつ、手入れの行き届いたホテルの中庭や周囲の客に、二人の刑事が視線を這わせている。

「召し上がってからで構いませんが、先ほどの関西で起きた事件のあらましをお聞かせ願えませんか」

と、一瞬のしじまを縫うように、美映子が言葉をはさんだ。

慌ててサンドウィッチを飲み込み、紅茶をひと口すすってから、中澤は居ずまいを正して、

「あれは、まだ事件かどうか、いまのところはっきりしてません。友人と称する男の車で担ぎ込まれたのが、豊中市内の病院だったんですねん。あの日は十月の……ええと、三十日の夜でした」

「晩秋に近いですね」

「はい。診察したら、かなりの傷と出血で、当直の外科と、近所に住む外科医も応援に駆けつけて、大がかりな手術になったようです。ただ、あの新宿の事件で使われたような長い鉄棒ではなかったらしい」

「そうでしたの」

「異物らしきものは、さっき川上が言うた、ガラスの破片が残ってたというだけなんです。それで手術をして、まあ……あの、肛門のですね、周囲、それと下半身にも相当の傷を負っていた。もうひとつは……」

そこで突然、声をひそめ、中澤は首を突き出すようにして美映子に椅子ごと近づき、

「水野さんがお書きになった事件との共通点といえる、陰部ですよねえ、とくに性器周辺のヘアがごっそり剃られていました」

美映子の反応を観察しながら話したが、彼女に動じた気配はない。

「どうもおかしいというので、担当の医者が所轄に届けたんです。その後すぐに警察も来たが、警察は最初から事件性を考えていなかったようです」

「といいますと……？」

「この頃淫らな遊びを入り乱れてやる、それも若い男女の連中がいるものですから、警察の風紀課や少年課なんかが困ってますねん。そやから、警察も事件性はあまり考えずに来たらしいんです。ところがケガがひどいんでね、警察官が彼に質問したけど、ヤツは自分が好きでやったんだ、友だちとみんなで遊び半分でやったんだ……との一点張り」

「事件化をいやがったんですね」

「ええ、おそらくね。担ぎ込まれた最初の日、つまり十月三十日は、手術のために麻酔薬を打たれて朦朧としていたが、明くる日になっても、その次の日になっても、話はまったく変わらない」

「なるほど」

「それで警察も、まあ事件性なしということで手を引いた形です。

ところが十一月の六日、だから担ぎ込まれて一週間目のことです。六日の日の朝、月曜なので外来患者で大変混雑している最中に、本人は経理に行って清算の手続きをとっているんです」

「入院費の清算ですか」

「はい。会計事務員のミスといえばミスですが、その日までの入院費や手術代などを、全額支払っているんですね。まだ請求書も発行してないのに、変だな、と一瞬は思ったらしいのですが。

ただ、その男は保険証もちゃんと出したので、疑うこともなく受け付けた。それで事務員が領収書を発行するための手続きをやっているあいだに、本人は釣りも受け取らずに突然、姿を消してしもうたんですわ」

「何を急いだのかしら……」

「残されたのは会計のお釣り、その日発行した診察券、それともうひとつが重要で、本人のものだとされる保険証です。

肝心のそれを置きっぱなしのまま。しかし病室に私物はなにも残されていない。院内放送でヤツの名前を何度もアナウンスして、病院中捜しまくったけど、姿、形もなかったと。

この事案は、私とこの所轄ではないので直接、公《おおやけ》には捜査で調べられないんですね。まあ、ご存知のように、シマ社会ですから、警察は」

「そうでしたね」

「どうにも手出しはできない。ところが、たまたま残された保険証を照合することができた。その保険証に付着していた指紋……おっと、これはオフです。ここだけの話でお願いしますね」

「ええ、もちろんです」

「水野さんにバラされたら、えらい困ることになるんで、もし記事にするときは、そこんとこ、情報源だけはオフレコで頼んますわ。これ、必ず約束してくださいよ」

美映子は黙って二度深く頷きながら、ペンとメモ帳をバッグから出してテーブルに広げた。

「調べた結果、高見修という二十九歳の男が浮上しました。ほんで、驚いたことに、保険証も彼自身のもんでした。あほでんな。

彼は現在、勤め人で、二児の父親。なんにもなかったかのように幸せに暮らしてるわけですわ……」

気のせいか、下を向いてメモ書きしていた美映子の持つペンの手が、そのとき、わずかに止まったように中澤には見えた。

「おそらく、本当に自分の保険証を使ったので、なおさら事件性はない、という風に所轄が思ったのかもしれませんね」

メモ帳に視線を落としたままの水野の顔が、どこかしら次第に赤みを帯びてきた気がする。

「ワシは立場上、いまの段階では捜査はできません。ほんで、何年か前に、某テレビ局が夜遅く報道番組の中でやっていたんです。さまざまな事件の、その後を追うという形のドキュメンタリー番組ですわ。その番組を、ワシの部下がちょうどビデオ録りしていまして、それを観ました。

出演者の男をシルエットにして、声も変えていました。けどおそらくあの男が高見やったと思います」

「仕事柄、私もあれは自宅で観ていました。誘拐、監禁、集団レイプ、殺人、死体遺棄犯。あの性犯罪者グループの、彼はひとりだったのですよね……」

顔を上げた美映子の表情が、どこか少しこわばっている。

「ただ、途中でこの高見は逃げた。恐ろしくなったんでしょう。そのきっかけが……」

そこまでしゃべって水の入ったグラスに手をやるや、中澤はぐいっと一気に半分ほど飲み干し、また続けて、

「その番組の中で、ヤツが告白してましたよね……」

美映子の表情をまばたきもせず正視したまま、中澤が続けた。

「『私をいつになったら帰してくれるの？　お願い、逃がして』と。彼女が取りすがるように何度も、か

細い声でヤツに訴えていたんだと……。で、逃がしてやりたかったけど、彼女を逃がしたら自分自身がどんなひどい目に遭わされるかわからない。そのことに怯えて、よう逃がさなかったんだ、ともね。

しかし結局、ヤツ自身は、彼女をそのまま残してトンズラした。とんでもない野郎ですわ。しかも、逃げたあと、その事件が公になって、ヤツはそれをテレビのニュースで観て、あのときの彼女だとすぐわかった、と番組でしゃあしゃあと語っていました」

中澤は美映子の目を見つめていたが、美映子は、クールに言った。

「取材に応じたことはともかく、被害者の遺族がどんな気持ちであの番組を観たか……。それを思えば、彼の番組出演は、罪ほろぼしというよりも、自分の行為を正当化することが目的だったという印象ですね」

「あの報道番組のとき、画面の隅に子どものオモチャが映っていたんです、その男の脇のところに」

「ええ、チラッと一瞬でしたがね。私も確かに観ましたよ……」

「ということは、事件のあと、ヤツは普通のお父さんになっていたというわけですな。

残忍な罪を犯しておいて、何もなかったかのように平然と、別の女性と結婚して、大アパレルメーカーに就職し、いま普通のサラリーマンをやっとる。子どものオモチャが映ってる映像を観た瞬間、さすがにワシも、ハラワタが煮えくり返る思いでした」

「人間は、天使にも悪魔にもなれるということのようですね」

「昔の彼の悪事をなにも知らない視聴者は、ヤツを見たとき、真面目な普通の男、ちゃんとした家庭を持った二十九歳のお父さん、と見よるでしょうね。その実、少女を助けるどころか、自分だけが逃げ切った卑劣な外道ですがな。いま主犯の男は懲役で塀の中に入っていますが、それと同じくらいの、いや塀の外にいる分、それ以上の罪だとワシは思いますな」

「おっしゃる通りですわ」

美映子が氷のような視線を中澤に返した。その目を見ながら中澤は、

「バズーカも、事件は違いますけど、同じ集団強姦犯、つまるところ同じ性犯罪者でしたよね。それでワシが考えてみたのは、同じ被害者、もしくは同じような思いを抱える人たちが、こいつのような許しがたい連中に、復讐というのですかね、それを実行したんとちゃうやろか……と。バズーカや、豊中の事件だけではのうて、もしかしたら、他にも同じような事件があちこちで起きているんとちゃうやろか……と、これはデカの直感なんですが」

美映子は、込み上げてくる熱い感情にさらわれそうになり、さりげなく喫茶室の天井を斜め上に仰ぎ見て、

「日本の警察機構は、たったひとつ県をまたいだだけで、われ関せず。よほど話題になるケースでない限り、広域捜査というのは皆無に等しいですものね」

中澤は彼女の表情を追いながらも、話の焦点を絞って、

「しかも〝犯人〟は、ボイスチェンジャーを使っている。だから声だけでは男か女かもわからない。そのとき、もしもバズーカが録音テープでも回していれば、科捜研で分析して簡単に声紋が判定できる。個人

の特定だけやなく、男か女か、どれだけの人数かもわかったわけですがね……」

中澤がそこまで述べたとき、美映子は静かに腕組みをして、シャンデリアが飾ってある天井に目を向けた。

そのとき川上が話に加わるように、

「確かに先輩、われわれの組織や体質の問題も出てきますよね。東京の新宿で起きた事件は、警視庁の問題。自分らは警察庁。しかも、自分らは大阪です。で、例の事件は豊中ですから、これまた管轄外でみんなバラバラ。手も足も出ません。

そこんところがこの事案の、なんや妙に、犯人か、犯人たちの狙い目のようにも思えてきたりしますねん」

「広域捜査の問題点ですね……」

と、いいながら、美映子は川上ではなく、最後に残ったハムサンドをモグモグ食べている中澤のほうに顔を向けた。

「これから中澤さん、この事案をどのように捜査していかれますか」

「はい。われわれ警察官は、仲間や先輩や後輩の、他府県への転勤も多く、そやから、それなりに独自のネットワークもありますねん。

そういう意味で情報収集方法もいろいろあるにはあるんですが、現状は隔靴掻痒《かっかそうよう》ということで、もどかしい……。

水野さんの記事を読んで、私のように思ってる刑事《デカ》も、この広い日本ですから、他にもぎょうさんいそうな気もします」

「かもしれません」

「そうですよ、きっと。水野さんのように優秀な編集者が、この事件の深い闇の部分をあぶり出された。そのような思い入れや信念を持って、他のマスコミでも取り上げてくれたらと期待したいが……難しい点もあるんでしょうね」

「先輩、それってなんですか」

川上がきょとんとして中澤の顔を覗き込んだ。

「そら、おまえ、よう考えてみ。まあ女性の前でアレだけど、鉄棒やでえ。ネタがネタやんか。お昼のワイドショー向きやないんと違うか。ちょっと扱うのが辛いわなあ」

「でも、ショッキングな事件ですよね。バズーカの野郎は、もう再起不能でしょう。昔のような悪事三昧とはいかん。ただ、単なる傷害事件とちゃいます。外道といえども、ひとつ間違えば殺人、つまり殺人未遂の大事件やないんですか」

と、若い川上が唇を尖《とが》らせ、身を乗り出して口にした。

「レイプ事件のときが、まさにそうなんですよね」

そう、冷たい声で美映子が語り始めた。

「被害者の人権問題も当然あります。それ以前に、レイプ事件を興味本位で扱うメディアも広く存在しています。

率直にいって読む側、つまり受け手の側にも、少なからず通俗的な好奇心や興味本位、そしてスキャンダラスな記事を求めているところがある。哀しく、残念な話ですが。

今回の事件に対して、私は独自の視点で、バズーカという人間が単なる被害者ではありませんよ、加害者でもあるんですよ、と彼の過去の性犯歴と人となりにも触れ、踏み込んで記事を書きました。

しかし、私のような視点での報道は少ないですねえ」

そこまで話して、美映子はポットに残った紅茶を三人の各カップに少しずつ注《つ》いだ。

「バズーカは、自分を拉致した人間は複数だといったんですか」

中澤が質問した。

「ええ。彼の病室に何度か通ううち、私が女だからでしょうね、他の男性記者たちは拒まれているようですが、私のインタビューにはわりと率直に応じてくれました。

ベッドにうつ伏せになって、苦しげに寝ている彼の姿は哀れで滑稽でしたが、私は本音でインタビューしました」

「複数だったと……彼は、その複数の足音も聴いてんのですか……」

中澤は、同じ質問を繰り返した。美映子は彼を見つめ、

「ただ、かなり意識が朦朧としていて、証言も曖昧といえるでしょうね。痛みもあり、また恐怖感もあり、さらにスタンガンで、一番神経が通っている脊髄とか首とか、手足の関節などを狙われ、何度となく攻撃されたとも言っていました。あまりの痛みに、神経が麻痺して、意識も朦朧としていたと本人は言いましたね」

「となると人数は、確実とはいえないな……」

「それから、レイプ犯たちが女性に集団暴行するとき決まってやる放尿ですね、それも彼はされたそうです……」

美映子がそこまで話したとき、中に割り込む勢いで中澤が、

「その、頭から浴びせられた尿の採取はしなかったんですか。事件性は明らかなんやから、警視庁も当然、尿を採取するように、病院に指示していると思いますが、そこはどうなんでしょう」

「してないようです。というのも、バズーカを発見して救急車に乗せ、病院の処置室へ運ばれた最初期の段階では、事件という感覚がドクターたちにはなかったからです。頭から足の裏まで、彼は泥やゴミだらけ。とにかく感染症を案じて、まず消毒を、ということで、彼の全身をきれいに洗浄してしまったといいますから」

答えて、美映子は紅茶のカップを口元へ運んだ。

「ほな、被疑者のＤＮＡの検出も望み薄や。ほぼゼロってことですな」

「だと思いますね。いまのところ、警察発表もありませんし。

犯人が複数なのか、単独なのか。犯行の現場がどこなのか。現時点で、まったく特定できていません。でも、丸四日間、バズーカが監禁されていたことは事実でしょう。それは特定できることです。その間、何も食べさせてもらえなかったと本人は述べ、胃の中は事実カラッポだったと、私は病院関係者から聴き出しています」

「なるほど……」

「ただ、彼はひどく喉が渇いていたので、頭から最初は水をかけられたと思って、夢中で大口をあけて飲

んだのが、実は尿だった。おそらくそのとき、一緒に錠剤か何かを口の中に入れられた気がするといっていました。

そのことは、血液を採取して検査した結果、確かに睡眠薬であったことが判明しています。どこの薬局にでも売ってるような軽い睡眠導入剤でした。メーカーは、まだはっきりしていないようですが」

「うーん、そうですかあ。いやあ、水野さん、せっかく正月休みのところ、長い時間、ほんとに申し訳ありませんでした。おおきに、おおきに」

穏やかな笑みが浮かんだ美映子に、中澤は上体を丸めて礼を述べたあと、頭を下げた川上を鋭く見つめてから言った。

「ほんまに、ワシらみたいな田舎の刑事《デカ》が出てきて、あれこれ訊いて、それも管轄外やのに、えらい時間取らせて教えていただいた。ほんま、感謝します」

「いえいえ」

「豊中の事件と新宿の事案は、ワシの頭の中で多くの類似点が重なってくる。といって、なんも証拠はないんですが。

しかし、二つの事案は、どこかで、どうもつながっていまっせ。ワシ、妙な確信持ってますねん。水野さんのお陰で、今日はなおのこと確信が持てたような気がします。ほんまに長時間、ありがとうございました」

「私のほうこそ、わざわざお出かけいただいて。勉強させていただきましたわ」

「また、ぜひ、読者を感動させる、エキサイティングないい記事を書いてください。川上ともども、期待しております。

……なんや、ワシみたいな男が突然こんなことゆうのも生意気かもしれませんが、いかに、どのような理由《わけ》があろうと、〝復讐〟だけはアカンと思うんです。そのことだけは、犯人に、ワシは伝えたいと思うんです。

　復讐は、また新たな復讐を呼びます。しょうもないこと言うようですが、そのために法律があるんですからね……」

「その通りですわ。でも、法律で救われない人がたくさんいるのも一方の現実です」

　正面を向いたまま、瞬《まばた》きもせず抑揚のない声で彼女が答えると、一瞬、静寂が三人を包んだ。それを破るように中澤が、

「長年刑事《デカ》やってますとね、被害者や被害者のご家族、また周りの身近な方にもお会いします。八つ裂きにしても足らない怒りをお持ちやろうと、強く胸打つ事案もあります。だが、しかし、復讐では何にも解決しません。ワシは、そう思うとります」

「そうですね」

「もうだいぶ前に亡くなったワシの父親が、よう言うていたんですわ。

人生、どこかで必ず帳尻が合うって。不幸ばっかりは続かんし、幸せばかりも続かへん。それが人間の一生や、と。

　幸福の絶頂期に傲慢になるな、舞い上がったらアカン。次に来るんは苦労や、とその覚悟を持って人生を生きてゆけって。親父に、くどいくらい、そう言われたもんです」

熱心に川上が相槌を打つが、美映子は黙って彼の話に耳を傾けた。彼女はベテラン刑事の話を心にしみる思いで聞いていた。

「いいお話をありがとうございました。お父様のおっしゃる通りだと思います。この事案が、もしも復讐であるならですけれど」

「皮肉にも、こんな事件が起きなかったら、水野さんという立派な編集者に、一生お会いすることもなかったでしょうな。所轄も違いますし、大阪と東京、おまけに警視庁と警察庁ではね。ありがとうございました。おおきに」

「こちらこそ。中澤さんのような刑事さんがいて、大阪市民は幸せですわね。

近頃、お二人のような熱血漢の刑事さんは、ずいぶん少なくなってしまった気がしますね。川上さんも、立派な先輩をお持ちで、とても励みになると思います。何か私でお役に立つことがあるなら嬉しいです」

と言いながら立ち上がり、テーブルの上に置いてあったレシートを素早く取ると、もう一方の手でバッグとコートを持ち、すぐにレジに向かって歩き始めていた。

「先輩、うちらが払わんといかんのんとちゃいまっか」

と、川上は雑誌をバッグにしまっている中澤の顔を見てから一緒に立ち上がり、美映子の少し後ろに従《っ》いて二人で歩き出す。

レジの少し手前で足を停め、振り向いた美映子は、困惑した表情で近寄ってきた二人に、

「今日、私たち三人は、個人としてお会いしたのでしたよね。刑事さんとしても、編集者としても会ってはいません。捜査の公務でも、取材の仕事でもありませんでしたわね」

「はい。けど、会話の中で、ずいぶん業界用語を互いに口にしてもうてましたね」

「そうでした。でもお互いにしか聴こえない声の大きさでしたもの……ふふふ」

といってニヤリとすると、美映子はレジに行き、さっさと会計を済ませた。

「いやあ、申し訳ありません。ご馳走さまでした。おおきに」

「いえ。遠くから来ていただいたのですもの、これぐらい当然です。それでは、私はここで失礼いたします」

正面玄関の外まで彼女を見送った中澤と川上に頭を深くていねいに下げると、美映子はホテルの前に待機していた車列の先頭のタクシーに乗り込んでいた。

そのエレガントな物腰、濃い紺色が鮮やかな上下の高級スーツ、同系色の中ヒール。さりげなく片腕に抱えたスーツと同系色のカシミヤのコート、真っ赤なショルダーバッグが、彼女を包む垢ぬけた都会的センスを引き立たせていた。

車が走り出しても、後部シートの美映子に中澤と川上は頭を下げていた。

彼女も振り返り、微笑を浮かべて二人に手を振った。


美映子を乗せたタクシーが二人の視界から消えるや、中澤は玄関横の喫煙コーナーへ駆け寄った。小走りで川上もあとに続く。

「あーあ、えらい長時間、煙草吸わんかった。ワシも我慢強いなあ。見直しちゃった。なあ、おっちゃん」

隣りで満足そうに煙をくゆらせている初老の外国人にいったが、意味不明らしく、彼はただニコニコする。そのときには中澤は、もう煙草をくわえ、百円ライターで火をつけていた。

　煙草を吸わない川上が風上《かざかみ》に回り込むと、

「彼女は、どこか翳《かげ》があるなあ。ほんで、人生、ちょっと急《せ》いとる。なんや、そんな感じがしたなあ。何をそんなに急《いそ》いでるんやろ。どこへ行こうとしてるんや。トシ、どない思う」

「そうですね……先輩、あのお」

「なんやねん」

「煙が、こっちくるんで。こっち向かんと、ヨソ向いて私と話してくれませんか、すいません」

　中澤は苦笑し、駅前の大きな交差点に向かう人の波に目を向け、

「やっぱり東京へ来て正解やった。いろいろヒントをもろうた。ただ、彼女の心の闇、頭の中で考えていること、簡単なものやなさそうや……」

「はあ……」

　と、川上は風向きが変わるたび微妙に移動しながら、美映子を乗せたタクシーが去って行ったほうへチラチラ粘っこい視線を泳がせていた。


　特別病室が並ぶ中、病室内から男の声が廊下に響き渡った。

「こっちもよお、暇つぶしに取材協力してやってるんじゃんか。な、一応はおれ、被害者なんだぜ。あんた、わかってんのかい。ちったあ、口のきき方を考えろよ。ま、いい女だから勘弁してやるけどさあ。こんな身体じゃなかったら、あんたなんか、本当はイチコロだぞ、へっへ」

ベッド横の折りたたみ椅子に座り、録音テープを回しながらメモを取っていた美映子は、顔を上げてバズーカの顔を正視した。

「お元気だったら、なんなんですか」

射るような彼女の視線に一瞬ひるみながら、なおも彼は、傷の痛みのせいか身をよじりつつも強気に、

「あ、ううう、元気なら、くそっ、ぐうの音《ね》も出ねえくれえ……押さえ込んでさあ、たっぷり……可愛がって……やるってえの……く、は……痛えっ、ってて……」

うつ伏せになって苦しんでいる彼を見ながら、美映子は椅子からすっくと立ち上がった。哀れな大男を眼下にすると、心の中がみるみる落ち着いてくる自分を感じた。

痛みに耐えかねたのか、眉間に何度もシワを寄せ、背中を丸め、いきなり彼がもがくようにして口走った。

「は、早く痛み止めの、ちゅ、注射を射ってくれ。看護師っ！　早く、来てくれ、頼むからよお」

枕元に備えつけの呼び出しボタンを押し、そのぶざまな声でナースコールをする。

「じゃ、また来ます。何か事件に結びつくことを思い出されたら、いつでも呼んでね」

事務的にいって美映子は軽く頭を下げ、廊下に出た。入れ違いにナースが小走りで中に入り、病室内からヒステリックな彼の怒声が廊下に響きわたった……。

彼の病室に取材に通って、この日が四回目である。

自分がこんな状態になっても、多くの女性たちに暴虐の限りを重ねた被害者の恐怖や絶望をいささかでも推察する想像力さえ、彼には皆無といってよい。

しかも、本人自身が実名報道を望むなど、この男の精神状態は推《お》し量りがたかった。

病室入口の入室者の記録帳が置かれた小さな机の前に座る制服警官に一礼してから、美映子は廊下に出た。

エレベーターホールに近づいてゆく美映子の前方で、エレベーターの乗降口のドアが開いた。中から、濃紺のスーツに身を包んだ男を先頭に、警視庁の刑事であることが一目瞭然の三人の男たちが出てきた。先頭の知的な風貌をした刑事とすれ違った瞬間、彼と美映子は目が合った。一秒にもみたない瞬時で、単にすれ違っただけともいえる。

流れるように三人の男たちは、美映子が来たのと同じ病室のほうへ向かって歩いて行った。

たとえ一瞬でも目が合うと、相手の印象が濃く刻まれることがある。

美映子は、廊下ですれ違ったさっきの先頭の彼の残像を網膜に焼きつけたまま、エレベーターで地上に降り、外に出ると、愛車を停めてある病院の駐車場に足を向けていた。

同じ頃、特別病室が並ぶ中廊下に、再び響きわたるほどのバズーカの声がこぼれてきた。

「おれが一体何やったっていうんだよお。おれはさあ、被害者なんだ。わかってんのかよお、刑事さん」

声に力はないが、言葉の内容は攻撃的で荒々しい。

「事件後、よくも入れ替わり立ち替わりやってくるもんだ。感心するぜ。でもよお。おれは、そもそも被害者なんだよね。さっきも取材で、あの女記者ったら……あわっ……痛っててえ……」

痛み止めなのか、注射を終え、看護師が刑事たちに頭を下げて病室から出て行った。

病室のドアを少し開けて廊下側に立っているのは、三十五歳の香山巡査長だ。ドアの内側には五十一歳の岡崎巡査部長が立っている。

　この二人の直属の上司である三十二歳の藤森竜之介警視が、ペンと手帳を片手にベッドの脇に立ち、悪態まじりのバズーカの話に黙って耳を傾けていた。

「な、おれって、被害者なんだよね。な、そうだったよな」

と、バズーカこと柳田俊太郎は連呼したあと、左肩をそろりそろりと少しずつ下に向け寝返りを打った。

　彼の姿を冷たく見下ろしている藤森警視に向かって、

「そっちは犯人をとっ捕まえるのが仕事だろ。だったら、犯人、早く見つけてくれっての。ちっくしょう、変態野郎どもめ。よくもおれをこんな目に遭わせやがって。くたばりやがれ」

　大手術後、柳田が集中治療室から四〇五号の特別室に移されて、かれこれ一ヵ月半は過ぎた。担当医によれば、あと二、三回はまだ手術が必要だという。

　藤森が手帳を広げたまま、ようやく口を開いた。

「過去にオタクがなにをやろうと、いまは被害者だということは、われわれも認識していますよ。だからね、些細なことでも、オタクが覚えていることを訊いているわけ。容疑者は何人ぐらいでしたか。足音は？」

「わかんねえよ。だから、わかんねえって言ってるだろ。スタンガンで首の後ろを撃たれたんだってえの！」

藤森は苦笑いして、

「そうですか。じゃ、スタンガンで首の後ろを撃たれたあと、オタクはどうなりましたかね」

「失神しちまうに決まってるだろうが。ざけんなよな」

柳田の横暴な態度に、藤森の後ろにいた岡崎巡査部長が前に進み出て、

「おい、コラあ、いいかげんにしやがれ。いっちょまえに被害者ヅラしやがって、このガキ。いいか、こっちは仕方なくキサマのために調べてやってんだよ」

「そんなこといったってよお、おれは被害……」

「黙れッ。いいか、柳田、もちっと可愛くやれや、可愛くな。そしたら、ちったあ同情も湧くんだよ。警視に向かってなんちゅう口をききやがるんだ。放っとかれたいのか、このクズ野郎！」

岡崎は、堪忍袋の緒が切れてしまっていた。

「もう、気がついたときには、あの新宿の現場に倒れていた、ということですかねえ」

と、藤森が静かに語ると、柳田はふてくされた顔で、

「そうなんだろうよ。けどさあ、おれ、その新宿の現場だってさあ、正直いって、ほとんど朦朧としてたから……」

「運ばれてきたのは車でしたか」

「そういうこともわからない。覚えてないんだ。ほ、本当なんだよ。睡眠薬でも飲まされたんじゃないかなあ……。で、ときどきスタンガン食らわされて、もう、頭ん中も身体もパニック状態だし、おっかなくって、生きた心地しなかったしさあ」

「でしょうな……」

「いまでも、陰毛剃られたときの、あの薄っ気味悪い音が耳から離れねえ。おれ、もしかして、あそこチョン切られて、そのあと殺されるのかと思って一瞬ゾーッとしたよ。よく助かったもんだ。まあ、おれはツイてるんだろうな、はは……あ、う……痛あっ」

そこで、クールな藤森の顔に怒りの表情がみるみる広がった。バタン、と音を立てて手帳を閉じると、

「また来ます！」

驚いて見上げた柳田の顔も見ず、岡崎の前をズカズカ横切って廊下に出た。

岡崎は、ニヤニヤしながら柳田に近づき、

「おい、犯人を早く捕まえてもらいたいんだろ。だったら、なんか思い出したら、おまえからも電話してくれや」

といって、イモ虫のようにつっ伏《ぷ》している柳田の背中をバン、とわざと強く叩いた。

「ひーっ、痛、ってえっ……てててえ……」

バズーカは廊下まで響く悲鳴を発し、肩を震わせた。

「おおっと、悪かったな。激励のつもりだったんだよ、はっは」

「ちっく……しょう」

病室を出て、先頭を歩く藤森と香山に追いついた岡崎が、二人に背後から、

「まったく同情もわかねえ野郎だ」

と声を投げると、二人は前を向いたまま一緒に頭をタテに振った。

藤森警視の脳裡には、集団レイプ事件の証拠写真に写っていたひとりの女の顔が、いまも鮮明にこびりついている。

警察官になってまだ日が浅い、初めてのガサ入れの動員に加わって踏み込んだ現場で見たものだった。

その事件が立件されたとき、バズーカは証拠不充分で起訴されなかった。当時、起訴された男は五人にすぎなかった。

訴え出た女性たちも、わずか三人である。あの事件で被害を受けた女性は、その十倍とも二十倍とも推定されたにもかかわらず、である。

捜査陣は被害者女性たちをひとりひとり回り、被害届けを出して欲しい旨を伝え、説得した。しかし、結果は三人にとどまった。

あの事件の被害者のひとりである例の写真の女性は、その後、どのような人生を送っているのだろうか……。藤森はバズーカに会ったことによって、なぜか急にそのことをハッキリさせておきたくなった。

廊下を右に折れたところで藤森は立ち止まり、背後の香山のほうに振り向いた。その顔は、怒りで紅潮している。

「香山、例の集団レイプ事件の資料の中に、証拠写真が何十点も残っているはずだ。レイプ犯たちは、あとあと訴えられないように、被害者たちの卑劣な写真をポラロイドカメラで撮っておいた。脅迫の道具に使うためにな」

「写真を撮って脅迫……腐りきった連中が考えつきそうなことですね」

藤森は顔をそむけるように、またくるりと背を向け、歩きながら、

「資料として残っているはずだ。その写真群の中に、どうも私が気になって仕方がない被害女性の写真もあるはずなんだ。もしかしたら、今回の事件のヒントになる資料が他にも出てくるかもしれない」

「はい、わかりました」

エレベーターの乗降口の前までくると立ち止まり、藤森はドアのほうを向いたまま、また香山に指示した。

「香山、ヤツのマンションの部屋をガサ入れしたときの証拠品、資料、全部探しておいてくれ。一九九九年だ」

「はっ。了解しました、警視。本庁のパソコンなど、いろんな形で検索して他にも資料を集めてみます」

「頼んだぞ」

香山が後ろで力強く答えると、その横で今度は、

「ここだけの話、あのどアホ、おれにいわせりゃ、天罰ってもんだ」

と岡崎が小さい声で囁くと、香山も口だけ小さく動かして、

「同感です。ヤツはトイレに立つたび、一生、容疑者から受けた痛みと恐怖、屈辱を思い出さないではいられませんね」

「容疑者たちは、ヤツを殺せたはずだ。なのに、殺さなかった……なぜなんだ」

「それは、わざと生かした。一生、その苦しみをヤツに味わわせてやりたかったからです……」

「そうさ。そうなんだ……（殺されて）死ぬのは一瞬だが、犯人はヤツを生かして、生きている限り地獄

の苦しみと屈辱を味わってもらいたいと考えたに違いない」

二人が顔を見合わせて頷くと、藤森がゆっくり振り向いた。そして二人の顔を交互に見つめてから、急に怒りの表情をほどき、小さく頷いていた。

第8章　初動捜査

中澤と川上は、まだ明るい時刻から、水野美映子が勤めている出版社の近所の大衆居酒屋をハシゴして二日目も過ごした。

昨日、彼女の職場の出版社に出向いてみたが、出勤している一部の編集者を除いて、五日の昨日まで会社は正月休みだ。暮れや正月が稼ぎどきの職場とは異なる。

商店街や各店舗も、コンビニや一部の大衆酒場などを除けば、本日六日からの営業と知り、昨夜は神田に戻ってビジネスホテルに宿をとった。

翌六日の今日、午後から改めて事件現場がある現地へやってきたのである。

大阪へ帰るのを翌日に回して、もう一泊することにした。美映子のナゾめいた部分に、もっと迫りたいという欲求を捨てがたかったからである。

夕刻が近づき、飲み屋ののれんをくぐる前に、神田の同じホテルに連泊の予約を携帯で申し込んでおいた。これで遅くなっても安心だ。

たまたま彼女の出版社の連中がよく行くという居酒屋を見つけ、一番隅のカウンター席で二人は最初の客として酒をチビチビ飲んでいた。

「気どっとらんし、ええ感じの店や。十三《じゅうそう》あたりにありそうな居酒屋やな」

「ほんまですね」

「東京にかて、こういう庶民的な飲み屋もあるんやなあ」

「はい、もちろん」

「ま、こういうとこが一番落ち着くんやな、ワシらは」

「はい」

「トシ、おまえ、ハイ、ハイしか、よう言わんのかい」

「ほんなら、肉じゃが頼みます」

「あほか」

十人ほどでカウンター席はいっぱいになる。後ろの窓際に、四人掛けのテーブル席が三つほど並んでいる。小さな店だったが、やがて常連らしい客が続々とやってきて席を埋めていった。

初出勤帰りらしいサラリーマン風の三人組、中年のアベック、新年会の二次会なのか、近所の商店会の親父たちらしい連中も顔を見せた。

まだ正月気分が漂い、活気にみちていく。

しばらくすると、マスコミ関係者らしいラフな格好の若い三人組の男たちが、なにやら業界用語を喋りながら店に入ってきた。

彼らは、中澤たちのちょうど真後ろの四人掛けテーブル席に座った。ほぼ満員となった。

「ママ、ぼくの焼酎ボトル、お湯と一緒にお願い」

「あいよお。宮島さん、おめでとう。みんなもねえ。今年もよろしくう」

この店の経営者らしい和服姿の小太りの中年女性が、カウンターの中で快活な声で応じた。

すぐに何品かの料理を次々と器に盛っている。手ぎわの良いなれた動作で、無駄がない。

後ろの三人組の話を、ロバの耳にして聴いていると、どうやら週刊誌担当の編集者たちのようだった。

（ええぞ。天はわれを見捨てんかったってとこか。なんかネタ拾えたらええな）

中澤が聴き耳を立てているのがわかり、川上も黙って同調した。三人組のほうを向いて会話を聴くわけにはいかない。が、かえって聴覚と神経が研ぎ澄まされ、集中力が増した。ややあって、

「今年もよろしくな。乾杯！」

ひと仕事を終えた帰りらしく、彼らはくつろいで、酒を酌み交わしはじめた。

中澤たちも、適当に出してもらった田舎風の家庭料理に箸を伸ばす。雑談のあと、三人組が、

「……営業から聞いたけど、すげえ勢いで売れてるってよ。今月号も、とうとう増刷して二十万部を超えたってさ」

「やっぱり78の副編、すげえよなあ」

「前号も増刷したけど、完売しちゃったから、特大号は強気に、初刷りで二十三万部刷ったっていうじゃんか」

「すっげえ。それにしても、副編はラッキーだよなあ。あんな場面に偶然ブチ当たって、ベテランの平泉

さんに写真まで撮らせてさあ、おまけに連載ときたもんだ」

「偶然って、やっぱりあるんだなあ。でも、ラッキーすぎる、できすぎだよ、不公平だ」

「やめろ。正月から人の悪口はよそうぜ。彼女のお陰で、おれら週刊誌も部数が急上昇してるんだからさ。感謝しなくちゃ」

「そうだね。チョー美人の副編に乾杯！」

酒の勢いも加わり、徐々に彼らの舌がなめらかになってゆく。顔など見なくても、勝手に聴きたい話がこぼれてくる。これも、現場にきたゆえだろう。

それにしても、美映子の存在に加え、今度の事件をどのように彼らが受け止めているのか……。


中澤は、カウンターに積んである灰皿のひとつを手を伸ばして取り、自分の前に置くと、煙草をゆっくりくわえて火をつけた。

社の中で、今回の記事の出どころが話題になったことは確かなようだ、と中澤は確信を持った。

ひとしきり彼らは話題を他に移したが、再び先輩格らしきひとりの男が急に声を潜め、いきなり衝撃的な話を口にした。

「知ってるかい。ここだけの話にしてくれよ。あの人の妹さん、確か自殺したんだぜ」

「えっ、ホント！」

中澤と川上が、厳しい視線をチラッと交わした。

「おうよ。病死というのは事実じゃない。それだけじゃなくてさあ、彼女の母親も……。いや、妹さんのほうは、確かな話だ。気の毒によお。入退院を繰り返した果てに、とうとう妹さんは……っていう話、最近、ある先輩から聞いたんだよ。内緒だぜ、な」

「はい。でも、そうかあ、そうだったんだ……かわいそうになあ」

「ああ、妹さんが入院していた病院の医者と、おれの先輩が幼なじみでな……辛い偶然もあるんだよな」

自殺と聞いて、他の二人が急にしんみりする気配が背中から伝わってきた。

妹も、さらに母親も自殺らしいという話に、中澤自身もショックを受けた。

一体どんな理由で自殺したのか。入退院を繰り返した果ての自殺の背景に何があったのか。病名はなんだったのか……。

いま、ここで警察手帳を出して彼らに訊くのは簡単なことだ。しかし、美映子の耳にそのことが入ったら、せっかくできかかった彼女との信頼関係を、たちまち失うだろう。彼女は、裏切られたという気持ちになるに違いない。だから、それはできなかった。

次にどんな話が出てくるのか。

中澤は後ろの連中の会話にひときわ耳をそば立てながら、チェーンスモーカーぶりを発揮した。彼の席だけ火事場のような、もうもうたる煙が包んでいた。だが、彼はそんなことなど意に介さない。

「先輩、東京の食いもんって、味が濃いですね。どない思いはりますか」

耳元での不意の川上の大阪弁に、

「びっくりするやんか……」

「えらいすんません」

「そやなあ。江戸の食いもんは少々ワシらに合わんかもな。ワシら、比較的薄味やからなあ」

小声で川上に答えたとき、

「ママ、おでん三人前、適当にヨロシク」

背後から大きな声がカウンターに向かって飛んだ。その声は、美映子の妹の衝撃的な自殺を明かした男のものだった。

「あいよお」

と答えたと同時、ママの左手が皿に伸びていた。

毎日のことゆえか、段取りの良さと、流れるようなリズミカルな動作、スピード。まるで舞台の上の踊りの名手を見るようで、中澤はほーっと小さなタメ息をついた。

「なあ、どんな商売でも段取りやな。身体の動作も一種の舞踊やで。どの世界にも共通する、いわば芸っちゅうもんや。トシ、ワシらかて同じやで。ママの仕事ぶりも、しっかり見とけよ。参考になるでえ」

「はい、勉強になりますね」

しばらくして、中澤の後ろから、また彼らの話し声が聴こえてきた。さっきより、やや声のトーンが抑制を失っている。

アルコールが回ったせいか、三人ともいささか饒舌になってきていた。

「……さっきの話だけど。副編の妹さん、自殺したとき、まだ大学生だったそうだよ。すごく仲がいい姉妹だったらしいね。副編と同じ法学部に現役で在学中に……親も辛えよなあ……」

再び美映子の身の上話になり、同情と好奇心の入り混じった口調に変わった。

（大学生といえば、まだ二十歳前後か……）

中澤は、注文して届いた鮭の塩焼きをせせりながら、ビールから代えた薩摩焼酎のお湯割りをスルスル喉に流し、また新しい煙草をくわえる。

頭の中で、次々と仮説を立てていた。

なんで彼女は、母も妹も病気で死んだというたんやろ……。

初めて会ったワシらに、プライベートなことまで言えんかっただけか……。それとも、もしかして、自殺そのものの原因を知られたくなかったんか……。

「……でも、副編ってさあ、なんだか謎の多い陰のあるひとだよね」

「あれだけのすげえ美人が、仕事一本槍。男っけが全然ない。ホントなら、もったいねえよなあ」

「彼女の父親は弁護士なんだってね。民事専門の、なかなか遣り手の弁護士らしいよ。これも先輩の話だけどさあ」

「企画モノ、彼女うまいよな。近い将来、編集長に昇格するなんていう噂も出てきてるぜ」

「なるね、編集長に。キレ者だし、やる気も情熱もある。常に立ち位置を気にしてる安全運転の現編集長とは、気迫もセンスも違うしさあ」

事件のポイントを推理しながら中澤は、東京弁は〝さあ、さあ〟の語尾がやたら多いんやなあと感心した。ふと横を見ると、川上は旨そうに肉じゃがにかぶりついている。

「味が濃いじゃの、なんじゃのいうてる割に、おまえ、わりかし食うじゃんかい」

「なんや、サー、サー言うてますね、みなさん」

川上も、一応は彼らの会話の内容を聴いているようだ。

「トシ、おまえは、ただ食うてるだけやない男なんやな」

「はい、ありがとうございます」

後ろの三人組は、やがて話題を転じ、もう美映子に関する話が出てくる感じはなくなった。

そこで、中澤と川上の二人は立ち上がった。川上は壁に掛けてある自分のコートと中澤の黒革のハーフコートを取り、店の外へ出て、会計を済ませた中澤に礼をいいながら彼にハーフコートを渡した。

「おおきに、トシ。けつバットのバズーカの発見現場、見に行こか」

川上は驚いたが、すぐに頷いて中澤のあとに従《つ》いて行った。曲がりくねった路地を五分ばかり歩き、やがて、

「……確か、この近所や。記事にけっこう詳しく現場の様子が書いてあったし、出発前にワシ、ちょっと調べておいたんや」

「さすがですわ」

ハシゴして焼酎を何杯も旨そうに飲んでいたときと違うキリリとした中澤の顔を見て、川上は、

（やっぱりプロやなあ。刑事の〝神サン〟が乗り移ったみたいや）

心の中でつぶやいたが、中澤が煙草をくわえ火をつけるや、ささっと風上《かざかみ》に移動していた。

「このへんやで。水野さんが愛車を停めた三叉路は……そこや。ほんで、この道の先に、彼女の出版社がある。うん、そうや、ここや。間違いない」

確かに、記事に出てくるゴミ集積所の立て看板がすぐ前方に立っていた。その掲示板には、

「ゴミは朝八時半までにお出し下さい。

夜は決して出さないで下さい。防犯上危険ですので、厳守願います。　○○町内会」

と大きく書かれていた。

不燃物、生ゴミ、粗大ゴミ、その他のゴミについて、イラスト付きで曜日ごとの分別の仕方が詳しく示されている。雨や雪で濡れて文字がにじまないよう、ラミネート加工された厚手のプリント紙がしっかり貼られていた。

腕時計を見ると夜十時過ぎだが、集積場には、すでに大量のゴミが出されており、しかも一見して分別されていないことが歴然である。

中澤は、呆れるより妙に感心して、周囲を見渡した。

それから二十分ほど現場周辺を見て歩き、再びゴミ集積所に戻ると、さっきの倍くらいの量のゴミが山のように乱雑に置かれている。

中澤は、川上と顔を見合わせ苦笑した。

そのとき、どこからか三十代半ばの茶髪《ちゃぱつ》男が現れ、堂々と黒い不燃用ゴミ袋を手に持って集積所に投げ捨てた。

翌日は、燃やせるゴミの収集日である。

（このガキゃあ、なめとんかい。ゴミの不法投棄やないか。タイホすっど）

一瞬、中澤が殺気だった顔をしたとき、

「ちょっと失礼。去年の秋、素っ裸の大男が、ここでヘンチクリンな格好してゴミと一緒に捨てられていたそうですね」

と、川上がヘンチクリンな「東京弁」で、その茶髪男に声をかけた。チラッと横目で川上を見た茶髪は、

「あんたら、サツだろ」

「あ、いや。週刊誌で見てサア、用事で近所までできたから、ちょっと好奇心で来てもうてサア」

「ふーん。関西系か。わざわざ足を運んだんかい……。おれは、あのとき、救急車がもう病院に行っちまったあとにここへ来たんだよ。あの日はさあ、おれ朝帰りでさあ。近所のおっさんやおばはん連中がさあ、集まって、わあわあ話してたな。なんでも、尻に鉄棒はめた……妙な大男だったってさあ」

「そのあとサア、警察の現場検証なんか、凄かったやろでしょ」

妙な東京弁を話す川上刑事は、まるでカタコトまじりで喋る外国人だ。

中澤は、川上の真似はとてもできないと、黙っていたが、彼の言葉が耳に入るたびに吹き出しそうになった。

「写真週刊誌に載ってさあ、事件だったと知って、おれらたまげたんだ。見てたヤツの誰もさあ、事件だなんて思わなかったもんね」

「ゴミの中に埋まって遊んでた感じ？」

「あのさあ、この辺、カラスがすげえ多くてさあ。ゴミの収集も早えんだよ。明け方には、もう車来るんだよ。だからさあ、あの日は、変態大男が救急車で運ばれてゆくのと、ゴミの収集車が来たのが、ほぼすれ違いくらいの時間かなあ。きれいさっぱりゴミを回収してさあ。そのあと、町内会のボランティアのオ

ヤジたちが、水まいてきれいに掃除したよね。だからさあ、はは、警察の鑑識サンがあとで来たらしいけどさあ、その頃にはなーんも残ってねえっての。ケッ作だろ」

「はは、ケッ作ときましたか」

川上が弱い笑いで応じると、

「大男のケツを、おれは見てねえよ。でも、現場検証なんかやっても無駄だったろうなあ、はは、ははは」

と、男は笑いながら路地の奥に消えていった。


バズーカは最初、単なる性的戯《ざ》れごとによる大怪我として扱われた。

ところが、救急搬送された病院で重い傷害事件だと明らかになった。

所轄の北新宿署が動き出したが、バズーカが病院に搬送されてから、すでに一時間以上経過していたのである。

もっと迅速で適切な〝初動捜査〟をしていれば、ゴミ集積所になんらかの証拠品が残っていた可能性は大きい。

実際、写真週刊誌には、世界的な有名バッグメーカーのロゴ入りの黒い布袋を、被害者の頭にすっぽり被せている写真が一枚載っている。また、ホームレス風の男が、それを引っ剥がして捨てたカットも一枚写っていた。

さらには、彼の口に粘着テープが貼られ、それを剥ぎ取られた場面の写真も使われていた。

せめて、あの粘着テープを押収していれば、容疑者についてなんらかの痕跡を発見でき、あるいは事件の解明に役立ったかもしれなかった。

一方で、こうした結果まで、もしも加害者が計算した上での犯行なら、この街の事情に通じているともいえる。かなりの計算ずくでプランを立てたものとも考えられる。

例えば、ゴミの回収時間帯、男女の日常茶飯事ともいえる変態的性遊戯、それに対する住民意識と警察対応。総じて、事件化されない可能性が非常に高いという計算……。

事件解明の大きなカギとなる第一条件は、「初動捜査」である。

それは、髪の毛一本さえ見逃さない鑑識官の厳しい眼力、巧みなワザ、執念ともいえる徹底した捜査だといえよう。

現場検証は根気との闘いであり、この現場検証こそ初動捜査のスタートなのである。

事件を闇に導くか、光の下に晒すことができるか、その二極線上に立っているのが、初動捜査といえるだろう。

初期捜査に対する執念のありようによって、いとも簡単に冤罪を生んだり、大事件を単なる「事故」にも導いてしまう。

事件解決の重大な役割を担っているのは、まさしく初動捜査なのであり、そのための証拠《ブツ》集め、すなわち現場検証が事件解決の大きなカギを握っているのである。

次いで、地取《ジド》りといわれる聴き込み。明けても暮れても、前回と同じ話であろうとも、何度も何度も聴き込みに歩く。聴いている最中に、捜査官がふっと自分自身の内部で、新たな疑問やヒントを得たりすることも、ままある。

それが捜査で語り尽されている〝現場百遍〟というものなのである。

本件で唯一残されていた物証といえば、被害者の肛門から内臓を貫通していた直径三センチ、全長四十センチ強の錆ついた鉄の棒と、被害者の胃の内にわずかに残っていた睡眠導入剤のみだった。

錆《さび》だらけの鉄の棒は、誰でも、どこでも容易に手に入れられるブツではなかった。ビルの工事などに使う頑丈な、鉄筋建築用の特殊な鉄棒であり、どこかの工事現場で盗まれたものか、さもなければ容疑者は複数で、メンバーに建築関係者が含まれているのかもしれない。

中澤警視は、またもや新しい箱から煙草を一本出して火をつけ、深く煙を吸い込み、白い息とともにゆっくりと吐き出した。

煙が一瞬大きく風に揺らめき、葉を落とした街路樹の上に舞い上がる。その先に視線を這わせると、大阪と変わらぬ澄みわたった冬の夜空が広がり、大小いくつもの星が燦然《さんぜん》と輝いていた。

第9章　点が線に繋《つな》がるとき

所轄の北新宿署に帰るなり、藤森竜之介警視は真っすぐ自分のデスクに向かった。パソコンの前に座り、背後に立つ香山巡査長に、

「きみ、資料室に行ってくれ。一九九九年の事案でわかっていることがある。あのバズーカは一九九四年に有名なA大学に入学した。仲間たちと親睦会を主催し、大学当局にも正式に申し出て、各大学から男子、女子学生たちを集めている。

だが、主催者のリーダーたちは、最初からよこしまな目的を持って会員集めをしているんだ」

「許せねえ野郎どもです」

藤森の険しい横顔をチラッと見て、香山が立ったまま短く応じた。

当該集団レイプ事件が公になったのは、被害者からの電話での訴えや、親睦会に出席した学生たちからの通報などが多く続いたことからである。

警察は捜査を開始したが、本格的な捜査は困難だった。

強姦はその当時、親告罪だったからである。被害者みずから（もしくは法定範囲内の被害者側の者）の告訴が必要とされる。

パーティーに参加したと思われる女性たちや学生らを、刑事たちはひとりひとり、根気よく回ったが、捜査は遅々として進まない状況だった。

つまり、被害を受けても、みずから訴え出る女性はひとりとしていなかったのである。

ところが、やがて、たったひとりだけ、勇気を奮い起こして被害届けを出してくれた女性が現れた。それをきっかけに、二人の女性が新たに被害届けを出してくれたのである。

裁判は公開が原則だ。しかしこの種の事案の場合、非公開の特例も認められている。

弁護側と検察官との話し合いにより、裁判所が認め、恐がる被害者の女性には、別室からテレビを通じて証言する、という形の法廷を開く方法も許されている。

これらのことを詳しく説明し、被害者に繰り返し説得を重ねて正式に訴えてもらった。

そうして本件はとうとう立件に至った。

公判も充分に闘えると検察庁が太鼓判を押したのである。

犯罪行為を立証し、人定もでき、そして逮捕となったのだが、容疑者はＡ大学生三名、Ｂ大学生二名のみ。その五名は鬼畜たちの総数の百分の一。立件できたのも、わずか百分の一と推定された。

パソコンの画面から目を離し、椅子の背もたれに背中を預けた藤森は、遠くを見る目になった。思い出

すような口ぶりで、背後の香山巡査長に、

「私もね、当時はまだパシリの若造だった。しかも、初めてのガサ入れだったんだ。あのときのことは、いまだに忘れられないよ。見たこともない残忍で無慈悲な写真を、現場捜索のとき見てしまったからね……」

日頃無口でもの静かな藤森警視が、めずらしく饒舌で、香山巡査長は不思議に感じた。

「おっと、すまん。いまの話をもとに早速、資料室で調べてくれ。頼むよ」

「はい。承知しました」

一礼するなり、香山は地下の資料室へ小走りで向かって行った。

部下が消えたあと、しばらく宙に漂っていた藤森の目が急に焦点を結んだ。

上体をさっと起こした藤森は、なれた手つきでパソコンの操作にかかった。

A大学の当時の事案を検索する。

あのときのガサ入れで彼が見た、女性のショッキングなポラロイド写真の姿態が、昨日のことのように彼の脳裡によみがえったのである。

香山巡査長は、資料室で関係資料を探しながら、性犯罪事例のあまりの多さに、いまさらながら深いタメ息をついた。

やっとの思いで被害者が警察に被害届けを持ち込んでも、容疑者の大多数は起訴さえされない。幸運にも起訴されたとして、さらに裁判に持ち込まれる確率は相当に低い。

仮に裁判になったとしても、今度は法廷で、信じられないような辛い苦しみが被害者を待ち受けている。被告人側代理人の弁護人が、地獄の苦しみの場面をリアルに再現させるかのように、被害者に対して容赦のない攻撃に出てくるからである。

それは、被告に与えられた「防御権」の正当な行使とされる法廷戦術なのだが、勇気を振り絞って訴え出た被害者を、なおのこと苦しめ、えぐるように傷口を広げさせる。それゆえ法廷で泣き伏す女性は、数限りない。

結果、次の裁判当日に現れなくなった被害女性も少なくない、ということも現実なのである。

だから、ようやく公判まで進んでいた事案を、被害者のほうから取り下げる例もまた少なくないのである。

香山は、資料の山を前に、抑制《セーブ》がきかない愚劣な性犯罪者たちの存在が無性に腹立たしくなった。

資料にあらかた目を通したあと彼は、他の犯罪に比べ、性犯罪者たちの再犯率が格段に高く、実に八十パーセントを超えるという実態を思い出していた。

資料室では、犯罪を各分野ごとに仕分けしている。

事件ごとの年代を、箱の外側に太い文字で表記し、さらに年代ごとに段ボール箱に入れてある。その箱は、天井に届かんばかりに大量に積み重ねられていた。

藤森から指示された関係資料を抜き出し、香山はそれを抱えて警視のデスクへと急いだ。

藤森は、パソコンのキーボードを猛スピードで打って検索している。何かを探しているのは、誰の目にも明らかだった。

香山は、いったん自分のデスクの上に、資料室から抱えてきたダンボール箱を置いた。藤森のどこか鬼気迫る姿を見ながら、すえたカビくさい臭いを放つダンボール箱内の古い資料の山を出して抱え、警視に近づいてゆく。

すぐそばまで来た香山の気配に藤森はチラリと彼に目をやったが、すぐまたキーボードを打ち続け、パソコン画面を見続ける。

パソコンを打ちながら藤森が、

「なんか見つけたか」

「はっ。資料室で発見しました。

警視が言っておられたキャッツ・スーパーフリーズ関連の資料を見つけました。学生や卒業生などを集め、飲み会と称して金儲けと、酔いつぶした女性会員らに準強姦罪を犯した集団レイプ事案です。

一九九八年頃を前後に、当時の関係者の聞き書きやメモ書きも……」

「おお、それはありがたいね」

赤褐色に変色しているダンボール箱の中から持ってきた古びた書面について、香山は藤森の横で立ったままひとつひとつ説明した。

前を向いたまま彼の説明に頷きながら、

「パソコンにあるのは、事件の概要だね……」

誰にいうともなく藤森が呟いたとき、不意に香山が口走った。

「あっ、写真です、写真がありました」

反射的に、藤森は彼の手元を見た。

「香山、資料室へ行く前からずっと手袋はめてたかい」

藤森が視線だけ香山の顔に向けると、彼は大きく頷いて、

「はい。箱の表書きの年表を見つけたときから着けています」

ようやく藤森がパソコンから目を離し、香山が持ってきた資料に目をやった。

ズボンの尻ポケットから真っ白い手袋をつまみ出し、両手にはめる。とすぐに、パソコンの隣りの彼の大きな机に香山が積み上げた書面のうち、一番上の書面の横に貼ってある一枚の写真に手を伸ばした。

ジーッと見つめたあと、心の中でつぶやいた。

（あの事件のときのものだ……）

残酷な写真に、改めて言葉を失った。

一課の刑事をしていれば、目を覆いたくなるような事件現場に日頃から接する。

だが、あのとき、若さゆえの怒りとおのれの非力さに対する悩ましい歯がゆさ……持って行き場のなかった当時の激情が、再び藤森の中で熱くよみがえった。

冷静さを取り戻そうと、大きく息を吸ってから、香山を見やって、

「いや、ご苦労さん」

「はっ」

香山が自分のデスクに向かう背をいちべつしてから、藤森は資料の山に改めて向き合うことにした。

写真に加え、当時の捜査員が調べたメモ書き、事件関係者たちから聴き取った調書類なども藤森は注意深く読み込んでいった。ていねいに目を通してゆく中で、彼が最も知りたかった事件の核心へと、徐々に近づいてゆく手ごたえを彼は感じ始めていた……。

東大法学部を卒業してから、藤森竜之介はいまだ独身を続けている。現在三十二歳。料理自慢の母と父との三人暮らしだ。

その父親も東大卒で、すでに五十を過ぎ、現在は警視長の地位にある。もっとも、ひと言でいえば、親子揃って世渡り下手な警察官というところか。

父親と同じで、藤森も現場優先主義であり、階級に対しての執着がない。

「お坊っちゃま、お茶出しなんか、ごもったいない。自分がやりますよオ」

など、職場での言葉のいやがらせは、まだ可愛いものだ。

けれど、近い将来、自分の上司になることは百も承知だから、職場の古狸や古顔など、さすがに彼らは若きエリートに対して暴力的なイジメはしないという。

二年間は警察署勤務と警察大学での補習。

すでに、この時点で警視になっているエリートも、中にはいる。

そして、キャリアになれば、三十歳前に地方警察署の署長を拝命する者もいる。

地元トップの地位に就《つ》いたあたりから、警察の真の任務や初心を、すっかり忘却の彼方に置いてきてしまうダメ人間が多くなるようだ。

藤森警視は、決してそうしたタイプの警察官に堕す道を望まなかった。

いや、彼の父親である現警視長も、警察官を志したとき、臨場から捜査して、事件現場を肌身で感じる現場主義の刑事を夢みていた。

だが、揃って東大卒のこのエリート親子は、皮肉にもキャリアのレールに乗ってしまったといえる。

……あのとき、単なる動員メンバーのひとりとして、頭数でガサ入れに加わった。とはいえ、藤森にとっては、夢にまでみた初めての現場出動だった。

階級は警部補でも、若い彼にとっては、まさに血が騒ぐ最初の大仕事だった。かれこれ七年前のことである。

現場は、東京でも屈指の高級住宅街といわれる、港区白金台の超高級マンション。その一室へのガサ入れだった。

前日、やっと裁判所から取れた捜索令状による、急ごしらえのガサ入れだ。本庁が指揮をとり、藤森がいた所轄は手伝いという形である。

有名大学に属する複数のサークルが、表向き「親睦」と称し、公の団体を隠れ蓑《みの》にした集団レイプ事件——と簡単な説明が、現場に踏み込む前に、動員された者たちになされた。

香山刑事が資料室から持ってきた関係資料の中から、見覚えのある写真が何点か出てきた。

藤森はパソコンの前からようやく隣りの机の前の椅子に移り、高く積まれた資料のひとつひとつに、食い入るように目を走らせていった。

やがて、当時の担当刑事の覚え書きなどから、少しずつ事件の点が線へと結びつき始めてきた……。

五人の鬼畜たちは、それぞれ実行委員や幹事などと名乗り、パーティーの始まる前にお互いを紹介し合った。会場に続々と男子と女子の参加者が集まったとき、五人は各自、出席者たちの緊張をほぐす役割を務めながら、同時に出席者の中を歩き回って、それとなくターゲットにした女性の品定めをする。

鬼畜どもは女性参加者に飲み物を注《つ》ぎ、軽口を叩きながら、内心で舌なめずりしていた。

美人で、おとなしげな女性を見ると、目の奥で彼女たちのあらぬ姿を妄想する。

一回の参加者は、八十〜九十人もの大勢の男女でごった返す。パーティー会場は、都内の二、三ヵ所と決めていた。いずれも大衆居酒屋である。

店としては、少々目にあまるドンチャン騒ぎがあったとしても、貸し切りで支払いは確実、彼らは店にとって上客中の上客だった……と、事件が公になったあと、警察の取り調べに対して店長や店員らがそう述べている。

最初、店内において衆目のワイセツ行為はなかったと彼らは語っていた。

ところが実際には、大胆にも廊下や階段の踊り場、トイレの中などで、複数の男たちが交互に見張り役をしながら集団レイプに及んでいた——と、店員がのちに警察の事情聴取に対して述べている。

証言者が、自分の名前を出さない匿名を条件に警察の問いに答えているのが、とくに目立った。

店側にも、会員たちにも、実はワイセツ行為を超えた場面にみずから遭遇したり、あるいは、そうしたウワサ話も耳に入っていたようだった。

悪党どもの以下のような下劣きわまりない会話は、事件が明るみに出たあとの証言資料の中に確として残されている。

「レイプってさあ、親告罪だろ。あれだけのことされて、誰が警察に訴えるかよ」

「いざとなったらポラロイド写真も撮られちゃってるしさあ、他人に見られたくないよね」

「みんな酔っぱらっていて、ほとんど覚えてなんかいねえよ」

「全員、ちゃんとゴム着けてやってるんだぜ。ゴム着用は、おれらのルール、エチケット。いや、フェミニズムでーす」

「なにを言いやがる、きったなくて、誰かがやった後になんかできるかよ。でもよお、ゴムを着ければ、オタマジャクシとよお、おデコがぶつからねえじゃん。ぎゃはは」

……等々。刑事の取り調べに対して、そんな愚劣なことを笑い話にしながら、臆面もなく述べているたわけきった容疑者もいた。

そもそも本件が明るみに出たのは、「A大学に売春組織がある」との電話でのタレコミがマスコミに寄せられたことが発端だった。

集団レイプや売春等の情報のタレコミは、以前から何度も本庁や各所轄などにも寄せられていたという。

だが、相手は有名大学である。よほどの確証がなければガサは難しい、と警視庁本部は尻込みしていた。

しかし、A大学Wキャンパスのある所轄は、水面下で少しずつではあったが、内偵に動いていたのである。問題が問題なだけに、目立った捜査は進展せず、そのあいだにも多くの被害者をさらに生み出してしまったといえる。

若手のお茶くみ専門刑事たちが、大先輩にレクチャーを受け、A大学に潜入した。

容疑者を特定し、準強姦罪での逮捕状が出たのは、事件発生からすでに一ヵ月は経っていた。

やがて一番始めに名乗り出た被害女性に続いて二人、合計三人の被害者の被害届けが出たことによって、世の中を震撼させる悪魔たちの所業が、一挙に白日の下に晒《さら》されるところとなった。

本件は多くの女性たちの人間性を破壊し、生きる希望も夢も、他者との関係さえも粉々に奪い去った事件なのだった。

そうして被害者の中には、人格障害や、深刻な解離性同一障害（多重人格）に苦しむ者も続出した。のみならず、心療内科への入退院を繰り返し、事件後、四～五年も経ってから自殺する女性もかなりの数にのぼった。

主催者であるリーダー格の男たち五人組は、いずれも美形で、親がブルジョア。横並びのエリート家庭の息子なのだった。

会のシステムは、パーティーに参加するとき、女子は三千円、男子は五千円の会費を払う。

ビンゴゲームよりも、国名の入っていない超特大の世界地図を壁に貼りピースをはめていくジグソー・パズル式の国名を当てさせるゲームが中心。

当てられなかったり間違った者のうち、とくに目星をつけられている女子は、待ってましたとばかりに皆のいる前で、〝罰〟として、高濃度のアルコールを〝イッキ飲み〟させられる。

「イッキぃ、イッキぃ！」

と、参加席の男女全員から煽り立てられる。とりわけ主催者連中の鬼畜たちが、〝罰ゲーム〟のコールの音頭をとった。

中にはすでに各大学を卒業し、有名企業に就職している若いＯＢたちもいた。毎回、女性参加者は変わるが、男たちの顔ぶれは大きく変わっていなかったという。

被害に遭った女子たちの多くは、一生癒えない深手を負わされたにもかかわらず、そんな場所に無防備に行ったと自分自身を責める。強姦されたことに対してさえ、自己嫌悪と後悔に苦しむ。

けっして事件を他人に知られたくないと怯《おび》え、被害を申告しない。

強姦罪は親告罪であると知り尽くしている鬼畜どもは、その被害女性の心理を逆手にとる。

クズどもは、一度味をしめると後戻りなど不可能だった。

そして、彼らには後ろめたさが欠片ほどもなかったのである。

勇気を出して警察に被害届けを出した三人の女子は、当のＡ大学在籍中の現役学生だった。

被害者が三人だけというのは、到底信じがたい数で現実にはケタ違いの数の被害者がいると、当時、警察関係者は読んでいたのである。

香山刑事が資料室からピックアップして持ってきた資料の中に、藤森警視が脳裡から消えることのな

かった数枚の写真群をついに見つけ出し、

「これだ！」

と彼は思わず小さく叫んでいた。

その声に、香山刑事が駆け寄ってきて、藤森の背中から覗き込んだ。彼も思わず、

「ひでえ……ひどすぎる」

と、かすれ声をこぼした。


その数枚の写真は、少しずつ被害者のポーズを変えさせてはいるが、同一人物の女性のものであった。あるカットでは、男たちが女性の長い髪を掴み上げ、カメラに向けさせた彼女の美しい顔めがけて、彼女の前に立つ男が放尿している。

このとき、意識が朦朧としている彼女に、自分がいま地獄の真っただ中にいるという現実感がどれだけ残っていただろうか。

焦点が定かでない彼女の眼は、宙を泳いでいた。

トイレの便器を両手で抱えて烈しく嘔吐している彼女を、背後から荒々しく犯している写真もあった。

周りの強姦魔たちの顔が明らかなのもあれば、わざとピントを外してボカしたものもある。

必死に怒りをこらえて見ていくうち、藤森は表紙に「キャッチ・フリーズ」とうたった四冊の大学ノートと、その中に記された出席者リストを発見した。

事件の発覚によりサークルそのものが解散するまでの、一九九七年から二〇〇一年におよぶ期間に書か

れたリストだった。

それは、全員ではないとしても、間違いなくパーティーに出席した参加者たちのリストである。

一冊目の最初のページに、会の進行予定と主催者名が書かれており、これはサークル初期のノートと推察できた。なぜなら、バズーカこと柳田の名前が主催者の中に並んでいるからだ。そこには、

1. 畑安人（A大学在学中）
2. 中尾忠夫（同大学在学中）
3. 矢島敬介（同大学卒業、無職）
4. 柳田俊太郎（同大学在学中）
5. 立原政伸（B大学在学中）

——と、主催者たちの姓名も書かれているそれは、「キャッチ・フリーズ」の初めの頃の、入場者に配った名簿の一ページ目に記されていた。

しかし、主催メンバーが入れ替わり立ち替わり変わっていたらしく、主催者の姓名が毎年異なり、柳田の名も、いつの間にやら会の名簿から消えている。

警察に訴え出た女性たちが、なぜ容疑者たちの名前を特定できたのか。

彼らが飲み会の最中、他愛もない会話の中で、互いに姓名を口にし合ったり、会費と交換でパーティー

の進行表を入場者に渡していたからだ。それで確実な容疑者十五人を特定し、十人もの男たちの逮捕にこぎつけたのである。

罪状はすべて強姦致傷であった。

強姦被害者には、必ず裂傷、骨折、打撲などがみられる。

下半身や肉体に受けた傷は、あるいは、ときとともに少しずつ修復されるかもしれない。

しかし、心に受けた傷は、生涯にわたって癒えることはない……と、藤森警視は多くの性犯罪事案に触れて強く実感していた。

自分には、敬愛する母親がいる。もし仮にあの優しく美しい母が被害者になったら……と想像しただけで、改めてケダモノどもへの怒りが津波のように押し寄せてくる。

本件のガサ入れで柳田のマンションに踏み込んだとき、部屋の中には鼻をつくような異臭が漂っていた。その中から藤森は、残忍きわまりない例の写真を発見したのである。

父親名義とはいえ、バズーカが実質的にマンションの持ち主だった。そのことを理由に、任意ではあるが警察が彼を取り調べた。

だが、被害者は当時、薬やアルコールで意識朦朧の状態である。そのため、名前や写真などでは彼を容疑者と人定できなかった。

しかも、彼らは犯行時にコンドームを着用しており、被害者の体内には「証拠」が残っていない。それで立件にまでは至らなかった。

ガサ入れのあと、藤森は上司に向かって食ってかかっていた。

「どうしてなんですか。あのマンションは、バズーカの父親の名義なんですよ。持ち主の管理義務というものが法律にはあるんです。その現場を検証して、あれだけ物証があっても立件できないっていうんですか！」

藤森は、警視庁入所時にすでに警部補であり、上司は彼より階級が下の巡査長だった。

だが、いかに藤森がキャリアといえども、また階級が下であろうとも上司は上司だ。若さにまかせて捜査に異議を唱え、それも怒鳴り声を出すなど、広く支持は得られない。

それ以来しばらく藤森は、上司だけでなく他の刑事からも、嫌味を込めて、

「若サマ！」

などと、面と向かっていわれたものだ。

しかし、被害者が現実に存在しているのである。なんといわれようとも、藤森の心は収まらなかった。

すぐ眼の前に、どう見ても明らかな加害行為者が何人も存在している。にもかかわらず、逮捕どころか、ときには任意での取り調べすらできない。藤森には到底、承諾できるものではなかった。

それでも結果的に、被害届けを申告してくれた三人の女子学生のお陰で、十五人の容疑者が浮かび上がったのであった。

だが、調べは進まずに勾留期間を過ぎ、財力《カネ》にものをいわせたケダモノたちの弁護団は、加害者の「人権」と「防御権」を振りかざし、証拠不十分により不起訴処分。

多くの鬼畜たちが次々と野に放たれていった。名前まであがっていながら、九人もの男たちが、晴れて

自由の身となったのである。

バズーカも、有力な容疑者として名前があがっていた。しかし、任意の調べのみで、たった一日の勾留すらできなかった。

現場で押収した写真の中に、明らかにバズーカだと特定できるものもあった。が、被害届けを出した三人の女性たちは犯行時に泥酔状態で、三人ともバズーカだとはっきり人定できなかったのである。

バズーカは、キャッチ・フリーズ創立のとき、トップの立場にいた。

彼は、会の発足当時、酒だけでは手ぬるいからと、みずから提案して、睡眠薬まで飲み物の中に入れようとした。事実、取り調べの段階で、この話を述べている容疑者の調書もあった。

睡眠薬とアルコールの併用は、非常に危ない。それは危険すぎると大多数が反対してバズーカは浮き上がり、いつの間にか彼は会に顔を出さなくなったという。

彼が脱会したという証明書はなく、彼自身の証言やメモ書きもない。


キャッチ・フリーズの入場者名簿の中から、名前も知らない人間を捜すのは困難だと藤森は思いながら、リストの次のページをめくった。

ひとりひとり参加者の氏名を、目を凝《こ》らして確認していくうち、目を見張った。心の中で、

「ん？　これは、例の月刊誌の副編集長と同じ苗字じゃないか。いや、別人かもしれないが、もし妹だとすると……。

事件当時、参加者名簿の女性は十九歳。一橋大学法学部在学中の……二年生……」

しかも、この女の子と、どこかで会っている……。

藤森は心につぶやくと顔を上げ、どこを見るともなく壁の一点を凝視した。頭の中で、もつれた糸をたぐり寄せ、懸命に整理しようと試みた。

第10章　強姦罪

「今度は『ＹＵＫＡ78』の副編の略歴を調べてくれ。ウェブサイトで調べられる。生年月日、最終学歴、家族構成、遊香社への入社時期など、他にも仕事ぶりとか評判など、わかることがあったら教えてほしい」

藤森が後ろに立っている香山刑事のほうを向いて言うと、彼は直立不動の姿勢になり、

「ははっ」

短く答えるや、自席に駆け戻っていた。

パソコンを開《ひら》き、月刊誌『ＹＵＫＡ78』の出版物などから、美映子が出ているキーワードを検索していった。すぐに思い出し、彼は口の中で、

「そうだった。この事件は彼女が発見し、最初は写真週刊誌に掲載されたんだっけ」

写真週刊誌には、記者名として水野の姓だけ載っていた。彼女の略歴などは、当然だが出ていない。

が、しばらくすると、香山が上ずった声で、

「警視、ありましたよ。彼女の略歴。入社は三十歳と遅いですね。現在……三十五歳です」

それを聞いた藤森は立ち上がり、香山の席へ素早く移動した。

「声が大きいよ。興奮しないで、頼むぞ」

そういいながら、香山のパソコンのディスプレイを覗き込んだ。

香山が取り寄せた美映子の戸籍謄本によると、妹がひとりいたが、二〇〇〇年に死亡している。さらには、その一ヵ月後、追うようにして母親も死亡していた。藤森の表情がこわばってくる。

妹の本籍は東京で、一九八〇年三月二十日生まれだった。

二〇〇六年十一月十四日に発覚した事件の、柳田と水野副編集長との接点とは何か？

キャッチ・フリーズからの柳田の脱退は、例のポラロイド写真の発見から考えると、およそ一九九九年の冬前後と思われる。

柳田俊太郎は、一九七六年生まれだが、水野美映子は、それより早い一九七〇年六月二十日生まれだ。二人は大学も違う。

美映子の法学部卒業は二十三歳で、同時に司法試験を受け、一度はすべっている。二回目の挑戦では、見事な成績で司法試験をパスした。二十四歳のときである。

司法修習生として、さらに二年半学ぶ。その後も、弁護士になるか検事になるか、あるいは判事になるかによって道は異なるが、いずれも法学の猛勉強が続く。

本人も周りも、彼女が検事を目指していると考えていたが、突如、まったく畑違いのジャーナリズムの世界へ急カーブを切った。

そのとき、何が彼女の中で起こったのか……。

入社試験で、同社が出した国際政治のテーマについて、その場で素晴しい論文を書きあげて合格し、入社した。

遊香社に入社のとき、彼女はすでに三十歳になっている。

バズーカと彼女の二人を時系列で見比べてみると、互いにクロスする場面は過去に見つからない。

ましてや、美映子のような女がキャッチ・フリーズのパーティーなどに足を向けようはずもない。

藤森は、パソコンから香山にプリントアウトさせた彼女の略歴を、自分の席に戻って何度も読み返した。

鬼畜たちの餌食になった被害女性たちの顔も、繰り返し眺めてみた。

「警視、コーヒーをどうぞ」

香山が控え目な声でいい、自動販売機のコーヒーを入れた紙カップを、そっとパソコン横の彼の机の端っこに置いた。

「おお、すまんな」

チラッと横目でコーヒーカップを見たが、すぐに藤森は視線を写真に戻していた。

「副編の写真は、なかったかい」

「はい、残念ながら。おそらく、仕事がら面《めん》が割れると取材がしにくいのかと思われます。編集長も副編集長も、略歴はありますが、顔写真は公にはなっていませんね。いや、もっと探してみますが」

「頼むな」

藤森は、点が線につながりそうな瞬間を迎えようとしている気がした。それはちょうど、蜘蛛《くも》の糸にとらわれた薄羽蜉蝣《うすばかげろう》のように、次第に彼はその思いに捉われて動けなくなっていったのである。

本件の「通電」を受けたあの日、マル害（被害者）バズーカの名前に藤森の心が動き、彼が発見されたという現場に香山と二人で飛んで行った。

しかし、ゴミはきれいに消え去っており、清掃まで終えていた。

掃除当番だという町内会の中年男性と初老の男性にも会って状況を聴取したが、まったく事件とは考えていなかったと率直に述べた。

現場にはなんの痕跡ももはや残っていなかった。バズーカが搬送された病院に行ったときには、すでに半死半生の彼が救命室に運び込まれていた。感染予防のため、全身に消毒液のシャワーを浴び、きれいサッパリ洗い清められていたのである。

汚染された水も犯罪の痕跡も、消毒液とともに排水口から流れ去ってしまっていたのだった。

バズーカは、消毒のあと手術室に運ばれた。

ドクターたちのミーティングが始まった頃、藤森警視ら北新宿署第一課の私服刑事三人と制服二人が病院に着いた。そのとき残っていたのはただひとつ、バズーカの肛門に突き立っていた、錆ついた鉄棒のみであった。

手術を担当した十二人のドクターたちは、いずれも口々に、

「生まれて初めてですよ、あんな異様な傷を処置したのは」

そう洩らしたのである。

医師たちは苦慮した末、鉄の棒を八個に切断した。証拠物件として押収したのは、その切り分けられた八個の鉄の棒と、その棒に付着していた無数の錆びた金属片だけだった。

本来なら帳場（捜査本部）を立てるべきところだが、本件は手の空《あ》いている者が担当することになった。捜査「本部」でなく、捜査「班」が組まれたのである。

本件の捜査に当たるのは刑事五人のみ。そのトップつまり班長に、藤森警視みずから手を挙げた。上司が、

「キャリアの警視が班長とはなあ」

しぶしぶ会議にかけ、上層部の許可をようやく取りつけ、「特別班」が作られたのである。

証拠品の特殊な形状の鉄棒が、ビルを建てるときの基礎工事の鉄筋だと鑑識から報告を受け、ジドリが始まった。

現場百遍、と父に教えられてきた藤森は、すでに綺麗に掃除され、洗い流された空き地があるのみだったが、その〝現場〟と周辺地域に香山を連れ、八等分に切り分けた鉄棒の一本をビニール袋に入れて日参した。

三人の被害者女性の申告により、他の多くの事案も明らかになったが、当時の裁判で立件されたのは、立原政伸、中尾忠夫、畑安人、矢島敬介――の四人のみだった。

しかも立原政伸は十八歳七ヵ月と「未成年」。名前すら公表されず。同じく中尾も、十九歳一ヵ月ということで名前は伏せられた。

ただし、いかに未成年といえども、犯行のあまりの残忍さに、成人と同じ刑事事件として立件され、さ

すがに有罪になった。

立原政伸は懲役三年、執行猶予五年。中尾忠夫も、懲役三年、執行猶予四年だった。

判決文の要旨は、

〈被告人はまだ若い。これから先、長い人生の中で、被害者たちに犯した重大な罪について、よく考え、心から反省し、真剣に生きていくことで過《あやま》ちを償いなさい〉

と、二人の強姦魔の未来の更生への可能性をうたった。

心身ともに癒えない傷を負わされた被害者たちの大半も、二十歳にはなっていない。未成年者である。彼女たちも同じ、未来のある若者だった。

そのことについて、当時のマスコミは、

「加害行為をした連中にだけ未来があるなんて、納得がいかない」

という旨の報道が多数を占めた。

キャッチ・フリーズ結成の折、大学当局へ彼らが審査用に提出した書類には、こう書かれていた。

〈各大学の壁を乗り越えた交流によって、文化と学問を深め、これから先、われわれ若者たちの英知を掘り起こし結集していくというコンセプトのもと、当サークルを創ろうと考えた次第です……〉

立派な書面には呆れるばかりで、返す言葉が見つからない、ちゃんちゃらおかしい、と捜査班の刑事たちは口々に呟いた。

同サークルが活動を始めると、もともと異常な性癖のある連中たちが次第に増殖し、行動もどんどんエスカレートしていった。

次から次へと悪知恵が働くと同時に、抵抗するすべをもがれた被害者たちの弱みにつけ込み、悪魔の集団は日増しに強大化していった。

そんな強姦魔、鬼畜たちに対して、諸外国の法定刑とは到底比べものにならない、まるでそこらのコンビニあたりで万引きした犯人に下すような、あまりにもお安い判決文を書いた裁判を、あからさまに批判した多くのマスコミの論調は当然だったといえよう。


成年に達していたリーダーの畑安人は、覚せい剤常習使用の罪でも立件された。しかも、ポラロイド写真を利用して被害者たちに恐喝もしている。覚せい剤使用、強姦、準強姦（薬やアルコールなどで身体の自由を奪う）、そして恐喝罪で、判決は懲役十年だった。

畑の父親は、内科医院を経営する院長であったが、この事件後、医院を畳んだという。

矢島敬介には、覚せい剤売買も加算され、強姦罪並びに準強姦罪。この罪状に関しては、すべて立件されている。

矢島は、名門大卒業後、定職にも就かず、ワル仲間と性犯罪を重ねていた。そのことも捜査で明らかになり、畑安人と同じく、検察側の求刑は十二年の実刑。

判決は、検察側求刑より二年少ない懲役十年の刑だった。

各国の性犯罪刑に比べて、なんと、なんと軽いことか。ひとケタ違う。

二人の刑のあまりの軽さに、世論の多くは驚きと同時に猛反発した。

検察側は当然、控訴を主張したが、「被害者」側が法廷に耐えられないと訴えて、控訴断念を余儀なくされた。これが現実なのである。

一審の判決を受け入れて、二人の被告は二〇〇一年三月、下獄（刑務所に入る）した。

集団レイプに加わりながら、恐ろしくなって一回で消えた学生や社会人たちの数は、推定百人は超えるという事案だった。


藤森警視班長のもと、わずか四人の部下は、まず始めにバズーカの周辺の捜査を開始した。

幸いなことに裁判資料は、事件後十五年間は司法関係者なら原則として閲覧できる。それ以降は非公開であるが、裁判資料はまだ閲覧可能である。

現在すでに解散したキャッチ・フリーズについて、藤森班のメンバーは、当時の調書、取り調べメモ書きなどを徹底的に読み込み、Ａ大のキャッチ・フリーズのキャンパスにも足を運んだ。

「捜査が入る前に、バズーカはキャッチ・フリーズを脱退しています。

結果的に要領よく逃げ切った格好のバズーカに対し、バズーカと同じリーダー格の畑安人や矢島敬介には、十年の実刑が下されました。そのことを腹立たしく思っている人間も、当時のワル仲間の中にいるのではないでしょうか……」

そう藤森班のひとりが指摘すると、相勤の刑事である岡崎巡査部長が言った。

「それとも、被害者本人だけじゃなく、その家族や恋人、ごく親しい先輩や後輩、友人などによる復讐の線も考えられます」

藤森班の刑事たちは、こうした意見をそれぞれが出し合い、さまざまな可能性を犯人像に結びつけて考えてみた。

一方、バズーカ関連の各記事をパラパラと見ていた藤森警視は、ある場面が不意にふっとよみがえった。

バズーカと病院で会えたのは、彼が搬送されて三日のちだった。大手術後の三日間は、とても彼が人と話せる状態ではなく、病院側から面会ストップをかけられていたからである。

担当医から彼の症状を詳しく説明されるとともに、今後まだ数度にわたり再手術するとの方針も開示された。また、彼が全身に負ったヤケドの痕には、煙草の火やスタンガンによるものなどが複数個所あることも写真で示してくれた。

初めてバズーカに面会できたとき、ベッドの上で横向きかうつ伏せでないと眠れぬ彼の姿は、哀れさ以上に不様なものだった。

その後も三、四回、バズーカを聴取するために病院へ足を運んだ。

……あれは確か、三回目に病院へ行ったときだ。彼の病室から出てきたひとりの美しい女性がいた。

濃紺のパンツスーツに黒のハイヒール、赤いショルダーバッグを肩から提《さ》げ、クールな眼をして、どこか隙がない。背筋を伸ばし、なにやら行進めいたきりりとした姿勢で、中廊下をこちらに向かって歩いてきた。一見して知的な、美貌の女性だった。

廊下ですれ違ったとき、チラッとこちらに視線を振った。彼女が小さく会釈したかのように見えたので、思わず藤森も彼女と目を合わせていた。ごく一瞬だが、彼女と眼の焦点が合った。

職業柄、一瞬でも目が合うと印象に残る。ましてや、稀に見る美貌の女性なら、なおさらである。

（そうだ。思い出したぞ。あの彼女だったんだ！）

忘れようもない例の写真の被害女性の顔、いや〝眼〟が、あのとき病院ですれ違った彼女にソックリだったことが不意に藤森の脳裏によみがえったのである。

あのすぐあとにバズーカの病室に入った藤森は、なにげない口調で訊いた。

「いま、女性の見舞い客がお見えになりましたね……」

すると、バズーカは吐き捨てるように答えた。

「ああ、あいつか。遊香社っていう出版社で出している月刊誌の女副編集長さ。被害者のおれの人権なんて無視して、おれの特ダネ記事書きやがって……くっそ、あ、痛てて……」

「よおし、思い出したぞ。おーい、香山、遊香社という出版社の編集部の電話番号を調べてくれ」

藤森は心の中で、

(ついにつながった、点が線に……)

と短く呟き、ふーっと息を吐いた。


すぐに美映子とコンタクトを取り、会うことになった。

バズーカの拉致傷害事件の記事を書かれているので、捜査に協力を願いたい旨、電話で藤森は面会希望の要点を本音で述べた。

美映子は快く面会を承諾し、自分から所轄に行くことを約束した。

「私が担当の『YUUKA78』発売後でしたら、警視のご都合のよい日に合わせられますが、おっしゃってください」

と藤森に面談の日時を一任した。

北新宿署に美映子が現れたのは、彼が指定した三月二十九日木曜日、夕方五時少し前だった。

同署の玄関入口で立ち番をしていた若い警察官に、美映子が藤森警視の名前と来訪の要件を伝えると、彼は肩に着けている無線で受付に伝令した。

すぐに、高級スーツに身を包んだ、いかにもキャリア警察官らしい長身の若い男が美映子の待つ受付に現れた。

藤森はわざわざ所轄まで来てくれたことに恐縮して礼を述べたあと、自分の名刺を彼女に差し出した。

（見たところ三十歳前後のようね。その若さで警視ということは、かなりのエリートキャリア……それなのに、なぜ、バズーカの事案のこんな捜査〝班長〟なんかに……）

と美映子は心の中で思いながら、自分の名刺を出して彼に渡した。

「こちらへ」

藤森に案内され、後ろから続いてゆく。

受付の前を通り、正面に向かって左奥の廊下をさらに左に曲がり、突き当たった一番奥の部屋までくると、

「さ、どうぞ」

ドアを開けて一歩中に入った藤森に促され、美映子は部屋の内へ足を踏み入れた。

室内は、警察署の応接室とはとても思えなかった。

黒色が交じった朱色の落ち着いた革張りの長椅子が一脚と、少し離れて、ひとり掛け用の同色の椅子が四脚置かれている。

おそらく春慶塗りであろう、艶《つや》のある深い朱色のテーブルを囲むように高価な応接セットを配した部屋のスペースは、二十畳はゆうにあろうか。

応接セット、その他、なにやら商社の応接室と見紛いそうだった。

部屋の中に入ると、真正面の奥の壁に、上下二メートルはあろうかという大きな日の丸の旗が、壁画めいて飾られているのが目に飛び込んできた。

「どうぞ、お座りください」

勧められて美映子が座った席は、その大きな日の丸を左側に見る位置で、ひとり掛け用のクッションのきいた肘掛け椅子だった。

テーブルをはさんで真正面の同じひとり掛け用の椅子に藤森が腰を落ち着けると同時に、見るからに私服刑事らしい中年の男性と、続いて別の若い刑事がコーヒーと日本茶のセットを載せた銀色のワゴンを押しながら、開いていた入口から中へ入ってきた。

「失礼します」

そう言って若い刑事がドアを閉めると、藤森から先に口を開いた。

「こちらは岡崎巡査部長、後ろが香山巡査長です。二人とも、本件の捜査班の一員です」

藤森が二人を紹介すると、彼の背後で立ったまま、岡崎に続いて香山がうやうやしく頭を下げた。

部屋の入口横に置いたワゴンの上を手で示し、

「コーヒーか日本茶くらいしかありませんので、とりあえず両方を用意しました。どちらがよろしいでしょうか」

香山が美映子に向き直っていった。

「ありがとうございます。では、コーヒーをいただきます」

香山は頷くと、なれた動作で美映子と、次いで藤森の前にコーヒーを運んできた。運び終えると、すぐに藤森の両サイドにひとり掛けの椅子をそれぞれ寄せ、彼をはさむような形で、岡崎に続いて香山が腰を下ろした。

「早速ですが、本件は、掴みどころのない事案でして、拉致された被害者も、犯行時の様子をほとんど覚えていない。容疑者たちの声は、どうやらボイスチェンジャーが使われたようです。

ただ、精神科の専門医によれば、麻薬や麻酔薬などを投与すると、全身に薬《クスリ》が回るとき、脳に一番早く効き目が現れる。そのとき、人の声が、いわばエコーがかかったような大声に聴こえ、しかも性別も判然としないそうです。

また、人間の声が、ノイズの混ざった音に聴こえることもあるらしい。ですから、本当に容疑者がボイスチェンジャーを使ったのかも、犯人と思われる容疑者たちの人数も、男か女かも、現時点では判然としていないのです」

ほとんど瞬《まばた》きもせず、表情も変えずに藤森がそこまで述べた。

藤森警視の眼を見つめたまま、彼の言葉をひとつひとつ聞き終えてから、美映子は目の前の湯気が立つコーヒーカップに片手を伸ばした。

藤森が観察する目をしたが、美映子は落ち着いて、砂糖もミルクも入れずブラックのまま、カップをゆっくりと口元へ運び、ひと口音を立てずに飲んだ。

指紋やDNAが残ることを気にした様子もない美映子がコーヒーカップを元に戻すと、また藤森が、

「水野さんは、非常に詳しく取材されておられますね。御社発行の写真週刊誌『シャープ・アイ』に発表なさった記事は、まるで第一発見者のような臨場感がありました。カメラマンを、常に同行しておられるんですか」

「いえ。カメラマンは専属の社員もいますし、フリーの方もいます。常に同行ということは、まず無理ですね。それに、専属のカメラマンの数も、そう多くはありません」

おだやかな口調で美映子は答えた。

岡崎と香山が、それぞれ手帳を広げてメモを取り始める。

真ん中に座る藤森はコーヒーには目もくれず、美映子の顔を正視したまま、

「あの写真は撮影者の名前も明記されていましたので、カメラマンの平泉氏にもお会いして、お話をうかがいました。

氏は、あんな現場に臨場できるなんて、自分たちにすれば不思議だが、非常にラッキーなことでもあった、と。あの時刻に、誰かからのタレコミが前もってあったのか……」

六つの目玉が美映子の顔に向けられている。が、美映子は表情も変えずにコーヒーカップを口に運び、三人の顔をゆっくりひとりずつ眺めてから、またひと口飲んで元に戻した。

「それで、平泉カメラマンはなんと答えましたか」

「ええ。ニュースソースは言えない。それを言っちゃったら、これからリークしてくれる人なんて、いなくなっちゃいますよ、と軽くいなされました」

「ふふっ」

「あの写真のカットは、明らかにわずかな時間で連写、激写しています。ゴミ収集車がやってくる時間も迫っていたはずですしねえ」

美映子が冷静であることに、藤森はむしろ安心し、好感を抱いた。

ようやく彼女から視線を外し、彼もブラックのままコーヒーをひと口飲んだ。それからまた続けて、

「誰か手引きとか段取りをした人物が他にいたんではないか、と私などは、つい思ってしまうのですが、副編集長としては、いかが思われますか」

美映子は、その質問を待っていたかのように、藤森の目を見つめ、

「警視がご指摘の通り、あのページには〈写真・平泉政彦〉と、また記事についてはわざわざ私の名前も入れています。

私の記事内容に関しては、当然、私自身が文章の責任を取らなければなりませんから」

「でしょうねえ。周辺の聴き込みとかは？」

「取材で話してくださった方のお名前を出す場合もありますが、ご本人が名前を伏せてくれというご意向があれば伏せます。個人的な信頼関係は、そうそう簡単には築けませんし、モトデもかけていますし、よほどのことでもない限り会社のスタッフにさえ私は教えませんよ。でないと、平泉さんのおっしゃる通り、あとあと仕事ができなくなる。私の場合、とくにそうした関係を大切にして仕事をしています」

「はあ……」

「おわかりいただけると思いますが、私たちのような職業の人間にとって、情報提供をしてくださる方、いわばネタ元は、非常に貴重なアンテナであり、宝でもありますから、ときには命がけで守らなければなりません」

美映子は少し口元をゆるめながら淀みなく話した。すると今度は、

「なるほど。つまり、平泉カメラマンご本人が激写して御社に持ち込んだ、ということですな」

黙ってメモを取っていた岡崎巡査部長が、探《さぐ》るような目をして彼女にそう訊いた。

美映子は、岡崎のほうに顔を向け、そっけなく答えた。

「そうです」

おそらく、五十歳に近いと思われる岡崎は、定年に際してお祝い的に階級を上げ、警部を拝命できるかどうかだろう、と美映子は素早く見てとった。ただし、藤森警視を追い抜くことはありえない。

「警視、副編集長に、もう少しうかがってもよろしいでしょうか」

美映子に顔を向けたまま藤森が頷くと、岡崎は美映子に向き直り、

「私は、写真週刊誌『シャープ・アイ』が副編集長のご担当ではないと聞きました。副編集長のご担当は、月刊誌『ＹＵＵＫＡ78』のほうでしたね。編集部が違うのに、例のバズーカの記事のページだけ、月刊誌ご担当の水野副編集長が担当されている……私には、そこがよくわからないのですが」

「おっしゃる通り、同じ会社の人間でも編集部が違えば、ある意味ではライバル同士です。でも、週刊誌

で使った写真を月刊誌で、月刊誌の目玉企画を週刊誌の編集部で先行使用することなど、どの社でもよくあることです。締切や、コスト削減の都合による場合もあったりしますけれどね」

「はあ、そうですか」

「それから、写真を撮ったカメラマンが、たまたま私とは長年のおつき合いで、いうなれば、あ、うんの呼吸の仲なのです。

それに私、ライフワーク的に性犯罪について調べております。

たとえば、いまだ明治の頃と変わらない、日本の法律にある、強姦罪の刑罰の軽さ。女の性をきわめて軽視しています。そんな思いもあって、以前は、法学部を出てから一時、検事を志望していたのです。ところで最近、アメリカのニュースに、こんな事件がありました」

「ほお、どんな?」

藤森がいうと、美映子を見る六個の目に好奇心の色がにじんだ。

「レイプ事案です。殺人と死体遺棄ですが、犯人に何年の刑期が下されたと思いますか。日本では殺人事案による死刑がありますが、人を殺しても、長くてもせいぜい十五年の有期刑でしょうねえ。ところがアメリカでは、この事案に百年の刑期が言い渡されて犯人は刑務所に送られました。

あちらは死刑廃止の州もありますから、死刑判決は下されずに済みましたが、レイプ犯に百年の実刑が下りました。生きてはシャバに出られませんわね」

美映子の厳しい視線が正面からコーヒーカップに傾いたところで、

「法曹界から、いきなりメディアの世界へ行かれたのは、どうしてですか」

と、藤森が率直な口調で訊いた。

コーヒーカップを持ちかけた手を引っこめ、美映子は姿勢を正して藤森を見つめた。小さく頷いてから、

「父は弁護士です。私は父のそばにいて、法では裁けない現実をずいぶん見続けて育ちました。法律家になりましたものの、女性の地位の軽さ、社会での人権の低さ等々を知るばかり。かなり時間もかけて悩みましたが、結局、ジャーナリストとして生きる道を考えつき、この世界へ遅ればせながら飛び込んだのです」

「しかし、まったく畑違いの気がしますが……」

と岡崎が情感のない物言いをした。

「そうかしら。ある意味で書面ばかり書いたり、日がな一日資料を読むのが法律家。いまの仕事も同じで、費やすエネルギーの多くは文字や文章、まあ言葉との闘いですよ。だから、似たようなものですわ。もっとも、法律をいささかは知っているので、いまの仕事にもなにかと役立っていますけれども」

そう岡崎に向かって笑みを浮かべて答えると、すっと香山が立ち上がった。

「日本茶はお嫌いですか」

「あら、嬉しいわ。日本茶も大好きです。いただきます」

日本茶の用意をしながら、香山が笑顔でチラッと美映子を見た。

「水野さん、容疑者について、どう思われますか。こんなに残忍な真似ができる犯人というのは……」

美映子は黙って聞いていた。

藤森が目配せすると、香山が手を止め、ワゴンの上の何冊にも綴《と》じた書類を持ってきて、彼のテーブル

の上に置いた。

「これなんですがね……」

と、藤森が書類を出しかけて、不意に思い出したように顔を上げた。

「そうだ。その前に、ひとつうかがいたいことがあるんです。水野副編集長には、ご兄弟とか従姉妹さんとか、いらっしゃいましたか」

探るような目をして美映子をジーッと見つめた。

警察権力が他人の戸籍を調べるぐらいなど、ごく簡単な作業、と、美映子は彼の前に積み上げられた書類に視線を落としながら、藤森の見え透いた小芝居に笑いをこらえた。

「はい。二人きりの姉妹でした。妹は美樹といいますが、二十歳のときに病死しております」

「いや、立ち入った話を聞いて申し訳ありません。……これは、Ａ大のキャッチ・フリーズの入場者リストで四冊あります。

この中に、水野美樹さん、当時十九歳ですが、一橋大学法学部と出ています。……水野副編集長、美樹さんは、あなたの妹さんですね」

知的なマスクをした藤森は顔を上げると、かすかに職業的な鋭い視線で美映子を凝視した。

世間知らずの純な妹は、いわれるまま無防備に本当の姓名を書き、屈託なく会費を納め、女友達と二人で会場の中に連れ立って足を踏み入れたのだった。

藤森が示した入場者リストの中に、美樹の明らかな筆跡を認めたとき、水野美映子は改めて妹へのいとおしさと無念さが、ない交ぜになって込み上げてくるのに抗しえなくなっていた。

第11章　一九九九年五月

一九九九年五月十七日、月曜日。もう明け方近くになっていた。

妹は前日、心を許した幼なじみの友人、G子に誘われるままA大の合コンにいそいそと出かけている。

妹の帰宅を待つうちに、美映子は段々と不吉な予感が湧いてきた。

妹はそれまで、遅い帰宅はたまにあったが、外泊は過去に一度もない。だが、妹は、もう十九歳になっている。

（しっかり者のG子が一緒なんだもの、大丈夫よ。私がいちいち干渉する年齢じゃない。それに、心配したって仕方ないわ）

そう考えて、美映子は読んでいた本を閉じ、ベッドに横になった。けれど、身体はクタクタなのに眠れそうにない。

十畳ほどの部屋は、子ども時代の二段ベッドから替わったとはいえ、シングルベッドを並べている。妹とは、生まれてこの方、別々に夜を過ごしたことはない。長じてからも、美映子がひとりで朝を迎えるのは初めてだった。

ウトウトしかけたとき、玄関とは違う裏口の切り戸が静かに開く音を聴いた。

カッと目を開いて飛び起きた美映子は、パジャマ姿のまま、二階の両親に悟られぬよう静かに部屋から廊下に出た。

玄関から外に飛び出すと、裏口から入ったのか、妹の美樹が抜け殻のように切り戸の前で佇《たたず》んでいた。出かけるときの華やいだ笑顔がまったく消え失せている。美映子を見つめる瞳《め》は、まるで死人のように虚《うつ》ろで、血の気が引いた顔には、明らかに暴行を受けたらしい、いくつもの傷が見られた。

「そんな……」

美映子は絶句した。

出かけるとき妹が着ていた淡い水色のワンピースは、肩から破られ、パンティーストッキングも着けていなかった。しかも、妹がお気に入りの黒い中ヒールも履いておらず、素足のままセカンドバッグをぶら提《さ》げ、ボー然と佇んでいた。

美映子は駆け寄り、妹を黙ってぎゅうっと抱きしめた。

美映子に抱きしめられた瞬間、美樹は堪《こら》えていたものが堰を切ったように、吠えるような声を出して泣きじゃくった。

「よく帰ってきたわ。もう大丈夫よ、美樹」

込み上げてくるものに必死で耐えながら、美映子は妹の冷えきった細い肩を抱いた。

妹は泣き声を抑えようとするが、こらえきれず、いっとき大声をあげて、おう、おうと慟哭した。

なだめるように玄関の中へ連れて行き、上がり口に引き上げると、妹は上がり框《かまち》にへたり込んだ。美映子は、妹からいったん離れて洗面所に向かった。すぐに戻ると、水を絞ったフェイスタオルで、涙でくしゃくしゃになった妹の顔と、泥だらけの両足を黙って拭いてやった。

何度も崩れそうになる妹の細い身体を支えながら、とりあえず自分たちの部屋へ連れて行き、彼女をベッドに横にさせようとしていたときだった。

「どうか……したの」

背中で母の声がし、美映子が振り向くと、眠たげな眼をした母が、半開きのドアからこちらをすでに覗き込んでいた。次の瞬間、娘の異変に気づき、

「み、美樹いっ」

と悲鳴のような声を発し、目をカッと見開いて中へ飛び込んできた。

「な、なんて、ひどいことを！」

と、美映子を押しのけるようにして駆け寄り、夢中で美樹の背中をさすった。とたん、美樹は飛び跳ねんばかりに烈しく身をよじり、

「痛ああいい」

絶叫に近い声を上げ、さらに、

「いやあ、いやあ、いやよお」

と、再び半狂乱になって号泣した。

顔以外にも背中やその他、全身に打撲を受けていたのである。打撲を受けた個所は、時間が経つにつれて腫れ上がり、痛みが増してくる……。

階下の異変に気づき、母親に続いて降りてきた父親の荘吉が、ドアの外から立ったまま三人の様子を窺《うかが》い、目をカーッと見開いた。すぐに玄関手前にある電話機に向かった。

婦人科医で心理学者でもある、水野家のホームドクター、谷川百合江に電話を入れていた。

すぐに受話器を取る音がして、

「せ、先生、こんな朝早くに申し訳ありませんが……」

「お早うございます。いえ、朝型ですから、気になさらず。……何かありましたのね」

百合江が察して促すと、荘吉は思わず震え声になり、結論だけ短く述べた。

取り乱しそうになった荘吉に、百合江は冷静な声で、美映子に電話を代わるように促した。

ややあってから電話を代わった美映子が泣きそうになったとき、

「しっかりしなさい！　さあ、いいわね、美映子ちゃん、大きく息を吸って……そう、そうよ、ゆっくり話してちょうだい」

かろうじて冷静さを取り戻した美映子は、妹から聞いた話をかいつまんで述べた。

百合江は、電話を切ってから十五分と置かずに飛んできた。必要な医療器具や医薬品、さらにポラロイドカメラも持参し、ひとりで車を飛ばしてすぐさま水野家に駆けつけてくれたのである。

レイプの被害者にとって一番恐ろしいのは、性器からの感染症と妊娠である。

強姦罪で警察に申告するかどうかはともかく、のちのちの証拠として、性器の傷、顔、その他の全身の外傷、さらに破られ引き裂かれたワンピース等の着衣の写真撮影まで、谷川ドクターは手ぎわよくひとりで冷静に行った。

谷川百合江は、水野家とは三十年来の付き合いである。

美映子と美樹の出産も、百合江のクリニックで無事に迎えた。

水野家の全員が百合江に絶大な信頼を寄せ、なにくれとなく世話になっている。

最初、白衣をまとった百合江が現れると、美樹は再び火がついた赤子のようにひとしきり泣きじゃくったが、必要な処置を終えると、いくぶん落ち着きを取り戻して口を開いた。

「先生、ありがとう……私ね、私ね、美樹ね……」

言葉を続けようとしたとたん、美樹の目から大粒の涙がぽろぽろと滝のようにあふれ出た。

「偉かったね。よく頑張ったね。わかっている。もう大丈夫だからね。安心なさい。さあ、いまは何も言わず、とにかく少し眠りなさいな。お母さんも、お姉ちゃんも、お父さんも、みんないるわよ。私もそばにいるから、安心していいのよ……」

百合江は、アザだらけの美樹の細く白い腕に睡眠薬をゆっくりと注射しながら、優しい笑みを浮かべて言った。その知的で温和な目が、睡眠不足のゆえではなく充血していた。

注射針を抜いて往診バッグにしまってから、美樹の頬をそっと撫で、しばらくして美樹が目を閉じると、百合江の横顔に厳しい表情が広がった。と同時にドアの外から、初めて美映子が耳にする父の嗚咽が途切れ途切れにこぼれてきた。

レイプ被害を警察に届け出たあと、どのような手続きがなされるのか。

普通は、調書を取る前に、警察が指定する婦人科で、一刻も早く証拠となる犯人の精子を性器から採取する。

また、相手＝犯人（たち）と接触することによって、被害者本人も知らずに持ち帰る、または置いてくる、たとえば指紋や体毛や上皮などの採取もなされる（「ロカールの法則」）。

同時に、さらに診察台の上に乗ったまま、写真撮影が行われる。

その際、膣内の裂傷の有無を調べるため、細い管《くだ》の先にカメラが付いた、胃カメラのようなものを（傷がひどいときは麻酔をして）膣の中にくぐらせ、さらに子宮内も調べてから、性器内部を写真撮影する。中に異物が残っている場合も考えられるから、性器の検査時間が一番長くかかることを、被害者は前もって覚悟しなければならない。

最後は膣内を洗浄処置する。消毒後は、性病と妊娠の危険も考慮し、そのための薬を性器内に投与する。これに加え、注射でも薬を投与する。

加えて、三～四日後に血液検査も必要である。それは、性病の危険を封じるためと、三～四日間の潜伏期間があるＨＩＶ対策などのためでもある。

ここ三十年間くらいで、かなり性病が蔓延している。だからその現実を踏まえて、念押しの治療が厳重にもなってきているのである。

それらの処置をひと通り終えてから、ようやく刑事による事情聴取の運びとなる。

——数日後の深夜。

突発的に美映子のベッドに飛び込んできた美樹は、夢中で姉にしがみつき、童女のようにわあわあと泣き出していた。それ以来、妹は、

「私が馬鹿だったの。あんなパーティーに行かなければ……私に油断があったからなのよ……」

と、鬼畜どもに対してではなく決まって自分を責め立て、それから声をあげて泣いた。

そうした辛く重い日々が、いつ果てるともなく繰り返され、美樹は外出をいっさいしなくなった。

あの嵐のような苦しかった日々が、美映子にはまるでつい昨日のことのようにいまも感じられる……。

藤森警視が美映子に差し示した入場者リストの日付には、一九九九年五月十六日と記されていた。

「その参加者リストの中の美樹さんのお名前……妹さんですよね……」

「ええ。私の、たったひとりの妹の名前です。私とは十歳違いでしてね、妹というよりも、なんだか自分の娘みたいな感じもありました」

そう、どこか怒気を含んだ強い口調で答えて顔を上げると、目の前に、美映子を冷静に見つめる藤森の職業的な貌《かお》があった。彼女は思わず瞬きし、急いで平静を装い、視線を他に転じた。転じたとたん、また意識が過去に翔んでいた……。

あれは、妹が三歳か四歳の頃だったろうか。二人で一緒に、近所の小さな書店に行ったことがある。

その頃から二人とも本が大好きだった。両親の用事を手伝うと、褒美にいつも本を買ってもらった。二

人のおねだりといえば、本代ばかりなのだった。

幼い頃の妹は、気に入った絵本を書店の棚に見つけて読み始めると、たちまち本の世界に浸《ひた》り、ついつい可愛いおちょぼ唇《ぐち》を開《あ》けて、よく涎《よだれ》を垂らした。想像力豊かで、のめり込むタイプだった。

書店主にばれないよう、美映子があわててその本のページについた涎《よだれ》を拭いて誤魔化したことも一度ならずある。

ある日、書店に入る前、美映子は路地の角で妹の前にしゃがみ込み、

「あのね、美樹ちゃん、もし涎を垂らしたら、そのご本を買うのよ。わかったわね」

と、きつく言い含めた。妹は、やや回らぬ舌で、

「うん、わかりまちた……」

立ち上がった姉を見上げて答えたが、本屋さんが気になって、

「おねえたん、ねえ、行こ、早く行こう」

いうが速いか、美映子の手を振りほどいて先に書店に駆け込んでいた。

絵本の並ぶコーナーに回り込むや、瞳《め》を輝かせて落ち着かない。

やがて、平積みになっていた一冊の絵本を選ぶとページをめくり、両手で持ち上げた瞬間、美映子が駆け寄る間もなく、妹のおちょぼ唇からポトッと涎がこぼれ落ちていた。

「あらら。はい、約束よ、買いましょ。今日は、このご本を買って帰りましょうね」

と、ページを閉じて妹の両手に持たせると、顔なじみの書店のご主人がレジの向こうでニコニコしながら、

「いいよ、いいよ、拭いておくから。美樹ちゃん、気にしなくてもいいからねえ」

おだやかに声をかけてくれた。

目に小さな水滴を浮かべた妹は、身体を縮めて店主にちょこんとお辞儀をすると、

「あたち、これ、いただきます」

半ベソをかいてレジに近づいていき、予定とは違う絵本をレジの台に置いた。おちょぼ唇をぎゅっと結び、いまにも泣き出しそうな顔でうつ向いている。

そのいじらしい横顔を見て美映子は、妹がこの日最初に欲しがっていたお目当ての絵本を、棚から取ってレジに持って行き、

「これもください」

と、妹が置いた本の横に並べて差し出すと、「あ」といって美樹は目を輝かせ、姉を見上げると、不意に美映子の腰にぎゅうっとしがみついてきた。

なんの邪気もない、あのときの澄みきった妹の瞳《め》を忘れることなどできない。

店主はやさしい人で、片目の下に小っちゃな水滴を付けたままの美樹にほほ笑みながら、その水滴をハンカチで拭いてから、

「よし。じゃあ、お姉ちゃんが買う本は、おじちゃんから特別にプレゼントだ」

といって、妹の頭を撫でてくれた。あのときの妹の、ちょっぴり羞ずかしげでもあり、してやったりの得意げな顔を、いまもまぶたの裏に鮮やかに浮かべることができる。

当時、母は父の小さな法律事務所の事務員をしていた。

中一から高校時代の終わりまで、美映子は学校から帰る途中で父の事務所に寄り、妹を連れて自宅まで一緒に帰った。事務所と自宅は、歩いて十分足らずの距離だ。バギー自転車の後部座席に妹を乗せて、平日は毎日、自宅に戻った。

幼児期から、妹の昼間の面倒は、ほとんど美映子が母親代わりにみていたといってよい。

赤ちゃん時代も、オムツ換えや入浴、夜泣きしたときも美映子がそばに行ってあやすと、ピタリと泣き止み、すぐに可愛い寝息を立てた。妹のあどけない顔や姿や仕草が、まるで夢現実《うつつ》のように次々と脳裡に浮かんでは消える。

けれど、その涙が出るほどなつかしい妹には、この世で、もう二度と逢うことはかなわない……。

「あの……すみません、よろしいですか。一度は検察庁に被害届けをお出しになって……突然、被害届けを取り下げられました。どうしてでしょうか。その点を少し……」

藤森が職業的な顔つきのまま、かなりストレートな物言いをした。

ふっと焦点を合わせた視線を彼の顔へと戻した美映子は、どこか挑みかかるような色を目ににじませ、

「警視、あなたに妹さんはおられますか。お母さまは……。なんだか、私の妹の精神状態がすべておわかりになるかのようないまのお言葉、いささか、いえ、とても傲慢だとはお思いになりませんか」

「あ、いや、私は……申し訳ない」

「幼い頃からずうっと、妹と私は二人でひとつの部屋を共有して育ちました。妹がこの世を去った、その日までね……。

ですから、姉の私自身、妹のことはなんでも知っているつもりでいました」

「は、はあ、はい……」

そこまでまくし立てたとき、あの夜、裏口に立っていた妹の姿が、まぶたの裏にみるみる広がった。

ぐっと込み上げてくる感情の高まりに負けそうになり、思わず美映子は天井を見上げ、見上げた瞬間に瞬きし、涙を押し流していた。

それから、一呼吸置いてまたゆっくりと顔を正面の藤森に戻して、

「姉とはいえ、妹を理解しきっているなんて、私はついぞ思えません」

「ええ、はい……」

「そして、いまでも思っているのです。愛する妹のために、私は死にもの狂いで闘ったのだろうか……とね。自分の非力さ、虚しさ、焦燥感に追い立てられる思いで、いまも日々、しかし、私と父は生きているんですよ……」

藤森警視は、返す言葉を失った。

美映子は気を落ち着けようと思い、新しく日本茶が入った湯呑みにゆっくりと手を伸ばした。

藤森は、頭を垂れてから、湯呑みを静かに口に運んだ美映子の顔を見つめて、

「軽率な発言を申し訳ありませんでした。

具体的には言えませんが、かつて某所へ動員でガサ入れに行きました。そのガサ入れで、証拠物件として集めたものの中に、ポラロイド写真があったわけです。あまりに酷い証拠写真があったにもかかわらず、上司は〝強姦罪は親告罪なんだよ〟の一点張りでした」

美映子は黙って聞いている。

「被害者が警察に来てくれなければ、こっちは何も動けないんだよ、という上司に、当時まだ若く未熟な警察官だった私は、大声で怒りをぶつけたのですが、ガサ入れのときに見たポラ写真の女性の顔が、いまでも頭から消えないのです」

美映子は瞬きをしなかった。

「先だって、バズーカが入院している病院の廊下で、取材を終えた水野さんと、一瞬ですが遭っています。私たちが調書を取りに彼の病室へ行くとき、わずかにすれ違っただけでしたが。あとになって、ふっとよみがえり……あなたの容姿が、その写真の女性と……とてもよく似ていた……」

「そんな写真が、いまも警察には残っているのですか」

美映子は、不快感を表情に出して藤森を見つめた。

彼は、彼女の厳しい表情を正面から受け止めて、小さく頷きながら、

「いえ、当然ですが、パソコンには入れておりません。外部への万一の流出を防ぐため、重大な書面や捜査調書、また写真などは、カギの掛かる資料室やロッカーに、厳重に保管してあります。

事件を年代ごとの、また犯罪別に押収した証拠品なども、同様の扱いですけれども」

そこでまた香山が温かいコーヒーを持ってきてくれた。気が回る男である。

「私たちもいただきますので、さ、副編集長も熱いうちに、どうぞお召し上がりください」

と、美映子に続いて藤森、岡崎、そして香山自身のテーブルの上に、コーヒーを入れたカップを並べた。

男社会の所轄の備品とは思えぬほど繊細な陶器だった。

この広い応接室そのものを上層部の捜査会議に使うためか、テーブルひとつにしても相当に高級なものである。高級なだけでなく、なかなかセンスもよい柔らかな色調だ。それらにしっくりくる床《ゆか》のフローリングの色合いや材質など、プロの室内装飾家のアドバイスによるものだろう。

もっとも、ここに使われているのはすべて税金なわけだが、この一室は、彼女がそれまで抱いていた警察署の部屋のイメージを変えさせた。

「いただきます」

と、美映子が先にブラックのまま口にすると、

「どうぞ、どうぞ」

藤森がいい、彼らは三人とも、砂糖とミルクを入れ、緊張をほどくように口へ運んでいった。

「レイプ事件の被害者は全員、加害者である被告人を有罪にするために、いわゆるセカンド・レイプとの辛く苦しく長い闘いを覚悟しなければなりません」

美映子に急に視線を振られて、香山がすっとん狂な声をあげた。

「は、はいっ」

「警察に訴えても、さらに裁判へと持ち込むためには、多くの証拠と証言が必要となります。被害者にとっては並大抵ではない苦痛と屈辱、耐えがたいようなプレッシャーの再現、すなわちセカンド・レイプが待ち受け、繰り返されるのです」

三人の刑事は、それぞれ静かにコーヒーカップをテーブルに置き、美映子の話に静かに耳を傾ける姿勢になった。

美映子が三人の刑事の顔にそれぞれ視線を這わせると、藤森はこわばった表情で彼女を見つめていたが、他の二人はメモを取るフリをして、彼女と視線を合わせようとはしなかった。

「考えてもみてくださいな。愛する自分の母親や娘や、妻や恋人がレイプされたとき、そんなリアルに事件を再現させられるような冷酷な質問や対応を、いかに仕事といえども、果たしてあなたたちにできますかしら」

「……」

岡崎も香山も下を向いたままメモを取り、美映子と目を合わせないようにしてコーヒーカップを口に運ぶ。

「否定はできません……」

藤森がため息とともに首肯《しゅこう》すると、両側の二人も下を向いたまま小さく頷いた。

冷静な口調で言い終えた美映子の真剣な眼差しを、三人の刑事は黙したまま身を固くして静かに受け止めていた。

儀礼的とは違って、藤森たちが本気で彼女の話に耳を傾けているのがわかり、美映子は自分の考えも積極的に述べることができた。

岡崎も香山も、メモを忘れて彼女の話に聞き入った。

「上から目線の男性が作った刑法だから、といっても過言ではないでしょう。

強姦被害者の女性は、心的外傷ストレス障害（ＰＴＳＤ）を抱え、フラッシュバックに脅え、一生涯にわたって誰にもいえない心と身体の傷の痛みに長く、長く苦しみながら生きてゆく。あるいは、自分が被害者であるにもかかわらず、そんな場所に行った自分が悪いんだ、と相手よりも自分を責める……。

Ａ大の集団レイプ事件では、いわば廃人と化してなお生きている被害者も、自殺した女性も大勢いるんです。皆さん、そのことをご存じでした？」

三人の刑事たちは、美映子の話に寄り添うかのように黙ったまま大きく頷いた。

「想像つくでしょうか。日本では、レイプされた被害者たる女性が、男たちにどのように見られるか、ということを……。

単に離婚しただけで、女性は〝傷モノ〟と見なされ、ごく最近まで、いや、いまでも地方に行きますと、〝出戻り〟という、女を愚弄するひどい屈辱的な言葉まで残っています。

あるいは、近頃のお笑いタレントが面白半分で言い出した、きわめて軽薄で愚劣でナンセンスな言葉――離婚した者、とくに女性のことをバツイチなどと呼んでケロリとしています。戸籍上の離婚の際に用いるバツ記号を悪用し、まるで離婚が人生の失敗のように印象づけている。いずれも女性蔑視そのものですよね」

「バツだなんて、確かに耳に心地悪い、イヤ～な言い草ですな」

岡崎が同調したようにいうと、藤森警視も美映子を真っすぐ見たまま、

「それぞれの理由で、離婚するほうの選択が正解である場合もたくさんありますからね……」

「Ｙ大事件の被害者女性が周囲の、とくに男たちから、どのように見られるか。それは刑事さんたちの取り調べの折も同様です……。

あら、申し訳ありません。私、ちょっと饒舌《おしゃべり》がすぎましたね」

藤森は、コーヒーカップを持って語った美映子の知的な薄い口許を見つめながら、ある確信に近いものが胸に広がるのを感じた。

例の入場者リストに書かれていた水野美樹は、いま目の前に座っている美映子の妹なのだ。

美映子は、最難関の司法試験にパスし、司法修習生時代も入れると通算五年間、本気で検事を目指して勉強していたのだろう。

そんな中で、Ａ大学集団レイプ事件が起き、愛する妹が犠牲者となったのである。

美映子の内にたぎる烈しい怒りを超えた心痛が、藤森にも痛いほど伝わってきた。

妹の事件を境に、美映子自身の人生はガラリと一変したに違いない。

ただ、美映子は、妹が集団レイプ被害を受けた話を、藤森たちには口にしない。加えて、なぜ被害届けを取り下げたのか、ということについてもなにも語らなかった。

藤森としては、それらの理由や原因が知りたい。

また、バズーカという悪党を誘拐、監禁して傷害を負わせた犯人たちについての感想も聞きたかった。

だが、美映子の静かだがほむらのような憤怒《ふんぬ》と哀しみを前にしたいま、次に用意する質問を考えあぐねていた。

そのとき、隣りから香山巡査長が小声で、

「警視、もう、こんな時間ですが……」

彼の腕時計を見ると、すでに七時を少し過ぎている。北新宿署に美映子は約束通り五時に来ていた。

「おおっと、こりゃ、いかん」

美映子も含め、改めて全員が自分の腕時計を見た。その動きが同時だったので、思わず四人は互いに顔を見合わせ、小さな笑い声をこぼした。つれて、それまでピーンと張り詰めていた応接室の空気が急に軟化した。

「じゃ、このへんでよろしいですか」

と美映子が立ち上がりかけると、藤森が慌てて、

「長時間、申し訳ありませんでした。お宅までお送りいたします」

「いいえ。今日は、父と一緒に食事をするんです。久しぶりにショッピングもありますしね。お気遣い、ありがとうございます。この時間ですので、ちょっと父に電話を……失礼します」

バッグから白い携帯電話を出すや、短縮ボタンを操作し、すぐに美映子は話し始めた。

三人の刑事は、静かに席から立ち上がり、並んで部屋の出口に向かった。

「ああ、お父さん、ごめんね。少し遅くなるわ……ええ、じゃあ、いつものお寿司屋さんにしましょう。……うんうん、じゃあ二十分後に……」

部屋の出口の横で整列している三人の刑事は、彼女の電話の内容に黙って聴き耳を立てている。そのことを承知の上で美映子は、わざと電話してみせたのである。

電話を切ってバッグに携帯をしまい、立ち上がって出口に向かうと、藤森が、

「長時間ありがとうございました。これをご縁に、他の事件などについても、いろいろ教えてください」

美映子は笑みを浮かべて、三人に軽く会釈した。

廊下に出て、藤森を先頭に三人の刑事たちは、藤森の横を歩く彼女と所轄の玄関まで同行し、深々と頭

を下げて彼女を見送った。

ひとり自室へ戻った藤森警視は、今度はソファーにゆったりと腰を落ち着け、静かに目を閉じた。

入手した水野美映子の戸籍謄本には、妹の美樹が一九八〇年三月二十日出生と記されている。そして亡くなったのが、二〇〇〇年三月二十日。ちょうど二十歳の誕生日だ。

死因については、当然だが、なにも記載されていない。ジドリでウラ取りもした。三月二十日の誕生日に死亡したことは明らかだったが、死因は判明しなかった。

さらにちょうど一ヵ月後、今度は娘を追うようにして母親も死亡した。四月二十日である。

裁判のため検事に提出した、水野家のホームドクターが調べてまとめた所見の書類を、念のため資料室のロッカーを見て探したが、見当たらない。藤森警視の予想通りだった。

水野美樹が申告を取り下げた時点で、谷川百合江は、提出していた診察・検証資料や写真等を検察側に返還請求した。だから、妹の事件に関する資料はすべて、警察にも検察庁にも残っていなかったのである。

のちに谷川ドクターに面会を申し出て、藤森は水野家の妹と母親の死亡の件について、任意で聴取したが、彼女から返ってきた答えは、端的なものだった。

「患者さんの全てを守るために、医師には守秘義務があります。公務員である警察官にもありますよね。それと同じです……」

美映子によれば、妹も法曹界を夢みて猛勉強したという。その夢は、無惨にも砕かれたのだ。

妹の死は、残された家族全員の人生を踏み潰し、打ち砕き、絶望の淵に追いやった。その無念さと苦しさ、犯人に寄せる憎しみは察してあまりある。

その地獄のような苦しみに追い打ちをかけるようにして、美樹の亡くなったわずか一ヵ月後、今度は母親が五十歳を前にした若さで急死した。美映子と父親のかなしみを想像すると、藤森には言葉が見つからなかった。


閉じていた藤森の目が開かれ、壁の一点を見据えた。

家族は必死で美樹に寄り添い、谷川ドクターも懸命に彼女の心の傷の治療に専念したことだろう。

しかし、その彼らの努力と願いは届かず、やがて美樹は自殺を選択したのではないのか。

そして母親は、愛する娘を救えなかった自責の念にさいなまれ、美樹のあとを追った……。

この仮説が当たっているとしたら、どういうことを意味するのか……。

妹のそばに寄り添っていても、彼女の心の傷は快方に向かうどころか、壊れてゆく。

日々、別人のようにどんどん壊れてゆく。

そして、姉や両親の願いも空しく、とうとう美樹は自分の二十歳の誕生日に自殺した。さらには、母親までもが、あとを追った……。

あまりに辛く酷すぎる話だが、今度は残された遺族が犯人に向ける思いはどうだろうか。その怒りと憎しみが、単純で簡単なものではないことだけはきわめて確実だろう。

「おれの勘が的《まと》外れでないとすれば……」

藤森は声に出していい、カップの底にわずかに残っていた冷えたコーヒーを飲み干していた。

藤森警視は、クールな美貌の美映子の心の奥に、炎のような烈しい情念が横たわっているのを覗いた気がしていた。

いや、姉の美映子だけではない。娘に続いて最愛の妻まで失った美映子の父親も同じに違いあるまい……。

第12章　卑しい者たち

部員の多くが取材やインタビューその他で出かけ、ガランとしている『ＹＵＵＫＡ78』編集室内。

美映子がパソコンに向かって原稿をチェックしていた週末の夕刻どき、山のように積まれた資料の中から、小さな音で携帯電話が鳴った。その音に誘導され、資料の山の中から自分の携帯をようやく発見した。

電話に出ると、思いもよらぬ大阪の中澤警視からだった。

「大阪の中澤です。仕事中、すいません。先だってはありがとうございました。いま、少しええですか」

中澤とすぐにわかる、気合の入った関西弁である。

「どうぞ。いつぞや送っていただいたニュース番組のＤＶＤ、ありがとうございました」

「いえ。それより、関西の豊中の話をしましたね。

あヤツを、うちの所轄内で、わいせつ行為の現行犯でパクッたんですわ。あれはやっぱり、手口がそちらの事件とソックリな事案でした」

「まあ、そうでしたか」

「ほんまです。取り調べの段階で指紋も採って、あのワルガキが高見修、二十九歳やとはっきり人定できたんです。おまけに本人の口から、自分は被害者やゆうて豊中の事案も明らかになりました」

「だったら、お聞きしたいですね、詳しく」

チェックしていた別の原稿用紙の上に大きなメモ用紙を乗せ、ボールペンを片手に持って美映子がいった。

「はい。ヤツは深夜、会社の飲み会から帰宅途中、いきなり後ろからスタンガンで、何度も何度も首や背中などを撃たれて記憶を失った。

少し意識が戻ったとき、目と口に荷造り用の粘着テープをグルグル巻きにされていた。どこに連れて行かれたのか、何時間くらい経ったのか、ぜんぜんわからなかったといってます」

「なるほどですね……」

「前にお話した、若い女性を誘拐し、長期間監禁して、集団レイプした事件、高見修は、連中のワルのひとりです。その被害者女性は、一ヵ月以上も監禁されて部屋で殺されました」

「豊中での事案で被害者とされた男は、相当にひどい傷を負っているのですか。あるいは、犯人の数とかは……」

乾いた口調で美映子が尋ねると、中澤は勢いが止まらない感じでまくし立てた。

「やはりボイスチェンジャーを使っていたので声がわからない。犯人は複数だったと思う、とは言うとりました。

十年ほど前に、高見はそんなワルやって、自分だけ逃げた。誘拐され監禁されて、日夜、集団でなぶりものにされた被害者女性が、始めの頃〝逃がして、逃がして〟と、見張り番をしていた高見のヤツに必死に訴えていました。

ところが、彼女はもう途中からあきらめきったのか、絶望した口調で〝殺して、殺して！〟と、虫の息で哀願した……と本人がワシとこの調べで白状していますわ」

「むごい……むごすぎるわ」

思わず美映子は高い声をあげた。

「彼女の様子を見ていて、ヤツ自身、こらあ死ぬかもしれんと感じたそうです。が、最後までいたら自分もヤバイと思って、自分が見張り番の日に自分ひとりだけ逃げたんですね、高見のバカヤローは」

「高見を襲ったのは、Ａ大学集団レイプ事件のバズーカを襲った者たちと同一犯か、それとも模倣犯たちなのかしら……」

美映子はつぶやくようにいった。

「どっちかやと思います。やはり、ヤツも女性が強姦されるときに浴びせられるのと同じような、下劣な言葉で卑しめられた。スタンガン、睡眠薬、放尿……バズーカのときとソックリ同じ手口ですわ。調べで、高見が自分からゆうてますねん」

中澤が美映子に送ってくれたＤＶＤは、某テレビ局がドキュメンタリー番組として報道したものである。その映像の中に、こんなシーンがあった。インタビュアーが、主犯格の親に、

「（被害者の遺族に）謝罪とか、償いの気持ちはありますか」

と問いかけると、

「（被害者の遺族の）住所が、引っ越しちゃってわからない。だから何もできないんです」

と、犯人の両親は、揃って同じセリフを吐いている。

主犯格の容疑者は、自分が住む実家の二階の部屋に被害者の若い彼女を誘拐し、連れ込んだ。そして、鬼畜たちは、一ヵ月以上もの長期間にわたって監禁し、連日集団レイプし続けたのである。

その被害者にとっての拷問のような日々が、同じ建物のすぐ真下で暮らしていながら、まったく気づかなかった——と裁判で犯人の両親はぬけぬけと証言している。

ひとつ屋根の同じ建物のすぐ真上で、何十人ものケダモノたちが、一ヵ月以上も入れ替わり立ち替わりやって来て、地獄絵図を繰り広げていた。にもかかわらず、そのことをまったく知らなかった。と、母親が裁判で証言していた。その証言の事実は、ハッキリと裁判記録に残っている。

この、ひとカケラの説得力もない母親の証言を、被害者の遺族はどんな思いで受け止めればよいのか。

残忍な仕打ちに狂喜する者と、それをすぐそば（階下）でただ黙って傍観している者。拷問の果て殺人に及び、遺体を遺棄するに至った殺人鬼と、それを最後までごく近くでただ黙視し続けた者——。

その両者の罪の深さに、どんな差違があるというのか。

死体発見後の解剖結果で判明したのは、被害者女性の胃袋に固形物らしきものは皆無で、残っていたものはアンパンのごく小さなカケラのみだったということである。

その事実を裁判で明らかにした検事が、主犯格の男の母親に法廷で問うと、彼女は、

「ごめんなさい、のひと言です」

と、なんら情感のない声で、ごくさらりと述べただけだった。

美映子は、このとき取材で傍聴していたのである。

傍聴席には、証言台の母親を、まばたきもせずに凝視している被害者の遺族たちが、いまにも彼女に飛びかからんばかりに肩を怒りでぶるぶる震わせていた。その遺族らの後ろ姿を、傍聴席の一番後ろの席から、美映子は自分の背中を見ている気持ちで見つめていたのだった。

そのあまりに軽く、卑怯で薄汚くて卑しい、鬼畜の母親の言葉を法廷で耳にしたとき、美映子は全身がまるで凍《い》てつくように感じたのをいまも思い出す。

「友人が広島の県警にもおりまんねん。ワシからも彼に話しておいたもんで、『ＹＵＵＫＡ78』のあなたの記事も友人は読んでいたんです。

そいつが、さっきワシに電話くれまして、いきなり、同じ事案や、と切り出したんですわ」

中澤が、少し上ずった声を電話の向こうでこぼした。

「は？　と、いいますと」

「広島駅前に大きな通りがありまして、二葉通りという市道なんですが、そこに早朝まだ暗い時刻、両手足を縛られた丸裸の男が突っ転がされていました。ほとんど意識がなかったそうです」

「え。今度は、広島ですか……」

抑えた声で美映子がいった。

「今度のケースは、ワシもびっくりしたんですが、肛門ではなく、実になんとも、〝口〟ですわ。口から、錆びた鉄の棒を、腸に達するあたりまでぶち込まれていたそうなんです。実に、なんとも、壮絶ですわ」

「うーん、どうやら、まだ公然化していませんが、どうも全国的に、似たような事件が起きてきているような感じですね……」

美映子の指摘に、中澤は電話口で息を荒げて、

「ほんまにその通りの気がしてます。被害者の多くは、ただ恥ずかしいから届け出ていない、届け出られない。そんな感じとちゃいますかね。高見のヤツがいい例で、恥ずかしゅうて申し出られんかった——と、しきりに言うとりましたから。

ワシにいわせれば、この外道がなにを言いやがる、ちゃんちゃらおかしいわい、と……」

美映子が黙って小さく頷いたとき、

「さっきフッと思ったんですけどね。水野さん、これら一連の事件は、どうも犯人か、犯人グループが、性犯罪者の外道どもに向け、強いメッセージを込めているんとちゃいますかね」

「なるほど。その見方は当然ありえますね……」

「それは、告訴も告発も免れ、裁判にもかけられず、従って、なんら罪にも罰も問われずに逃げ切ったワルガキどもも含めてです。いつか必ず、地の果てまで追い詰めて見つけ出し、被害者と同じ目に遭わせてやる……とね。ちゃいまっか。

いや、もちろん、犯人が同一犯か模倣犯か、単独犯か、それとも複数犯なのか……それはまだ、いまのところハッキリしてはいませんけどね」

美映子は、中澤の話を聴きながら、沈黙を余儀なくされている夥《おびただ》しい被害女性たちのことを考えてい

た。

「外道どもに向かって、被害女性たちの仇討ちならぬ〝遺恨〟を晴らす、文字通り身をもって痛みを徹底的に知らしめてやる、味わわせてやる……とね」

「いや、本当はそうなのかもしれません……」

と応じたとき、中澤のすぐ近くから部下とおぼしき若い男の声が聴こえた。おそらく、品川のホテルで会った部下の川上刑事だろう。

「あっと、それから水野さん、たったいま広島の被害男の……おい、トシ、早よ、メモ寄こせ」

部下が持ってきた広島の件のメモをせかしている中澤の顔が、彼女の目に浮かんだ。

「えらいすんまへん。広島の被害男ですが、病院で手術して、まだ意識不明のままですね。ただ、指紋で身元が判明しました。うーんと……名前は畑安人。現在三十二歳で、無職です。彼は十年以上前になりますが、A大学のキャッチ・フリーズ設立時からのメンバーで、リーダー格のひとりでした。この事案で被害者が犯人の男たちを人定でき、立件できたのが、たった四人だけ。その中の二人は、弁護団が未成年だと主張したが、三年の懲役を二人とも言い渡された。ところが、執行猶予がつき、社会に放たれました。バズーカも逃げ切っていますね」

「そうです」

「あとの二人は、下級審で十年の実刑を言い渡されました。このとき、ブルジョアの親も、それ以上は弁護士にカネを出すのをやめたんでしょうな、大人しく二人とも下獄し、塀の中に入りました。

こいつら、刑務所で模範囚だったと情状も付き、仮出獄をもらった結果、刑期から勾留期間を引かれて、ムショ暮らしは正味七年と六ヵ月です。そして……ほおっ、本年六月二十日の水曜日の朝、畑安人のヤツ、身元引受人である弁護人が横浜刑務所へ迎えに行き……出所したばかりなんですなあ」

「そうでしたか、もう出所していたんですねえ……」

美映子が尾を引くような声でいったが、中澤は気にしない様子で、

「どうやら、犯行に使われた凶器も、バズーカがやられた錆びた鉄棒と同じ種類の鉄筋で、太さも同様、直径三センチはある……。

おっとっと、長い電話でえらい申し訳ありまへん。水野さんの会社の名刺のアドレスに、詳細はメールで送ります。まだ、いらっしゃる?……おられるんですね。ほな、すぐそちらへ流します。えらい長電話ですんまへんでした」

「いえ、こちらこそ、わざわざありがとうござ……」

「あっと、すんまへん。水野さん、突然ですが、ひと言だけ、余計なことを付け加えさせてください。人生、生きててナンボです。生きててこその人生です。ワシも、妻を亡くしたときはつぶれそうでした。でも妻のためにも、ワシ、いまを踏んばって生きてますねん。ですから水野さん、苦しいでしょうが、お父さんのためにも、ね、どうか……どうか、ホンマに頼んますわ。余計なことといって、すんまへん。ほな、失礼します」

美映子は一瞬、言葉に窮した。

中澤警視が彼女の返事をわざと聞かずに電話を切る音を確認してから、美映子は携帯を静かに閉じた。

何を感じているのか、感じたのか……どうであれ、中澤の細やかな心遣いに、美映子は久しく忘れてい

たあたたかい心持ちが、胸にじわじわと込み上げてくるのを感じた。

残忍な犯罪を犯した犯人が、わずか八年足らずでシャバに放たれ、自由の身になっている。それどころか、許しがたい性犯罪に加わりながら、鬼畜たちの多くがまんまと逃げ切って、中には平和な家庭を築いている者も少なくない。

あまりに不公平に過ぎないか。

法の下の平等とは、こんな不条理をも認めるのか……。

いくら法が改正されても、新しい法律ができたとしても、犯罪はなくならない。

被害者に残す大きく深い傷はある意味、死を超える深刻なものである。という、その現実を、性犯罪行為者がどれだけ理解することができるのか――ということが大きな問題なのであって、単なる刑罰主義に走っていたのでは、なんら昔と変わらない。

そして、性犯罪と覚せい剤など薬物中毒犯罪は、多くが必ず再犯する。そのことは多数の犯罪心理学者や研究者が、犯罪者たちとの面談やデータを重ねて導き出した事実である。

性犯罪によって被害者がどれほど深刻に傷つき、いかに甚大な人格障害に至るか。そのような被害者側から見た性犯罪の重要なテーマや教育に、刑法学者も法務省もまるで取り組んでいない。

二、三の施設を除いて日本の収容施設では、現在、刑務所に収容された性犯罪者に対するケアやカウンセリングは、なきに等しいのが現実なのである。

精神的心理的カウンセリングは、再犯を少しでも防ぐために、きわめて重要なケアなのであるが、わが国では、なんの手当てもなされていないといえよう。

さらに、日本の刑法は、〝罪と罰の法律〟だといわれる。つまり犯罪を犯した者に対し、ただ法律で定《き》められた罰則を与えるだけであり、その罰（お仕置き）を受けさせたら、ハイ、終わり。刑期さえ終えれば、もうあとは無罪放免、というわけで、深刻な再犯問題など、その後のことまで法は関与《タッチ》しないという寸法である。

年々増え続けてギブアップ寸前の日本の医療費や社会保障費増大の解決のためには、要するに、病気にならない（予防医学）、事故に遭わ（せ）ないことが一番の早道で安上がりだ、とようやく厚労省が気づいた。このことと同じように、どうして法務省は、再犯率が最も高い性犯罪者や薬物中毒者の再犯予防に本腰を入れて取り組まないのか。

刑務所がいつも「満員御礼」なのは、実に恥ずべき日本の現実なのであり、きわめて根本的な課題が目の前に突きつけられているということなのである。

もっとも、それ以前に、懲役で労役に服しても、入所初期は日給が十円とか、多くて百円！　これでは、出所して帰るための片道切符の交通費でほとんど消えてしまう。

刑務所で数年間働いて出所しても、一ヵ月どころか、一週間も暮らせない。仮出所してすぐ塀の中に舞い戻るのは、生活費を少しでも浮かせようと、多くの出所者がアンパン一個、握りメシひとつ万引きしたがため。

だから一週間もしないでシャバから刑務所へと、もうUターン……。そんな例は、ウソではなくザラだ。

では、懲役囚が働いた金は？　搾取されたカネはどこへ流れるのか？

その巨額のマネーは、国庫の財源として納められ、それが法務官僚の天下り組織へ多く流れている、というのがひとつの有力な見方である。この巨大な〝闇〟は、いつか白日のもとに晒《さら》されるべきである。

再犯問題の解決にとって、この巨大な国家的不正は、目をつむっていいはずのない、重大なテーマでもあるだろう。

そして被害者たちがどれほど深刻な障害を受けているか。その辛い記憶や後遺症は、何年、何十年経とうとも、いや、一生涯にわたって、地の果てまで忘れることも、癒《い》えることもありえない。

その被害女性の苦しみについて、性犯罪者たちにレクチャーすること、また彼ら自身のカウンセリングやアフターケアも欠かせない。

性犯罪被害者の多くは、フラッシュバックに狂おしく身悶えし、精神安定剤や睡眠薬なしには眠れない。また、外出拒否障害以外にも、次のような独特の症状に見舞われる。

○「離人症」＝犠牲者は自分ではない、別の人が受けただけなんだと感じる。

○「解離性同一性障害」＝多重人格。

○「解離性健忘」＝記憶を失う。現実に起きたことを忘れ去り、別のことを空想していく状態。

――いずれも筆舌に尽くしがたい恐怖や不安、絶望、痛み、自己嫌悪、自己否定等、地獄の苦しみからくるものである。

性犯罪は、「病気」でもある。病気なら、治療しなければならない。ところが、「罰する」ことが主眼の日本の法律（刑法）は、そこまで進んでいないのが実情である。

幼女に対する性犯罪を繰り返し、幼女殺人まで犯した被告が、最終弁論のとき、裁判官に述べた言葉は、

「私を外に出さないでください。死刑にしてください。そうでないと、またやります。自分では止めようがないんです」

そう、涙を浮かべて訴えた。

事実、彼が複数の性犯罪を犯した相手（被害者）は、無抵抗な幼女ばかり。過去にも彼は、幼児性犯罪を何件も繰り返していた。

その強烈な興奮と快感が、彼には肌身にしみて忘れようがなく、もう自分の力ではどうにも自制しようがない、と泣いて本人は訴えたのである。

彼の犯した犯罪の酷《むご》さに、判決は、「死刑」を確定した。


中澤警視が電話で語っていた畑安人は、本年六月二十日水曜日の朝に出所した。とすれば、六月二十二日金曜日まで、どこにいたのだろうか。

身元引受人がいなければ、仮出獄は不可能である。彼の家人は、身元引受人にはなっていない。裁判の折に私選として弁護人になっていたM弁護士が、畑の身元引受人である。

弁護士費用や生活費など必要な資金は、おそらく畑安人の家人から出ていたのだろう。

水野美映子は、A大集団レイプ事件の公判をすべて傍聴した。

中澤と話しているとき、美映子は法廷での矢島敬介と畑安人のそれぞれ二人の発言や姿を思い出した……。

被告人最終弁論のとき、矢島はこう述べた。

「エクスタシーと睡眠薬、おまけに高級なブランデーまで飲ませてやった。それから、おれの立派なアレを吸わせてやろうと女の口元に突き出したら、あいつってば、顔を背《そむ》けやがったんだ。それで、おれ、ついカーッと頭に血が昇っちまって、女の口を殴っちゃったんだよ。そうよ、証拠品に出てるメリケンサックで力いっぱい殴っちまったんだ。そしたら、前歯が吹っ飛んだみたいで、グギッって鈍い音がしたもんね。でもさ、おれだってひでえ目に遭ったのさ。女がすげえ血を吐いて、オレの顔だって血だらけにされたんだもんね」

ニヤニヤ笑いながら証言する矢島に対し、さすがに裁判官もたまりかねて、

「被告人、真面目に話しなさい。不謹慎ですよ！」

と、声を荒げる場面もあった。

共犯の畑の法廷では、

「きみは、人としてあるまじき卑劣な行為を働いた、という自覚がありますか」

との裁判長の尋問に対し、被告人の彼はなんら臆することなく、こう証言してみせた。

「レイプしてるときって、女が泣きわめいたり、抵抗しまくればするほど、逆に女を征服しているっつう感覚が、なんともいえないし、ああ、オレ生きてるなあっていう力強さも湧いてくる。ぶっちゃけて言うけどさ、その瞬間が最高……。でもさあ、女にクスリや酒を使うのは、オレ的には反対だったんだ。けどさあ、まあ仲間同士だからね。多数決ってゆうか、民主主義ってゆうか、てへへ……で、決まっちゃった

わけです」

矢島と畑の二人には、なんの反省の言葉もなかった。

美映子がある種の強い覚悟を心に秘めたのは、ひと欠片の自責の念も悔悟の気持ちもない、彼らの法廷での卑しく、腐れきった姿を、自分のこの目と耳でハッキリと確認したそのときだった。

裁判は公開が原則だが、事件によっては非公開のものもある。

とりわけ本件のような場合、法廷で被害女性たちに証言させることは、セカンド・レイプに当たるともいえよう。

そこで、被害女性たちの精神的な問題とプライバシーを守ること、とりわけ被害者の苦痛を和らげるために、加害者との同席は避けさせる。

しかし、一方で、そのことが問題視もされている。

刑事訴訟法には、「伝聞証拠禁止」の原則というものがある。被告人（加害者）の「防御権」を守るためには、調書に書かれていることだけでなく、弁護人質問に被害者が答えなければならない——という論理が被害女性の前に立ちはだかる。

そこで考えついたのが〝衝立《ついたて》〟で、パネルを立て、被害者を守るという方法だった。

さらに、やがて「ビデオリンク方式」が考え出された。

それは、被害者の苦しみを少しでも和らげるべく、裁判長の指揮の下で、同一構内の別室にビデオモニター、証人用モニター、資料提出用モニターの三つの装置を置く。つまり、別室で被害女性に証言をしてもらうというスタイルのものである。

裁判長と検察官と弁護人の、三者の前に置かれた映像と音声の送受信により、双方向で質疑応答する方式なのである。

これは刑事訴訟法の第一五七条の四で規定されている（二〇〇一年から導入）。従って、弁護人からだけでなく、検察官や裁判官からも質問を受け、答えられることは答える形だ。だから伝聞証拠ではなく、本人がその場で証言したのと同じ証拠価値を持つ。

この「ビデオリンク方式」は、判例を見ると、A大事件発生により導入されるようになったことが明らかである。法律を変えさせるほどの衝撃を、この卑劣きわまりない事件が世の中に与えたといえるだろう。

終章　けものみち

犯人の手がかりとなる唯一の証拠品は、病院から押収した。バズーカの身体に残されていた、八等分に切り分けられた鉄筋である。

コンクリート建築の柱の芯に入れて使う鉄棒を、岡崎巡査部長はみずからビニールの袋に入れて持ち、工事関係者や建築専門家たちのあいだを訊いて回った。

返ってきた答えは、以下のようなものだった。

「近頃は日曜大工ブームで、ホームセンターでも鉄筋を売っており、ブロック塀なども家族で造ったりします。その際、地震対策用に鉄筋を中に入れなければならないことになりました。鉄筋の長さも太さもいろいろで、客の希望に沿って、寸法をそれぞれカットしてくれる店もあります」

いささか熱を帯びた岡崎のジドリの報告を、藤森警視は吉報と受け止め、

「ご苦労さん。報告書にまとめておいてくれ」

とメモを取ってから、自分の広いデスクの上の書類に目を落とした。そのとき、藤森のデスクの上の電

話が鳴った。

反射的に受話器を取ると、群馬県警の西安中署からだった。

「初めまして。はい、警視の藤森です。……ええ、そうです、その事案の班長です。……なるほど。……ええ、わかりました。こちらから、例の鉄筋の写真をメールで送りましょう。……はい、お待ちしています。では、よろしく」

バズーカの事件に関連した事件の問い合わせか、と周りにいた刑事たちの視線がいっせいに藤森に注がれた。

受話器を切ると、藤森は岡崎に向き直り、

「群馬県警に、西安中署というのがある。その管轄内で、コロシだよ」

刑事たちの顔に緊張と昂揚の色がサッと広がった。

「旧中仙道から脇道に入ると、途中まで一キロくらいは普通車でも行けるらしい。そこから先は車が入れない。車を降り、歩いて山道に入るとすぐのところで、全裸の男の死体が発見された。ただし、ホトケさんの持ち物や遺留品はなし」

「コロシ、ですか。でも、どうして群馬県警からうちへ？」

と、岡崎がいぶかしげな顔でいった。

「例の鉄筋だよ。バズーカの遺留品のね。それと同じ物を、西安中署の管内で死んでいた男は、よりによって口にぶち込まれていたんだそうだ……。詳細は、パソコンのメールで送ってもらうように頼んでおいた」

そばにいた香山巡査長は、藤森の言葉を耳にしたとたん、急いで自分のデスクに戻り、パソコンのフタを開けて地方紙を検索しはじめた。と、すぐに顔色を変えて、

「あ、お。藤森班長、こんな事件が広島でも起きています」

周囲がざわついてきたのも気にせず、香山は広島県の地方紙の記事をパソコンからプリントアウトし、藤森に持ってきた。

地方紙で取り上げられたとしても、その事件がそのまま全国紙に載るとは限らない。

藤森は、さっき入電された群馬県警からの事件と、広島の地方紙の記事を読み比べながら、類似の事件が次第に拡大するのか、それとも単に隠れていた事件が明るみに出てきただけなのか……と考え始めた。

群馬の事件は、鉄筋が被害者《ガイシャ》の口から腸にまで突き刺さっていた。しかも、わざと素っ裸の遺体が、人目に触れる場所に遺棄されている。ガイシャの陰毛がすべて剃られている点等も共通だった。

いや、両者ではなく三人、つまり三者である。香山がネットで検索して見つけた広島の猟奇事件も、犯行手口がほとんど三者全員に共通している。

香山が入手した資料から、なにやら、もつれた糸が一気に解《ほど》けはじめていることを藤森は強く感じていた。

凶悪連続殺人事件が起きても、それが全国ネットのマスコミで取り上げられない限り、すぐ隣県で起きた事件でさえ、その情報が警察組織全体で共有されず、また仮に知り得ても、愚かなことだが、縄張り意識が働いて一方が蚊帳《かや》の外に放り置かれる。

アメリカ的ＦＢＩ方式のない日本の警察機構の、それが端的な限界であり、大きな弱点ともいえよう。これが日本のタテ割り行政組織の、負の特質である。ストーカー事案などは、その典型だ。

いずれにせよ道一本、川ひとつ隔てただけで、「管轄外」だとして他の所轄は手出しはできないし、しない。

電話があった二日後の六月三十日、群馬県警西安中署の篠川警部から、以下のような事件の詳細レポートがメールで届いた。

〈発見者は、観光客の初老夫妻＝ハイカーです。発見されたのは、六月二十八日木曜日の昼十二時少し前。死因は、いまのところまったく不明で、解剖結果待ちです〉

知っている人もいようが、監察医制度があるところは、全国で東京二十三区と横浜市、名古屋市、大阪市、神戸市だけである。

仮に同制度のない所轄で遺体の解剖を申し出ても、多くは予算がらみで上の人間が許可をくれない。しかも、年間約十五万体ともいわれる不審死のうち、解剖に回されるのは約五千体にすぎない。

西安中署の所轄は、監察医制度がない地域だ。もし解剖できたら簡単にわかることさえ、それもかなわない。いまは解剖待ちの遺体がいっぱいだ、と県内の医大でも断られたという。

篠川警部の報告書は、以下のように続いた。

〈まず、予算を上司に頼んで組んでもらい、それから解剖の順番待ちの状態です。そこで、いま監察医制度のある他市の大学にも申し込んで手続きしています。

　現場は夏でもひんやりしていて、霧も深い場所です。夜は、雨も湿気も多く、死後硬直が解ける時間の推定は非常に難しい、とは臨場の鑑識の話です。それで、推定死亡日時も、まだはっきりとはしておりません。

　鑑識が観《み》たところでは、拷問に近い相当な暴行を受けています。鎖骨が折れ、股関節は脱臼し、両手首も鋭利な刃物で斬られた跡が明らかで、皮一枚でくっついているありさまでした……〉

相当な怒りや憎しみが、そこにリアルに示されているといえる。

〈顔面も、原型をとどめておりません。スタンガンと思われる火傷《やけど》痕以外に、全身にわたって煙草の火傷があるのも目視できます。

　目隠しのためか（?）、目と口ばかりか、鼻以外、顔全体にかけて粘着テープが何重にもきつく巻かれていた痕跡も見られます。

　犯人（たち）の遺留品やタイヤ痕、ゲソコン（下足《げそく》＝足跡）などは採《と》れず、雨で流された可能性が充分考えられます〉

バズーカの事件に関心を持ったのか、藤森たちの仕事に共感したのか、いずれにしても篠川警部の長文のメールは、驚くほど事件の詳細を伝えてきてくれた。

司法解剖で、消化器官に残る食品など遺留物から、死因や死亡日時の割り出しはできるだろう。ただ、解剖待ちなので、いつになるかは不明だ。

鉄筋を肛門に突っ込まれたバズーカの事案を思い出し、歯型と指紋でガイシャの身元が判明したことから、本件と関係があるのではないか、と篠川警部は考えたという。

〈こっちのホトケさんもバズーカと同じA大集団レイプ事件のリーダー格で、十年の有期刑を言い渡された矢島敬介です。

当時、二十二歳で、同大学を卒業したあとは無職。有名総合商社に勤める父を持つエリート家庭の息子でした。

本年二〇〇七年の六月二十五日の月曜日の朝、前橋中央刑務所を出所しています。仮出獄ですから身元引受人が必要で、家族ではなく、事件当時のT弁護士が身元引受人となっています。

矢島は、刑務所では〝模範囚〟だったそうですが、いうまでもなく悪党に限って、一刻でも早く出所したさに模範囚を演じるものです。

矢島は、出所した六月二十五日の月曜日当日に殺害された感じではありません。遺棄現場がわりと目立つ場所であることから、遺棄の前に、人目につかないところで烈しい拷問を受けたと思われます。ともあれ、私らの推定では、出所して即《そく》拉致され殺された、と考えています〉

犯人は、ヤツの出所を知っていた。少なくとも知りうる立場にあった人間。ということになる……と藤森は心の中でつぶやいた。

〈ガイシャの弁護士に自分も会いました。彼の話によると、六月二十五日月曜日の朝九時前には矢島を前橋中央刑務所へ車で迎えに行き、出所時の手続きも全てしてやったそうです〉

仮出獄の場合、出所者は最初に保護観察所へ行き、観察官に面会して、仮出獄中の心得などを教えられる。

小さな手帳に、出所者との面会日を同観察官が書き込み、印鑑を押す。このことを出所者は一ヵ月に一度、刑期終了まで繰り返す。

この手続きについても、弁護士は矢島敬介に細かく話してやったという。長期の旅行などは当然、担当観察官に届け出なければならないことも弁護士が矢島に話している。

〈出所のあと、矢島の希望で、昼食は寿司を二人で食べたそうです。

彼が新宿に出たいというので、弁護士がＪＲ新宿駅まで送り、矢島の親から預かった茶封筒入りの現金を渡しています。金額ははっきりしませんが、厚みから推察するに、五十万円は超えていたと思う、とは弁護士の話です。別れた時間は、三時頃だったそうです。

矢島は別れ際に同弁護士に、長いこととしてないもんだから、とヘラヘラ笑いながら話しています。弁護士は、懲《こ》りてないなあ、ちょっと危ないなあ……と、彼の背中を見ながら思ったそうですが〉

どう思おうとも、普通の弁護士は、それ以上は関与しない。出所後まもない矢島の生理や心理状態をよく知る本件の犯人、あるいは犯人たちは、矢島がひとりになるチャンスを見逃すハズはないだろう。

そして、チャンスは、ついに訪れた……。

〈最後に、いささか強烈な話なのですが、矢島は自分の性器も切り取られ、鉄の棒と一緒に彼の口の中に突っ込まれていました……。

鑑識も、犯人（ら）のものすごい恨みと怒りと憎しみの感情が、犯行の強烈な手口に投影されている、と犯行の状況を見て感想を述べていました〉

単なるコロシでは気が済まないほど、激烈に憎んでいた……。

藤森は、ふううっと大きな嘆息をこぼした。

〈しかも、ペニスは死後に切り取られたのではなく、生きたまま、つまり生存中に切り取られた、と鑑識は断言しました。

また、観察官の記録に記されている矢島の仮出獄時の身体特徴と体重から比較すると、死体発見時の体重が激減しています。
　従って、両手首からの出血も多かったと思われますが、死因は出血死、わけても性器切断による出血が大きな死因のひとつではないかと推認されます〉
　矢島は、まさに〝生き地獄〟を身をもって体験させられたわけだ。藤森は思わず喉をゴクリ、と鳴らしていた。

〈鑑識の意見では、生きている人間の細胞は、傷つけられると、そこを治癒しようとして、自然に傷口同士がくっつこうとするそうです。彼の傷の具合を見ると、まるでペニスがなかったかのように、傷跡が縮んでいます。だから鑑識班は、生前にやられたと断言しているわけです。

　ところで、鉄筋の棒は広島の事件と同じで、直径約三センチ。長さは、口から入って胃袋を貫通する程度ありました。

　バズーカの事件との共通点である鉄筋は、自分たちがビル工事会社にジドリで聞き回ったところ、やはりビルのコンクリート建築の芯に入れる鉄棒でした。それも、直径三センチともなると、結構大きな建築物に使用するものだということです。

　広島からメールで送ってもらいました鉄筋の写真、そちらにも送ります。

　長いメールで失礼しました。

　追伸　広島のガイシャの男は、手術後、意識不明のまま亡くなったそうです。

篠川警部　記

二〇〇七年六月三十日〉

読み終えると、パソコンを開けたまま、藤森警視は目を閉じ、口の中で小さくつぶやいた。

「ついに、死人が二人も出たか……」

それから、今度は心の中で思った。どんなに辛かったか、苦しかったか、憎かったか……。しかし、しかし、殺人だけはなんとしても避けてほしかった。避けさせたかった。

だが、おれなどの力でやめさせられるような、そんななまやさしい恨み、憎しみの大きさなんかではなかったのだ……。

藤森は、尾を引くような長いため息をついた。

先月の五月二十五日発売号の月刊誌『ＹＵＵＫＡ78』は、待ち望まれた第三弾の記事の末尾に、次のような異色の一文が付け加えられていた。

――鬼畜への制裁――

〈幸福な日々が朝霧の靄《もや》のごとくに消え失せようとも、嚇怒《かくど》の火の玉は煮えたぎるマグマとなって噴き出し、なんの代償も払わず安穏《あんのん》たる人生を手に入れた卑劣漢たちのもとへ向かうだろう。

恥知らずのケダモノども、辱しめられた者の痛みと苦しみと、無念さを、己の身をもって知るがよい。

鬼畜どもがまっとうな罰をわずかでも受ける以外に、遺された者の慰めはないが、それすらかなわぬ結果となった。犯した罪にふさわしい大いなる罰を与えよ。遺恨は、永遠《とわ》に消えぬ。ふさわしい報いが、鬼畜どもに課されなければならない。

――犯人（たち）から、このような烈しいメッセージが発せられているのを、本件を取材してきた本誌記者は強く感じました。犯人あるいは犯人グループに対し、賛否両論あるのは当然として、一点だけ記者が確信することがあります。

それは、犯人（たち）みずからが、大きな大きな重い十字架を背負った、ということです。

犯人（たち）は、その十字架を、一生背負って生きてゆく覚悟を固め、そう、おのれみずからも鬼畜と化して生まれ変わり、生涯を生き続けてゆかなければならない。

毒には毒をもって鬼畜たちを断罪するけものみちを犯人（たち）は選択し、いま歩き始めたに違いない。記者は、そう確信するのです。

編集部〈文責・水野〉（了）〉

この作品はフィクションです。

あとがき

サークル活動と称し有名大学で発生した集団強姦事件が、マスコミに大々的に取り上げられ、世間に衝撃を与えた。

世論の大きな高まりにより、同事件を契機に、二〇〇四年、刑法の一部が次のように「改正」された。

（強制わいせつ）

第百七十六条――十三歳以上の男女に対し、暴行又は脅迫を用いてわいせつな行為をした者は、六月以上「十年」以下の懲役に処する。（これまでは「七年」以下）

（強姦）

第百七十七条――暴行又は脅迫を用いて十三歳以上の女子を姦淫した者は、強姦の罪とし「三年」以上の有期懲役に処する。十三才未満の女子を姦淫したものも同様とする。（これまでは「二年」以上）

（準強制わいせつ及び準強姦）

第一七八条――人の心神喪失若しくは抵抗不能に乗じ、又は心神を喪失させ若しくは抵抗不能にさせてわいせつな行為をした者は、第一七六条の例とする。

2. 女子の心神喪失若しくは抵抗不能に乗じ、又は心神を喪失させ若しくは抵抗不能にさせて姦淫した者は、前条の例による。

（集団強姦等）

第一七八条の二――二人以上の者が現場において、共同して第一七七条又は前条第二項の罪を犯したときは、四年以上の有期懲役に処す。（新設）

二〇一七年の同法「改正」で親告罪はなくなった。

強姦罪という罪名は廃止され、強制性交罪と名称を変えた刑法が同じ役割を引き継いでいく。

（強制性交等）

第百七十七条――十三歳以上の者に対し、暴行又は脅迫を用いて性交、肛門性交又は口腔性交（以下「性交等」という）をした者は、強制性交等の罪とし、五年以上の有期懲役に処する。十三歳未満の者に対し、性交等をした者も、同様とする。

「改正」されて、有期刑がたった一年や二年や三年程度増えたものの、被害者は一生ぬぐうことができない深手を負った、強姦という最も人権に関わる、それはまさに殺人罪にも等しい重い罪状について、法律を作った人々は、基本的にまったく理解していない。

被害者は、どうあっても一生ぬぐうことなどできない深手を負ったのである。

とりわけ性犯罪に関する認識について、日本の刑法は、先進国というには、ほど遠すぎる内容だ、と大いなる怒りとともに断じておこう。

世界標準で見れば、話にならないほど日本は罰が軽い。この事実は、後述するように一目瞭然である。

性犯罪の「改正」だなどと声を大にして叫んだところで、前刑よりもたかが二年か三年増えたにすぎない。

しかも刑務所を矯正施設というが、入所者のどこを、どう「矯正」させているというのか。

現場の次のような実相のひとつを紹介しておこう。

刑務所という「矯正施設」に収容された新人の収容者が、雑居房（五〜六人）の房に入るなり、刑務官の目と耳を盗んで先輩の収容者からまず質問されるのは〝罪状名〟。

このとき、新人はおずおずと性犯罪事案であることを打ち明ける。とたんに、同房の連中は目の色を変えてエキサイトして、

「それで？　それから？　どうしたんや、どうなったんや、早よ、早よう続けんかい！」

と煽り立て、犯行のリアルな再現を迫る。

すると、調子に乗って新入（刑務所では〝しんにゅう〟と呼ぶ）は、彼らの機嫌をとるべくウケようと

して、あるいは本当にウケていると思い込み、自分でも思い出して途中から興奮し、夢中で犯行の詳細を熱心に話す。

そこには、後ろめたさや反省など微塵《みじん》も存在しない。

新人の話を〝オカズ〟に、同房内はその夜、（当然、看守に見つからないようにして）マスターベーションのオンパレードと化す。

愚鈍な新入りは図に乗り、ウケを狙って、中には脚色まじりで話をふくらませるお調子者もいる。そして、その後も新入りが犯行を自慢げに繰り返していると、やがて一週間くらいしたところで部屋長（昔でいうところの〝牢名主〟かな）が、

「おい、ええかげんにせんかい！　調子に乗るんじゃねえゾ。被害者の気持ちを、おんどれは、ちったあわかっとんのかいッ！」

と、喋るだけ喋らせ、吐き出させきってから一喝する。さらに、そのあと、両耳とか脇の下とか、つまり看守に判らない新入りの身体の部位に、強烈なパンチを食らわせるという事例も現実には少なくない。

裁判所では、新入りはしょんぼりと、

「反省しています……」

と、泣きながら肩を落としてみせる。入所時の「しんにゅう」の下劣な熱弁の姿はどこへやら、である。

刑務所施設内での前述したような実態について、皆さんはどのように感じられるだろうか。また、刑法「改正」に深く関わった御仁たちは、こうした現実を果たしてご存じだろうか？

収容者は、たった二年や三年の実刑を裁判所で言い渡され、刑務所ではただ単なる囚人として拘禁される。じっくり内省する機会などは与えられない。

薬物犯罪者、性犯罪者の常習性はとみに話題になるが、なんら必要かつ有効な手当ても、教育もなされちゃいない。単に刑期が無事終わればそれでよし。刑務所が「満員御礼」の日本では、まるでベルトコンベヤー方式で彼らもシャバに送り返されるわけである。

おのれの犯した大罪が、まさしく殺人に等しい深刻な犯罪行為（殺人は一瞬だが、性被害者の苦しみは一生続く）なのであるという重大な事実――。被害者の地獄の苦しみを、日本の「改正」刑法は、一体、どれだけ加害行為者に向かって真剣に突きつけているのだろうか。

問題なのは、単に刑期などではなく、自己が犯してしまった罪の深刻さ、なぜ人殺しにも匹敵する重たい罪を犯してしまったのか――。それらのことについて、何よりも時間をかけて、加害者自身にじっくり思考させ内省させる機会をつくることなのである。

そのためには、カウンセリングの専門家や行動心理学者、脳科学者等々の力を充分に借りること。その点は、制度設計としても必要な手当てである。ただ単に、刑期のみを無難に務めさせて終わり、などではなく、自身が犯してしまった罪について深く本当に掘り下げて考えさせなければなんの意味もありはしない。

すなわち、刑の中身に専門的カウンセリングを付帯し、内心からの深く根本的なる〝治療〟を実行するという考え方こそ、いまの日本の刑法や司法界に一番求められていることではないか。

こうした提言に対し、カネも手間もかかるという反論がすぐに聴こえてくる。が、厚労省が予防医学の観点を重視するようになったのは、ただ財源削減に役立ったからだけではない。大きな視野で考えれば、前述の提言で示したようなまっとうな対応こそ、一見遠回りに見えても結局、問題を根本的に解決するための近道なのである。そのようにして性犯罪の再犯率を低減させれば、長期的に見るとき、カネも手間も大きく省ける合理性があるだろう。

最近、韓国の有力国会議員が、
「歴史の法廷に時効はない」
との名言を公言したのは記憶に新しい。

人の噂も七十五日（二ヵ月半）の精神文化、伝統を広く強力に持つ日本は、大量虐殺のナチス戦犯を「時効」なく永久に追撃し続けているドイツなどとはエライ異なり、何があっても、最高責任者を筆頭に責任を取らない。取りたがらない。

このような土壌が広くはびこるコトなかれ主義大国ニッポンの、性犯罪に対する考え方、わけても罪の大きさに対する罰則の著しい低さにあきれ返るのは、なにも私ひとりではあるまい。
日本は、いまだなお明治、大正時代のカビがはえた性思考から一歩も進歩などしていないのである。

以下、各国の性犯罪に対する刑罰を、資料として付記する。

ドイツでは、二〇一六年七月七日、連邦議会で性犯罪刑法改正が議決される以前、刑法の強姦罪が成立する前提条件として、被害者が身体を張って抵抗したことや、性行為の暴力的な強要、または被害者が抵抗できない状態を悪用した性行為など——が必要条件だった。

しかし、同法の改正により「拒否とわかる意思表示」を無視して性行為に及んだ場合でも強姦罪が成立することになった。

そして、死刑の賛否は別として、イスラム圏や中国、インドなどでは、強姦の最高刑に死刑が適用される。

そうした海外の事情を知るにつけ、日本で強姦や性犯罪に対する罰が、いまなおきわめて軽いところに置かれているという実状は、女性差別がいまも日本では著しく、およそ先進国と呼ぶにはあたいしない、いわば圧倒的な男社会だということを示している。

以下に示すデータは「法務総合研究所研究部報告三八『諸外国における軽犯罪の実状と対策に関する報告』」（二〇〇八年）による。

（1）フランス

・強姦——十五年以下の拘禁刑

・強姦（十五歳未満の児童、身体的・精神的に保護されるべき弱者、複数の者による強姦など刑が加重される場合）——二十年以下の拘禁刑

・強姦致死——三十年以下の拘禁刑

・拷問または残虐な行為を強姦の前、強姦時もしくは強姦終了後に行った場合——無期刑

（2）ドイツ

ドイツの刑法では、性的強要を基本的な罪としているが、十四歳未満との性的行為は、同意の有無に拘《かか》わらず全面的に禁止。

・性的強要の罪——一年以上十五年以下の自由刑

・強姦・共同行為（被害者を著しく辱めたり、複数の者による犯行等）——二年以上十五年以下の自由刑

・危険な行為態様（凶器の使用、暴行や脅迫、被害者に重い健康障害を与えた等）——三年以上十五年以下の自由刑

・とくに危険な行為態様（著しい虐待や死亡の危険がもたらされる等）——五年以上十五年以下の自由刑

・死の結果を伴う性的強要——無期または十年以上の自由刑

・児童（十四歳未満）に対する性的虐待——六ヵ月以上十年以下の自由刑（重い犯情は—一年以上十五年以下の自由刑）

・児童に対するときに危険な（著しい虐待や死の危険を生じさせる）行為態様——五年以上十五年以下の自由刑

・死の結果を伴う児童への性的虐待——無期または十年以上の自由刑

（3）イギリス

イギリスでは、被害者ではなく、被告人が、性的行為の際に同意の有無の立証責任を負う。また十三歳未満への強姦や性的暴力は、同意がなかったことを要件としない。

・十三歳未満の者への強姦——裁量的終身刑

・十三歳未満の者への性的暴行——十四年以下の拘禁刑

（4）アメリカ

アメリカでは、有期刑（十～五十年）を上限とする州も約半数あるが、多くの州で加害者の前科（再犯）等により、これらの法定刑以上に刑を加重できるとしている。

（著者　花柳幻舟）

補記

この作品は、著者・花柳幻舟氏がライフワークのひとつとして、数年がかりで結実させた労作である。著者は以前、相当数の強姦被害女性たちに直接、インタビュー取材を果たしている。彼女たちが重い口を開いて著者に語った痛ましくも貴重な証言集により、被害の実態、被害女性たちの狂おしい苦悩、卑劣漢どもの犯行手口、現在の日本の法律（刑法）が抱える深刻な欠陥や課題などについて著者は認識を深化させた。

放送大学で心理学や人間行動学、女性学やメディア論等を学ぶ中で、学問の楽しさを知った著者は、さらに司法試験にチャレンジしようと思い立ち、同大在学中に、司法試験合格率が全国でもトップクラスの有名法律専門学校にも入学した。そして、一年三百六十五日（盆暮れ正月も、ただの一日の休みもなく）、毎日毎日、睡眠時間を四時間と決めて、一日二十時間の猛勉強を三年間にわたって実行し、初心を見事に貫徹した。

一日二十時間の猛勉強をみずからに課した理由は、

「周囲の受講生……東大や早稲田や慶応や中央大など、現役の大学生に、一日何時間くらい司法試験の勉強をしているのか尋ねてみたら、およそ八時間から十時間。だったら私は、二十時間はやらないと司法試験合格は無理だと思ったの」（著者）

しかも一方で、小学校を2、3学年で中退（幻舟文庫『小学校中退、大学卒業』参照）した著者は、司法試験の猛勉強の傍ら、小中学校の教科書も、同時に独学していた。トイレの壁に算数の9×9や、A（a）B（b）C（c）……XYZのアルファベットの文字を記した一覧表の大きな紙を貼りつけて……。

その徹底的な努力の甲斐あって、最初はチンプンカンプンだった法律が、わずか半年後には、課目によっては専門学校の模擬試験で、一番《トップ》の成績を取るまでになっていた。

ただ、非合法活動を行った著者の経歴は、日本の弁護士法でいう「欠格事由」に該当した。仮に司法試験に合格しても、不条理きわまりないことだが、検察官にも弁護士にも裁判官にもなれないことをやがて知った。

その現実を目の前にして、手に届くところまできていた司法試験合格の夢を断念し、再び放送大学に復学することを決意したのである。

このとき、自分は常に傷つかない〝安全圏〟に身を置く一部の「評論家」諸氏が著者についてアレコレ評したが、著者は苦笑するのみであった。

ところで、著者ほど芸能の淵源《えんげん》から立ち昇る情念を、本業の舞踊ではもちろんのこと、歌謡においても濃密に体現した表現者を、わが国において私は他に知らない。

マイクなしでも、舞台から体育館の一番遠い所まで届くような鍛え抜かれたのびやかな声量、透明感あふれる清潔で美しい声質、芸能の生誕時のカオスを想起させるような哀切と濃い官能の色調を帯びた著者の唄（とくに各地の子守歌集は秀逸）は、込み上げるような胸に迫るなつかしさと狂おしさを感じさせてやまない。

機会があったら、CD『出発《たびだち》――信じて、頼らず――』その他の氏の唄作品に、一度ぜひ接してほしい。心に深く、深く滲《し》み込んでくる氏の透き通った声としなやかな唄いようは、大衆芝居こそ芸能の本流だとの信念に生きた、師でもあるお父上の芸能観の転生に映る。

私が花柳幻舟さんに初めてお会いしたのは一九九三年秋、東京築地にある朝日新聞社本社の会議室だった。

知人の週刊朝日の編集者が書籍部に異動となり、「ケンカの売り方と買い方」というテーマで単行本を出すから、何か面白い企画を出してくれと頼まれ、いずれもケンカの達人たる花柳幻舟さんと立川談志師匠、作家の椎名誠氏の鼎談《ていだん》を提案したところ、スンナリ実現の運びとなった。

幻舟さんに対する初対面での私の第一印象は、確たる思想を持つ人間に特有の歯切れのよい話しぶり、情のこまやかな繊細な人となりだった。

細身のシャープな体軀に鮮やかな白いスーツがよく似合うファッションセンスにも感心した。

このときの三人による鼎談は、『ケンカの売り方、買い方』（朝日新聞社、一九九三年刊）に写真入りで収録されている。

その後、幻舟さんは放送大学に入学し、途中から最難関の司法試験合格を目指して驚異的な勉学に励まれたわけだが、同大学卒業（二〇〇四年）後、氏が「四部作」と称した以下の氏の著作集に、私は企画・構成・編集協力の形で関わった。

『小学校中退、大学卒業』（明石書店、二〇〇四年刊）

『逃げたら　あかん！』（ＫＫロングセラーズ、二〇〇四年刊）

『十四歳の死刑囚』（現代書館、二〇〇五年刊）

『ウソつきは、人間の始まり』（健学社、二〇〇八年刊）

以上の四部作以外に、独創的な放送大学卒業論文「メディアの犯罪、その光と影」は、幻舟文庫から『小学校中退、大学卒業』と題して二〇〇九年十二月に独自に刊行された。〝大学生〟たる幻舟さんの写真を表紙に、前衛舞踏家のあでやかな写真を裏表紙に配したシャレた装丁、そして放送大学副学長も絶讃した卒業論文を文庫化したもの。同作品にも私は編集協力の形でお手伝いさせてもらった。

ついでながら、この場を借りて同文庫（六百円）と前記『ウソつきは、人間の始まり』（千四百円）は、氏が講演用にとストックしていて、それぞれ各数十部ずつ残部があります。ご希望の方には、一冊につき定価分の切手を高橋宛にお送りいただければ、送料は当方負担でお送りします（その際はご希望の書名をご記入ください）。

考えてみると、シャバとの関係をことごとく断《た》って幻舟さんが猛勉強に集中した十年間をはさみ、最初の出会いから三十年近く、放送大学卒業以降でも数えて約十五年間あまり、私は幻舟さんの近くにいた者のひとりになる。

近しくなるにつれ、花柳幻舟さんはよく私（たち）にこんな話をした。

「先進民主主義国のヨーロッパやアメリカなどでは、真の芸術家はきちんと思想を持ち、ときの権力者や大統領をも堂々と批判し、その批判や言動が注目され、ちゃんと報道されて、社会にも影響を与える。

それに比べてわが国は、先進国どころか民主主義国とも言えません。なによりも、まっとうな言論の自由がないのですから」

遺作『けものみち』は、まともな裁きを果たしえぬニッポンの法に対する強烈なアンチテーゼ、愛する者を喪った者の生涯消えぬ哀しみ、苦しみ、情念を烈しく描きながら、涙と笑いもふんだんに配し、人間と社会の悪と不正と、差別と不条理に対して生涯闘い抜いた花柳幻舟の世界を現出させる作品であり、読む者に心に残る多くのメッセージと熱い感動を与えてくれる。

何度か付き人として、公（講）演にご一緒させていただいたが、公（講）演中はいつも会場全体があふれるような涙と笑い、興奮と感動の大変な熱気に包まれる。

それは、本当に美事なもので、私は仕事がらみと趣味で様々な著名人の講演や公演、また各種コンサート等に数多く接してきたが、著者のそれは別格というべき凄い熱狂ぶりだった。

著者が舞台から消えると、客の多くが帰ってしまう。それで、「あの人の次の出番は、たまったものではない」とこぼす文化人や芸能人は少なくなかった。

わけても著者が唄う名曲「名月赤城山」は、他の追随を許さない圧巻の迫力と魅力に満ちていた。この名歌を、氏が特別のおもいを込めて作詞者（故・矢島寵児氏）本人に交渉して許可をえたという、著者作詩のセリフ付きで、熱を込めて唄い始めると……いや、すでに前奏の段階から、男女の区別なく観客の多くが眼を充血させ肩を震わせた。

大親分と子分衆とおぼしきオッサンたち、自治体首長、教育長、町会長等を含む多くの観客が、氏の唄に魅了されつつ途中から、もはや他人の視線など二の次、三の次。感きわまって〝肘〟で涙を拭う者たちの姿は、毎度おなじみの光景だった。

数年前、沖縄を含む九州ブロックの商工会議所女性会が、講演会で誰を呼ぶかアンケートしたところ、断トツの圧倒的人気で著者が同会に招かれた。大分の某ホテルの広い会場で数百名の女性経営者たちを前に講演したときの彼女たちの熱狂ぶりたるや凄まじいものだった。氏は、現代日本では稀有の孤高の芸術家であり、生きた思想家であり、第一級の創作舞踊家だった。観る者、聴く者の魂《たましい》を根底から揺さぶる、まさに本物の傑出した芸能者であった。

のみならず本来なら、世界的な活躍と名声に輝く、まさに戦後の日本が世界に誇りうる大舞踊家、大芸術家たりうる巨大な存在だった。

反家元制度、昭和天皇の戦争責任追求を鮮明に展開していた花柳幻舟氏は、一九八五年五月、自身の事務所を右翼に襲撃された。

この襲撃事件を、イギリスの有名な新聞「ザ・ガーディアン」紙が報じた。この記事で天皇（制）批判を続けている花柳幻舟という、日本では稀有な存在を知ったチャンネル4が、同氏に強い関心を抱き、四人の女性制作スタッフが一九八八年八月初旬に来日して、九月中旬まで一ヵ月あまり彼女を徹底的に長期密着取材した。

その結果、一時間のすぐれたドキュメンタリー番組『EAT THE KIMONO《イート・ザ・キモノ》』（邦題『幻舟』）＝パンドラ配給）を完成させ、同作品が、一九八九年九月、イギリスのテレビ局「チャンネル4」で放送された。

この一般放映に先立ち、同年六月には、世界各国のマスコミ関係者を集めて試写会が行われたのである。

この試写会によって、〝海外〟の世界各国メディアは、後記するような高い評価をこぞって花柳幻舟氏と同作品に与えたのだった。

さらに、イギリスでの放映後、同作品はヨーロッパ各国やオーストラリア等のテレビ局でも放映されることが決定したのみならず。それ以外の世界各国からも、チャンネル4への問い合わせが殺到した。
だが、肝心のわが島国ニッポンのマスコミは、虎の尻尾《しっぽ》を踏んだ氏と同作品を完全に無視、抹殺したのである。

のちに、世界的に知られる「ニヨン国際ドキュメンタリー映画祭」その他の世界各国の名だたる映画祭に続々と同作品が正式出品され、「アセンズ国際映画祭」（アメリカ）では「最優秀ドキュメンタリー賞」を、また「クレテイユ国際女性映画祭」（フランス）では「特別賞」を受賞した。
加えて、この作品を〝海外〟メディアは、以下のように、きわめて高く評価した。
「〝EAT THE KIMONO〟は、『過去と現在』『儀式と本能』『都市の豊かさと田舎の貧しさ』の対照を、素晴らしい技巧と感性をもって表現した魅惑的な作品である」（インデペンデント・メディア（イギリス）＝一九八九年六月号）
「日本は、表向きは民主主義国家ということになっているが、実際には多くの不平等や差別が既存のものとして、暗黒のうちに受け入れられている。幻舟はそれを許さない」（英国ニュースダイジェスト＝一九八九年六月十四日号）
「花柳幻舟は、ありきたりの舞踊家ではない。伝統的原則を固持する日本社会に、アバンギャルドなパフォーマンスと主張をもって衝撃を与えてきた」（第二十一回ニヨン映画祭プログラム）
「これほどにおもしろい人間を扱ったドキュメンタリー（中略）、当の日本からは上映のお呼びはまった

くかからないそうである。なぜでしょうか?」(同ニュースダイジェスト＝一九八九年十月二十九日号)
「彼女は前科者・女性・旅芸人という、日本で差別されるあらゆる要因を持っていながら、われわれに刺激を与えてくれる。花柳幻舟に感謝したい」(ザ・ガーディアン(イギリス)＝一九八九年十月十日号)
「幻舟の英国公演を熱望する」(『Ｒｏｕｇｅ』一九九〇年春号)

等々と絶賛した。

さらにドイツ・ハンブルク市の協力をえて、ドイツ在住の独立プロダクションが、一九八九年七月から長期にわたって同氏を撮影。それが劇場用ドキュメンタリー映画『扇の刃』(邦題)と題して発表され、一九九一年、六十年以上の古い歴史を持つドイツ最古の超名門映画祭のひとつ「ライプツィヒ国際映画祭」(ドイツ)で、「金鳩賞」(最優秀賞)を受賞した。

現在《いま》を生きるひとりの前衛創作舞踊家の姿にスポットを当て、リアルタイムで記録したドキュメンタリー作品が、世界的に名だたる映画祭で最高の評価を得たのである。これは、おそらく日本人として初めての快挙だった。

ところが、こうした海外での熱狂的なフィーバーの事実を把握しながら、日本の大手通信社は、新聞やテレビ局等の各メディアに配信しなかった。ヨーロッパ総局やアメリカ総局等からも、日本の本社に、この世界的な〝大スクープ〟の原稿が続々と送られたはずだが、事実と真実を伝えるべきニッポンの各報道機関は、右記した歴史的快挙をことごとく無視あるいは抹殺したのである。

そのため、当時すでに日刊紙や週刊誌等で仕事をしていたマスコミ人のひとりでもあった私ですら、この国際的ビッグニュースを知らなかった。知らされなかった。現代日本史にとって、また後世の花柳幻舟研究者の研究と心ある人たちの検証のためにも、これらの重大な負の歴史的事実は、ここに記録されておかねばならない。花柳幻舟氏は常々、

「日本には、本当の言論の自由はない。言論の自由が確かに実現したとき、日本は初めて、やっと真の民主主義国家になる」

と私たちに明快に述べていた。

〈肉体は滅びても、魂《たましい》は現世に残る〉

このような言葉を遺した著者・花柳幻舟氏は、エネルギッシュに多くの人々を無償で助け、愚劣な連中の数多《あまた》の裏切りに遭いながら、しかし、この国において、その最も深いところで何ごとかを象徴する歴史的化身となったのだと思う。

ついぞ偉ぶることのなかった花柳幻舟という真の芸術家の大いなる精神と情念は、ある種の人々のあいだで脈々と、確実に引き継がれてゆくだろう。

二〇一九年二月二十八日、代替わりを前にして、花柳幻舟氏は不慮の事故により突如、大好きなお父上のもとへ旅立たれてしまわれた。その際、例のごとくネット上その他で、あれこれ勝手な憶測が飛び交ったが、氏は常に不測の事態を意識して生きておられた。花柳幻舟という人は、その死の何年も何年も前か

ら、毎年末あるいは正月に遺言状を新たにしたためていたのである。不慮の死は、なによりも氏自身が最も無念だったに違いない。

同氏が発行するホームページのトピックス＝第六十九号（二〇一九年一月一日発信）には、舞扇を持つ幻舟氏のごくあでやかな着物姿の写真の横に、次のような短詩が添えられていた。

〈二〇一九年　春遠し
大海に　消えたかとみせかけ
音もなく　浮かび上がる
まぼろしの舟〉

本書出版に際し、ご尽力くださった元毎日新聞社編集者の高橋勉氏に感謝すると共に、出版化を快く引き受けてくれたえにし書房の塚田敬幸社長に敬意を表し、改めて心からお礼を申し上げます。

追記。著者のご遺志に従って、資料集めや関係事項のネット検索その他、裏方の地味な作業を引き受けてくれた伊藤陽一氏（筆名）の名前を、同氏への感謝とともにここに付記しておきます。

二〇二〇年　二月二十八日　一周忌を終えて。姫が好きだった深紅に燃える夕焼けを見ながら。

髙橋　豊（ルポライター）

解説　花柳幻舟の怒り——日本における性犯罪法の無力さ

本書の著者・花柳幻舟氏は、「創作舞踊家」であると同時に、家元制度打倒闘争をはじめとする社会の不公平・差別・封建的因習と鋭く対峙してきた「社会活動家」だ。感情と理論を一致させるためには行動あるのみとばかりに体ひとつで闘い続けてきた人物といえるだろう。

最初に実刑判決を受けたのは一九八〇年、国立劇場の廊下で日本舞踊花柳流家元・花柳寿輔氏（三世）を包丁で切り付けた事件においてであった。著書『オッサン何するねん！　文化人エンマ帖』（データハウス、一九八六年）では、この傷害事件は〈家元の首筋をちょっとなで〉ることが狙いだったと書き、同書の最終章「私の闘い」の中で以下のように述懐している。

> 最初から予定していた、傷は寿輔だけ。できるだけ軽傷、と、考えていた通り、うまいことといった。もちろん、もしも、ということも、私は考えていましたよ。もしも、すなわち、力あまって寿輔に重傷を負わせるとか、さもなければ、ころしてしまうとか、もうひとつは、忠義面したヤツがしゃしゃり出て来て私に向かってきたりしたら、こちらも自分の身を守るため他の人まで傷つけてしまうようなことをやるだろう、そういうことになった

ら、私は自決するつもりでした。もちろん、私が振った包丁くらいで、家元制度はなくなりません。三百年の歴史があるんですから。それくらいのことは充分知っていてやったんです。私は、何もしなければ、世の中、何も変わらない、と思う人間です。

確信犯である。合法の範囲を慎重に、冷静に一歩踏み越えてこその「闘い」だという強い想いが読み取れる。一九九〇年、天皇即位祝賀パレードでの爆竹投擲事件も「誰かが、この国において、アンチの何かをやらなければ」という強い意志の表れであった。この事件は、自粛ムード一色だった多くの日本国民を震撼させた。罰金刑であったが拒否し、翌年九月、二十日間の服役についた。一九九三年、爆竹投擲事件について振り返る著作として『冬の花火』（パンドラ）を刊行。その後、花柳幻舟氏の闘いは、理論武装に移っていく。一九九五年、花柳幻舟氏は放送大学に入学。入学の経緯や刻苦勉励の記録は、『小学校中退、大学卒業』（明石書房、二〇〇四年）に詳しい。

同著の企画・構成を担当したルポライター髙橋豊氏は、本人から聞いた話として、前出の家元襲撃事件の舞台裏をこう明かす。

「幻舟さんは、〝謀《はかりごと》は、密《みつ》をもって尊しとすべし〟の考えの持ち主でしたから、親にも、弟子にも、友人らにも、計画はおくびにも出さずに決行しました。

決起直前、高級レストランで、大きなテーブルがあふれそうなくらい豪華料理を山ほど注文した。この世での食べ納めの気分だったそうです。

完全主義者の幻舟さんは、その何年も前から計画を練り、人体について徹底的に勉強した。そして、人体のモデルを使って、何百回となく刃傷《にんじょう》の技術を磨いて実行に移しました。

それでも、相手は生身の人間ですから、思惑通りにコトが運ぶとは限らない。万に一つのことが起きたら、その場で自死することを本気で考えていたのです。

こうした身体を張った、さらには命を賭して思想を現実化する幻舟さんの生きざまを、実はあまり知られてはいませんが、一部の大物右翼たちは、思想的な立場を越えて高く評価していました。


ところで、廊下で花束を家元に渡しながら、幻舟さんは家元の首すじにチョン、とひと振り刃をあてがった。何百回と練習した成果が出て、致命傷に至ることなく軽傷ですみました。裁判記録にも載っていますが、検察側の嘱託医（元美容整形外科学会会長）の所見によれば、相手のあごのゼイ肉がたっぷりだったことも軽傷の一因になったそうです……。

家元は、首すじに血がにじんだことを知り、

「き○○いッ、き○○いッ」

と差別用語を連発しましたが、幻舟さんは、たったひとことだけ、静かに、

「思い知りなさい」

と家元に向かって述べただけでした。

自分でも驚くほど冷静だったそうで、襲撃時、家元を先導していた幹部や取り巻きの連中が、まるで家元を幻舟さんに差し出すかのように家元の背後に回り込んだ光景もよく見えていた、と苦笑しながら述べていました。

かくしてインパクト充分のデモンストレーション、家元制度告発の目的を達したのです。

それまで、家元という言葉はあっても、制度としての家元、つまり「家元制度」という言葉は、幻舟さんが日本で初めて概念化、社会化した。いまなら、流行語大賞をもらえるでしょうね（笑）。

幻舟さんの立派なところは、どんな悪党に対しても、究極的に罪を憎んで人を憎まず、の立場。だから、何十年も可愛がってきた愛弟子に裏切られても、相手を追い詰めることはしない。一番辛い部分を、最後は自分で引き受けてしまう本当の優しさを持っていました。

それを弱さだとは、私は思いません。

ただ、一線を越えたとき、人間は鬼にも蛇にもなる――と、幻舟さんはよく口にしていました。遺作になってしまった『けものみち』とは、そんな花柳幻舟さんの考えやおもいが存分に詰め込まれている気がしています」

さて、本書の題材となった、いわゆる「スーパーフリー事件」。大学生によるサークル活動の場での集団強姦が発覚したのは二〇〇三年で、著者・花柳幻舟氏が放送大学の卒業論文に取り組んでいた時期と一致する。この事件に対する著者の怒りがいかほどのものだったかは、「あとがき」にも記されているが、花柳幻舟氏の怒りは、創作の力となった。犯罪そのものへの怒り、罪の大きさに比してあまりに軽い刑罰への怒り、被害者側になんら寄り添わない不備な司法制度への怒りが全ページにあふれており、端的に言って、本書は、凶悪な性犯罪加害者に対する「復讐の書」だと思う。合法の壁をついには越えて復讐が続き、読む者によっては著者の怒りの凄まじさを、畏れと痛快さを交錯させながら味わうことになるだろう。

一方で本書は、ミステリー小説、犯罪小説としては未完のままとも読める。しかし、考えてみると、著者の最期の地となった碓氷第三橋梁（通称めがね橋）は、本書後半に物語の舞台として登場してくる安中市の名所である。もしかすると著者は、いったん筆をおいたものの、続編として、さらなる復讐、復讐の果てを書き起こそうと構想していたのではないか。確かめようのない疑問が頭の隅に浮かんでは消える。

いずれにしても著者の突然の死は無念である。二〇二〇年現在、日本における性犯罪の裁きは、依然として暗澹たるものであり、花柳幻舟氏が生きていたらなんというか、問いたい事例にあふれているのだから。

《スーパーフリー事件以後の主な性犯罪》

【二〇〇六年】　前年十二月に、京大アメフト部の男性部員三名が女性二名に飲酒酩酊させて集団で強姦・暴行に及び、一月に被害女性二名が告訴。男性三名が集団準強姦・暴行容疑で逮捕・起訴された。京都地裁は男性三名それぞれに懲役五年六ヵ月の実刑判決、懲役三年執行猶予五年、懲役二年六ヵ月執行猶予五年の有罪判決を下した。京都大学は三名を放校処分。執行猶予のつかなかった一名が大阪高等裁判所に控訴。二〇〇七年に開かれた公判で被告弁護側は女性二人の合意を主張、大阪高裁はその主張は認めなかったものの犯行を誘発させる要素はあったと一審を破棄して懲役四年六ヵ月の実刑を言い渡した。男性一名はさらに上告したが最高裁判所は棄却して判決は確定した。

【二〇〇七年】　京都教育大学の男性六名が、飲酒酩酊した十九歳（当時）の女性一名を集団で準強姦に及んだとして女性側が告訴するが、示談成立で不起訴。大学は男性六名に無期停学処分を下していたが、男性側は処分無効を求めて提訴。京都地裁は男性側の言い分を認め「女性の同意があった」とし、停学処分無効と各人十万円の慰謝料支払いの判決を下した。

【二〇一五年】　フリージャーナリスト伊藤詩織氏が、山口敬之TBS記者（当時）によって飲酒酩酊後に強姦されたと被害届を提出。二〇一六年七月、準強姦罪の嫌疑不十分で不起訴。伊藤氏はこれを不服として二〇一七年五月、検察審査会に審査を求めるが、九月、東京第六検察審査会は不起訴相当と議決。同月、伊藤氏は望まない性行為による精神的苦痛を訴えて民事訴訟を起こす。山口氏は全面的に争い、二〇一九年二月、伊藤氏に対して慰謝料一億三千万円と謝罪広告の掲載を求めて反訴。同年十二月、東京地裁は伊藤氏の請求を認め、山口氏の反訴を棄却した。山口氏は、判決の翌々日、伊藤氏を虚偽告訴罪と名誉毀損罪の容疑で刑事告訴した。この事件は、＃MeToo裁判のひとつとして世界的に注目されている。

【二〇一六年】　慶大の広告学研究会に所属する男性六名が同大学の十八歳（当時）女性を飲酒酩酊させたうえ集団で強姦に及んだとして十月、女性が被害届を提出。大学側は六名のうち三名を無期停学処分に。二〇一七年八月、男性六名を集団準強姦容疑で書類送検。この間、示談が成立か。十一月、横浜地検によって不起訴処分にされた。

十一月、千葉大医学部の男性三名を同大学の女性に対する飲食店内での集団強姦容疑で、また被害者を飲食店から自宅に運び準強姦罪に及んだ同大男性を準強姦罪容疑で逮捕。十二月、同席していた同大研修医の男性を準強制わいせつ容疑で逮捕。二〇一七年二月、あらたに同大研修医の男性を準強制わいせつ容疑で書類送検。同年三月、準強姦罪で男性一名が懲役三年執行猶予五年、研修医男性一名が懲役二年執行猶予三年の有罪判決を受けた。また集団強姦罪に問われていた男性二名にはそれぞれ懲役三年、懲役四年の有罪判決が下された。同年六月、千葉大学は学生三名を放学処分とした。男性一名は控訴したが、同年九月棄却された。その他、準強制わいせつ罪容疑の男性は不起訴。

【二〇一七年】　二月、東邦大医学部出身の研修医・医師および同大の学生計三名が、前年四月〜七月の間、十代〜二十代の女性に対して犯した集団強姦罪と準強姦罪の容疑で逮捕された。七月、東京地検は研修医らによる集団強姦罪は不起訴と決定。九月、準強姦容疑を受けていた医師一名は無罪、研修医一名は懲役五年の有罪判決がさいたま地裁で下された。

【二〇一九年】　三月、実の娘に対する準強制性交罪容疑を受けていた男性へ名古屋地裁岡崎支部が無罪判決を下す。訴えていた被害は二〇一七年に受けたものだが、女性は中二の頃からわいせつ被害を受けていたと証言していたため、この判決に非難が高まった。女性は上告。

【二〇二〇年】　前年、無罪判決を受けた父親による娘への準強制性交罪裁判で、三月、名古屋高裁が懲役十年の逆転有罪判決を下す。家庭内等での日常的な性的虐待において、「抗拒不能（身体的・精神的に抵抗するのが難しい状態）」であったかをどう判断するかで争われた裁判であった。

えにし書房編集部

花柳《はなやぎ》幻舟《げんしゅう》（本名 川井 洋子） 略年譜

西日本を回る旅役者の娘として生まれる。二歳の頃から舞台に立つ。旅先の学校で陰湿ないじめと嫌がらせを受け、結果、小学校低学年で中退。十六歳の頃、劇団が解散。その後、喫茶店のウエートレス、モデル、電話交換手等々。多くの職業を体験する。

一九六六年　花柳流の名取となる。
一九六八年　大阪・中座にて「花柳幻舟リサイタル」を開き、家元制度を告発。
一九七三年　創作舞踊「残・情死考」を東京にて発表。
一九七五年　カナダのクロード・ガニオン監督による映画『ＫＯＴＯ』に出演。
一九八〇年　二月、家元制度打倒・傷害事件。八ヵ月服役。
一九八二年　みずからの獄中体験記を綴った単行本『夕焼けは哀しみ色』（三一書房）刊行。
一九八三年　山形県西村郡西川町に、「花柳幻舟人民劇場」を建設。
一九八四年　『夕焼けは哀しみ色』原作によるテレビ朝日系列ドラマ『花柳幻舟獄中記』に出演、高視聴率を得る。エッセイ集『女のたびたち』（作品社）刊行。
一九八七年　関西テレビ『ワイドショーＷｈｏ』にレギュラー出演。
一九八九年　イギリス人女性クルーによる花柳幻舟のドキュメンタリー番組『ＥＡＴ ＴＨＥ ＫＩＭＯＮＯ』（邦題『幻舟』、パンドラ配給）が、イギリスのテレビ局・チャンネル４にて放送。後に、ドキュメンタリー映画祭として長い歴史と伝統を持つ

「ニヨン国際ドキュメンタリー映画祭」をはじめ、シドニー映画祭、メルボルン映画祭など、世界各地の著名な映画祭に正式出品。「アセンズ国際映画祭」（アメリカ）では「最優秀ドキュメンタリー賞」を、また「クレテイユ国際女性映画祭」（フランス）では「特別賞」を受賞するなど世界各国で話題に。

七月、ドイツ・ハンブルグ市の協力を得て、劇場用の花柳幻舟ドキュメンタリー映画『扇の刃』を、ドイツ在住独立プロダクションが一年以上かけて撮影・制作。ＡＦＩロサンゼルス国際映画祭（アメリカ）、トロイア国際映画（ポルトガル）、サンパウロ国際映画祭（ブラジル）、サンクトペテルブルク国際映画祭（ロシア）などに出品。

一九九〇年　天皇即位祝賀パレード爆竹事件。二十日間服役。

一九九一年　『扇の刃』が六十年以上の歴史を持つドイツ最古の映画祭のひとつ「ライプツィヒ国際映画祭」にて金鳩賞（最優秀賞）を受賞。

一九九三年　『冬の花火』（パンドラ）刊行。

一九九五年　放送大学に入学。三年間の司法試験の勉強による中断を経て、二〇〇四年三月、同大学を卒業。卒業論文は「メディアの犯罪、その光と影」。

二〇〇四年　放送大学入学から卒業までと司法試験へのチャレンジを綴った『小学校中退、大学卒業』（明石書店）刊行。エッセイ集『逃げたらあかん』（ＫＫロングセラーズ）刊行。講演会

二〇〇五年　少年法と少年犯罪をテーマに書き下ろした『十四歳の死刑囚』（現代書館）刊行。エッセイ集『ウソつきは、人間の始まり』刊行。

二〇〇七年　ＣＤ『ＴＡＢＩＤＡＣＨＩ――たびだち』（ＭＩＮＡえんたあぷらいず）発売。

二〇〇九年　『小学校中退、大学卒業』（ＭＩＮＡえんたあぷらいず）文庫化。

二〇一九年　二月二十八日　群馬県安中市の碓氷第三橋梁から転落して事故死。

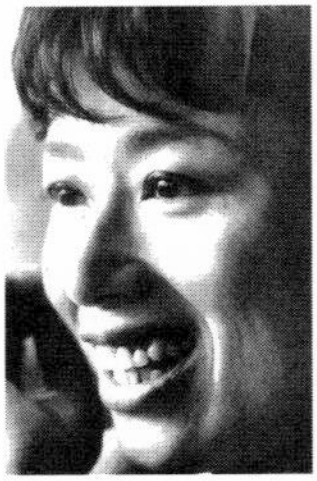

【著者】

花柳幻舟（はなやぎ　げんしゅう）

創作舞踊家。西日本を回る旅役者の娘として生まれ、2歳の頃から舞台に立ち、一座の収入源として働く。16歳の頃、劇団が解散。その後、ソバ屋の出前持ち、パチンコ屋の店員、喫茶店のウエートレス、キャバレーのホステス、写真のモデル、電話交換手等々、多種多様な職業を体験する。1966年、花柳流の名取りとなる。1968年、大阪・中座にて「花柳幻舟リサイタル」を開き、家元制度を告発。1973年、代表作・創作舞踊「残・情死考」を東京にて発表。以後、テレビ・映画で活躍。1983年3月、山形県西村山郡西川町に、「花柳幻舟人民劇場」を建設。2004年3月、放送大学を卒業。卒業論文は『メディアの犯罪、その光と影』。その後、自身の体験をもとに、“人生、いつだってやり直しはできる”をテーマに、教育委員会、人権団体、高校・大学等で幅広く講演活動を行う。

2019年2月、不慮の事故のため死去。

【編集協力】

髙橋 豊（たかはし ゆたか）

大学中退後、雑誌の編集者からルポライターに。

週刊大衆、増刊大衆、週刊実話、別冊宝島、週刊漫画タイムズ、話のチャンネル等の雑誌系と、日刊ゲンダイ、夕刊フジ、サンケイスポーツ、デイリースポーツ、東京中日スポーツ、大阪スポーツ等の夕刊紙系で活躍。

著書に『テキヤのマネー学』（東京三世社）、「ファッションホテル』（双葉社）、『秘欲望ファイル』（黒田出版興文社）、『トップセールスマン』、『セールス達人の客の心の掴み方』（以上、エール出版）、『奥様はトップセールスマン』、『大往生の現場から』（以上、ジャパンミックス）等。

共著に『死よ !!』、『ケンカの売り方と買い方』（朝日新聞社出版局）、また企画・構成に『小学校中退、大学卒業』（花柳幻舟著＝明石書店、幻舟文庫）、『選挙裏物語』（井上和子著＝双葉社）等。

けものみち

2020年 8月20日 初版第1刷発行

■著者　　花柳幻舟
■編集協力　髙橋　豊
■発行者　塚田敬幸

■発行所　えにし書房株式会社
〒102-0074 東京都千代田区九段南1-5-6 りそな九段ビル 5F
TEL 03-4520-6930　FAX 03-4520-6931
ウェブサイト　http://www.enishishobo.co.jp
E-mail　info@enishishobo.co.jp

■印刷／製本　三鈴印刷株式会社
■DTP／装丁　板垣由佳

 ISBN978-4-908073-74-8　C0036